Morgentau. Die Auserwählte der Jahreszeiten

W0241936

© Marcus Lieske

Jennifer Wolf lebt mit ihrem Mann und ihrer Tochter in einem kleinen Dorf zwischen Bonn und Köln. Aufgewachsen ist sie bei ihren Großeltern und es war auch ihre Großmutter, die die Liebe zu Büchern in ihr weckte. Aus Platzmangel wurden nämlich alle Bücher in ihrem Kinderzimmer aufbewahrt und so war es unvermeidbar, dass sie irgendwann mal in eins hineinschaute. Als Jugendliche ärgerte sie sich immer häufiger über den Inhalt einiger Bücher, was mit der Zeit zu dem Entschluss führte, einfach eigene Geschichten zu schreiben.

Jennifer Wolf

# Morgentau

## Die Auserwählte der Jahreszeiten

CARLSEN

Von Jennifer Wolf bei Im.press erschienen:

*Feuerherz*

*In sanguine veritas – Die Wahrheit liegt im Blut*

*Vivere militare est – Leben heißt zu kämpfen*

*Omnia vincit amor – Liebe besiegt alles*

*Fortes fortuna adiuvat – Den Mutigen hilft das Glück*

*Häkelenten tanzen nicht. Ein Chat-Roman*

*Just Friends*

*Summer Boys <3*

*Abendsonne. Die Wiedererwählte der Jahreszeiten*

FSC
www.fsc.org
MIX
Papier aus verantwortungsvollen Quellen
FSC® C083411

Sonderausgabe

**Ein *Im.press*-Titel im Carlsen Verlag**

Juli 2015

© der Originalausgabe by CARLSEN Verlag GmbH, Hamburg 2014

Text © Jennifer Wolf, 2014

Umschlagbild: shutterstock.com © Alena Root

Umschlaggestaltung: formlabor

Corporate Design Taschenbuch: bell étage

Gesetzt aus der Alegreya / Juan Pablo del Peral

von readbox publishing, Dortmund

Druck und Bindung: CPI books GmbH, Leck

ISBN 978-3-551-31496-3

Printed in Germany

www.impress-books.de

CARLSEN-Newsletter: Tolle Lesetipps kostenlos per E-Mail!

Unsere Bücher gibt es überall im Buchhandel und auf carlsen.de.

*Für meine Patenkinder*
*Cleo-Josephin und Lena*

*Folgt immer eurem Herzen*

Es war eine Mutter,
die hatte vier Kinder.
Den Frühling, den Sommer,
den Herbst und den Winter.
Der Frühling bringt Blumen,
der Sommer den Klee,
der Herbst bringt die Trauben,
der Winter den Schnee.

Volksmund

# PROLOG – DIE AUSERWÄHLTE

Mein Name ist Maya Jasmine Morgentau und ich bin eine Hüterin der Gaia. Unsere Aufgabe ist es, der Göttin zu dienen und in ihrem Namen hier auf Erden zu sprechen.

Über die Jahre hatten sich die falschen Menschen zu viel Macht verschafft. Das Endergebnis war das Absterben des Planeten. Die Luft soll so stark verschmutzt und die Erde so ausgehöhlt und vergiftet gewesen sein, dass es der Göttin die Tränen in die Augen trieb. Als sie sie weinte, begann die geschundene Welt zu heilen und Gaia nahm sich vor es nie wieder so weit kommen zu lassen. Sie trieb die überlebenden Menschen zusammen, machte die klügsten Frauen zu ihren Dienerinnen und damit zu den Anführern der menschlichen Rasse.

Der Orden der Hüterinnen besteht heute im Jahre 3013 aus fünfzig Frauen. Jede dort hineingeborene Tochter wird automatisch aufgenommen, doch meine Generation ist etwas ganz Besonderes.

Alle hundert Jahre kommt Gaia auf die Erde und erwählt eine der jungen Schwestern im Alter von sechzehn bis zwanzig Jahren. Diese nimmt sie dann mit zu sich, wo die Mutter aller Dinge ihr ihre vier Söhne vorstellt. Aviv, den Frühling; Sol, den Sommer; Jesien, den Herbst; und Nevis, den Winter. Die Auserwählte darf mit jedem eine Woche verbringen, bevor sie sich für einen entscheidet und für hundert Jahre seine Frau wird. Dies ist die höchste Ehre für eine Hüterin, denn sie besänftigt damit die Jahreszeiten und hält die Natur im Gleichgewicht.

An diesem Abend sollte es so weit sein. Meine jungen Schwestern und ich standen aufgeputzt in den Kutten des Ordens in der Mitte eines Steinkreises im Wald. Die älteren Hüterinnen hatten eine Menschenkette um uns herum gebildet und summten leise ein Lied zu Ehren Gaias. Die Sonne verschwand gerade hinter den Baumwipfeln und tauchte unsere Gesichter in ein schummriges Licht. Es roch nach frischem Gras und Bäumen, während die Hitze des Tages noch in der kleinen Lichtung gefangen zu sein schien.

Ich sah mich nervös um und zupfte an meiner Kutte. Mein Leben lang war ich auf diesen Moment vorbereitet worden und dennoch konnte ich meinen Herzschlag nicht beruhigen.

»Du siehst blass aus, Maya«, stellte meine Freundin Iria fest. Sie hatte himmelblaue Augen und langes, blondes Haar. Sie war eine wahre Schönheit und ich war mir fast sicher, dass Gaia sie erwählen würde. Die anderen um uns herum waren zwar nicht unansehnlich, aber eben auch nichts Besonderes. Wir alle trugen unsere langen Haare zu einem geflochtenen Zopf, weil die Göttin selbst es ebenfalls so tat. Mit meinen roten Haaren stach ich jedoch ein wenig aus der Masse hervor. Der Genpool der Menschen war vor rund neunhundert Jahren stark eingeschränkt worden, als die meisten an Krebs und Vergiftungskrankheiten gestorben waren. Sie hatten das Wichtigste aus den Augen verloren: ihren Lebensraum zu schützen und zu ehren. Dafür bezahlten sie mit ihrem Leben und nun war eine Haarfarbe wie meine zu einer absoluten Seltenheit geworden.

»Ich habe Angst«, gab ich ehrlich zu und Iria ergriff meine Hand.

»Sie nimmt garantiert dich«, flüsterte sie mir ins Ohr.

Ich wusste nicht, ob mich das freuen sollte oder nicht. Wollte ich erwählt werden? Alles auf der Erde zurücklassen, um einen wildfremden Mann, ... nein ich muss mich korrigieren, einen wildfremden *Gott* zu heiraten? Was war, wenn ich ihn nicht liebte? Andererseits würde ich bei Gaia ein wohlbehütetes Leben führen. Ich gebe ehrlich zu, dass ich mich dank meiner Erziehung im Orden oftmals von der Außenwelt überfordert fühlte. Ich ging nie aus, betrank mich nicht und hatte mit meinen achtzehn Jahren noch nie einen Jungen geküsst, geschweige denn seine Hand gehalten. Wie zur Hölle sollte ich es da mit einem Gott aufnehmen? Nervös wischte ich mir etwas Schweiß von meinen Händen an der Kutte ab.

»Gaia wird sich in deine grasgrünen Augen sofort verlieben«, sprach Iria weiter.

»Du bist viel hübscher als ich«, gab ich zurück und schüttelte entschlossen den Kopf. Nein, Iria würde diejenige sein und der Gedanke schmerzte mich. Sie war meine einzige Freundin. Als Hüterinnen wurden wir abgeschottet von den anderen Menschen großgezogen und da wir eine gesegnete Generation waren, hatte man besonders darauf geachtet, dass wir uns auf unsere Bestimmung konzentrierten: die Braut einer Jahreszeit zu werden.

»Aber du bist weiblicher«, sagte Iria lächelnd und starrte auf meine Oberweite. Peinlich berührt legte ich eine Hand auf meinen Ausschnitt und suchte mit den Augen nach meiner Mutter. Irgendwo in dem Kreis aus Frauen um uns herum musste sie sein. Doch es war mittlerweile so dunkel, dass ich eine Weile brauchte, um ihr Gesicht zu entdecken. Sie lächelte mir zu und zwinkerte. Ich presste meine Lippen aufeinander und atmete tief durch. Sollte die Wahl auf mich fallen, würde meine Mutter automatisch im Rang aufsteigen. Dennoch war ich mir nicht so sicher, ob sie das überhaupt wollte. Bevor wir in den Wald gegangen waren, hatte sie mir zugeflüstert, dass ihr der Preis für diesen Aufstieg zu hoch erschien.

Aber uns blieb keine andere Wahl. Gaia war eine Göttin und es gab keinen Ausweg für uns. Ich musste mich ihr stellen, nur war ich mir unsicher, was ich wollte. Wenn ich ihre Söhne doch nur schon kennen würde - das hätte alles so viel einfacher gemacht. Aber im Grunde waren sie noch schlimmer dran als wir. Wir hatten zwar keine Wahl, ob wir mit Gaia mitgehen wollten oder nicht, aber immerhin konnte die Auserwählte sich einen von den Jahreszeiten aussuchen. Die Söhne der Göttin mussten nehmen, was sie bekamen. Ich schluckte, da kam ja was auf mich zu.

»Ich würde Aviv nehmen«, sagte Iria und ein paar Mädchen neben uns stimmten ihr zu.

Aviv, der Frühling, hatte nach unseren Aufzeichnungen neben dem Sommer die meisten Frauen abbekommen. Nur eine war zu Jesien, dem Herbst, gegangen und bisher hatte sich keine Frau für ein Leben in ewiger Kälte entschieden. Aus diesem Grund machte mir der Gedanke an Nevis auch ein wenig Angst. Mit einem unguten Gefühl im Bauch hatte der Orden deswegen schon seit vielen Jahren bemerkt, dass die Winter immer härter und länger wurden.

»Was ist, wenn sie die Auserwählte nicht mögen?«, fragte ich und verschränkte zitternd vor Aufregung die Arme vor der Brust. »Ich meine, da opfert sie ihr Leben und die Götter finden sie womöglich ganz furchtbar.«

»Ich verstehe nicht, warum nicht einfach vier Frauen mit nach oben gehen«, grübelte Iria laut. »Dann würde jede Jahreszeit eine Gefährtin bekommen.« Sie lächelte und stupste mich an. »Außerdem ist das kein Opfer, sondern eine Ehre.« Ihr Zwinkern verriet mir, dass sie mich nur aufziehen und nicht belehren wollte, weshalb ich zurücklächelte.

»Ich wüsste nicht, wen ich nehmen würde«, griff ich ihren Gedanken von vorhin auf. »Zum Glück darf man sie vorher alle kennenlernen.«

»Wie sie wohl aussehen?«, grübelte meine Freundin.

»Sie sind Götter! Natürlich sehen sie blendend aus«, rief Mishandra dazwischen. Sie war meine Nachbarin im Orden und ich konnte sie nicht so recht leiden. Ständig musste sie im Mittelpunkt stehen und ich beneidete sie ein wenig um ihr Selbstbewusstsein.

Der Gesang um uns verstummte mit einem Mal und Iria und ich fassten uns wieder an den Händen. Ein Wirbel aus Luft tanzte plötzlich mitten unter uns jungen Schwestern und wir wichen ehrfürchtig zur Seite. Ich bemerkte die Lichtkugel über uns erst, als sie schon an den Baumwipfeln vorbei war. Langsam, aber mit einer surrenden Energie bewegte sie sich auf den kleinen Luftwirbel zu. Sie verschmolzen miteinander in einer Explosion aus Farben. Instinktiv hielt ich mir die Hände vors Gesicht und hörte, wie die Frauen um mich herum einen Laut des Erstaunens von sich gaben. Es war Iria, die meine Hände herunternahm und eine davon wieder fest umschloss. Langsam öffnete ich die Augen und sah auf die kleine Frau, die plötzlich mitten unter uns stand. Ihre braunen Haare waren tatsächlich in einem langen Zopf verflochten, dazwischen rankten sich die verschiedensten

Blumen, welche zu leben schienen. Sie bewegten sich mit Gaia, verdeckten ihre Blöße und bildeten eine Art Kleid. Direkt unter Gaias Füßen wuchs ihr das Gras in Sekundenschnelle fast bis zu den Knien hinauf.

»Mutter aller Dinge«, ergriff Elaria, unsere oberste Hüterin, das Wort. »Wir grüßen dich.«

Wir alle verneigten uns.

»Erhebt euch, meine Töchter«, erklang eine junge, melodiöse Stimme.

Ich sah zu Gaia und richtete mich auf. Ihre Augen schimmerten in allen Farben des Regenbogens. Ich merkte erst, dass mir der Mund offen stand, als mir eine Windbrise die Zunge austrocknete. Mein Herz raste ... all die Jahre war ich im Glauben an Gaia erzogen worden und nun stand sie wahrhaftig vor mir. Ich schloss meinen Mund und schluckte. Iria zog mich näher an sich heran, als Gaia anfing sich umzusehen.

»Wunderschön«, hauchte die Göttin und trat aus dem hochgewachsenen Gras heraus, um sich die erste von meinen jungen Schwestern genauer anzusehen. Mein Blick glitt wieder zu meiner Mutter, welche mich mit Tränen in den Augen ansah. Sie lächelte, aber ich sah ihr an, dass auch sie Angst hatte. Ich atmete tief durch und versuchte mich auf meinen Herzschlag zu konzentrieren. Um uns herum begannen Vögel zu zwitschern und zwischen den Bäumen traten Rehe, Füchse und andere Tiere hervor. Angezogen von Gaias Erscheinung, blieben sie stehen und beobachteten die Göttin. Iria und ich wechselten einen kurzen Blick. Angst wühlte nun den ruhigen blauen See in ihren Augen auf und ließ ihn zu einer tobenden Gischt werden. Ich musste nicht erst sehen, dass Gaia sich uns näherte. Ich spürte sie. Wie ein Kitzeln auf der Haut, ... ein Vibrieren, tief in meinem Bauch. Sie näherte sich Iria, welche vor ihr in die Knie ging und meine Hand losließ.

»An Schönheit mangelt es dir wahrlich nicht, Tochter«, sagte die Göttin, was mir Tränen in die Augen trieb. Ich wollte Iria nicht verlieren und schluchzte leise auf. Gaia sah mich sofort mit ihren schillernden Augen an und tat einen Schritt auf mich zu. Während Iria sich neben mir erhob, ging ich in die Knie. Ich sah einen Moment lang zu, wie das Gras unter Gaias Füßen zu wachsen begann, bevor sich eine warme, tröstende Hand unter mein Kinn legte und es anhob.

»Erhebe dich, Tochter«, sagte die Göttin und ich tat es. Ehrfürchtig sah ich in ihr jugendliches Gesicht, das dennoch erfahren wirkte. Sie war weder alt noch jung. Um ihre Augen waren ein paar Lachfältchen, welche sich nun zusammenzogen, als Gaia die Mundwinkel hob.

»So ein reines Herz«, flüsterte sie glücklich. »Eine warme, gütige Seele.« Sie ging einen Schritt rückwärts und musterte mich von oben bis unten. »Und wunderschön dazu.« Gaia kam wieder auf mich zu und nahm mein Gesicht in ihre beiden Hände. Mein Herz klopfte kräftig gegen meinen Brustkorb und ich hatte das Gefühl, dass mein ganzer Körper taub vor Angst war. »Du sollst es sein, Maya Jasmine Morgentau.«

Ich sog scharf die Luft ein, als die Frauen um mich herum in tosende Freudenrufe ausbrachen.

Das ist jetzt fast genau ein Jahr her.

# TEIL 1

# 1. ABREISE IN EIN NEUES LEBEN

Noch zwei Tage.

Übermorgen muss ich mein altes Leben verlassen und im Schoße der Göttin ein neues beginnen. Für heute habe ich mir vorgenommen nicht an die Zukunft zu denken, sondern ein letztes Mal durch die Stadt zu laufen. Gaia hat sie Hemera genannt. Sie ist friedvoll und geschäftig. Die Menschen, die mir begegnen, verneigen ihr Haupt vor mir, denn ich bin an meiner Haartracht eindeutig als Hüterin zu erkennen. Geflochtene Haare tragen viele Frauen, aber nur bei uns Hüterinnen sind sie so lang. Viele erkennen mich noch von der Vorstellung letztes Jahr. Man hat mich bejubelt und beglückwünscht, weil ich gewählt worden bin. Ich gehe an einer Bäckerei vorbei, wo eine freundlich lächelnde Frau mit rosigen Wangen Brot an die Menschen verteilt. Eine Währung wie vor tausend Jahren haben wir nicht. Jeder wird mit allem versorgt, was er braucht, solange er sich fleißig beteiligt. Faulenzen gibt es nicht, jeder hat seine Aufgabe zu erfüllen. Ob es nun das Bauen von Häusern, das Brotbacken, das Nähen, das Jagen oder das Lehren ist. Jeder hat seinen Platz in Gaias Ordnung. Hemera kann man nicht mit den Städten der Vergangenheit vergleichen. Die Häuser sind klein und eng aneinandergeschmiegt. Die Straßen aus Kopfsteinpflaster oder Kies sind schmal und verbreiten die verschiedensten Gerüche. Brot, Gewürze, Grillfleisch.

Trotz des geschäftigen Treibens nehmen sich immer wieder Männer und Frauen die Zeit, um stehen zu bleiben und mir alles

Gute zu wünschen. Ich nehme ihre Wünsche dankend entgegen und lächele selbstbewusst. Auch wenn ich das innerlich nicht bin.

Ein Mann in einem weißen Laborkittel kommt mir entgegen. Er wirkt fremdartig in dieser Umgebung, doch so ist auch sein Arbeitsplatz. Am Rande unserer sicheren Zone stehen nur vereinzelt Häuser und im Norden die einzige Fabrik, wo er offensichtlich arbeitet. Dort werden Dinge aus der alten Welt hergestellt. Fernseher, Musik-Chips, Windräder und Solaranlagen. Gaia hat der Menschheit nicht alle technischen Errungenschaften genommen, aber für alles bestehen eine Menge Auflagen und die Geräte wurden in vielerlei Hinsicht von der Göttin verändert, um möglichst wenig künstliche Stoffe zu verwenden. Der Mann im Kittel umarmt eine Mutter mit zwei Kindern, die ihm entgegengelaufen sind, und ich muss lächeln. Gaia hat uns Frauen zu den Anführern ihrer neuen Welt gemacht, weil sie selbst eine ist. Die Göttin lehrte uns, dass es die Mütter sind, die diese Welt braucht. Sie schenken Leben, erhalten und pflegen es mit aller Hingabe. Sie ernähren und kleiden ihre Familien ... halten alles am Laufen. Dieses System der Familie hat die Göttin auf die große Gemeinschaft übertragen. Ungefähr dreitausend Menschen leben in Hemera und dem Rest der sicheren Zone. Geleitet von uns Hüterinnen, als Mütter der Gemeinschaft. Unsere Töchter nehmen unsere Plätze ein, während die Söhne der Ordensschwestern in Hemera ihren Platz finden.

Für mich gilt es nun ebenfalls meinen Platz zu finden. In einer anderen Welt.

»Sag mal, Mama, darf ich überhaupt irgendetwas mitnehmen?«, frage ich am nächsten Morgen und blicke hilflos in meinem Zimmer umher. Zusammen mit meiner Mutter bewohne ich eine Wohnung im Orden der Hüterinnen. Das alte Gemäuer steht am Waldrand, so dass wir jederzeit hinausgehen und in der Stille der raschelnden Bäume zu Gaia beten können. Auf der anderen Seite befindet sich eine Straße, die von einer kleinen Siedlung zur Stadt führt. Von meinem Zimmer aus kann ich die Menschen beobachten, die dort tagein, tagaus vorbeilaufen, um in Hemera ein paar Dinge zu erledigen oder arbeiten zu gehen. Unsere Wohnung ist klein. Es gibt nur zwei Schlafzimmer, ein Bad und ein Wohnzimmer. Die Küche ist ein Gemeinschaftsraum für alle Ordensschwestern.

»Natürlich, Schatz.« Meine Mutter kommt herein und wirft eine große Reisetasche auf mein Bett. »Kleidung brauchst du nicht unbedingt, aber persönliche Dinge wie Fotos oder sonstige Sachen, an denen dein Herz hängt, kannst du hier hineinpacken.« Meine Mutter hat die gleichen roten Haare wie ich und auch ihre Augen sind grün. Da enden unsere Ähnlichkeiten aber auch schon, denn alles andere habe ich wohl von meinem Vater. Wer immer er sein mag. Mama spricht nie von ihm, genau wie die anderen Frauen im Orden. Ich starre die Tasche an und überlege, ob mein ganzes Leben dort hineinpasst. Zum Glück lenkt mich ein Klopfen an der Wohnungstür von den Gedanken ab.

»Das wird Iria sein«, sage ich. Meine Freundin will mir beim Packen helfen und die letzte Nacht auf Erden bei mir bleiben. Ich renne zur Tür und falle ihr um den Hals.

»Oh Maya«, sagt sie gedämpft von meinen Haaren.

»Komm erst mal rein.« Ich löse mich von ihr und ziehe sie sanft in unsere Wohnung. Nachdem ich die Tür geschlossen habe, fallen wir uns erneut in die Arme.

»Du wirst mir so fehlen«, meint meine Freundin und ich muss schlucken. Ein Leben lang waren wir darauf vorbereitet worden und dennoch hatte es uns vor einem Jahr vollkommen unverhofft getroffen: Wir werden einander nie wieder sehen. Iria bleibt auf der Erde. Wenn sie nicht im Orden bleibt, nimmt sie sich vielleicht einen Mann. In jedem Fall bekommt sie ein paar Kinder; erleidet Geburtsschmerzen und Krankheiten, während ich mein Leben mit einem mir noch unbekannten, fremden Gott verbringen werde. Iria wird alt und gebrechlich werden. Ich werde nach hundert Jahren - immer noch jung und äußerlich neunzehn Jahre alt einfach tot umfallen. Jedenfalls glauben wir Hüterinnen das. Es gibt keinerlei Aufzeichnungen darüber, was mit den Frauen der Jahreszeiten nach den hundert Jahren geschehen ist. Wie muss das wohl für den Gott sein? Was, wenn er sich ernsthaft und unwiderruflich in seine Gefährtin verliebt und sie dann für immer verliert? Wie ertragen Gaias Söhne das? Oder macht es ihnen überhaupt nichts aus? Kennen sie vielleicht gar keine Liebe? Mein Herz beginnt schon wieder panisch zu rasen, also atme ich tief durch und lenke mich ab.

»Komm, hilf mir mein Leben in eine Reisetasche zu quetschen, ja?«, sage ich zu Iria und drücke sie sanft von mir weg.

Am Abend ist nicht viel in meiner Tasche gelandet. Ein paar Fotos, ein paar meiner liebsten Kleidungsstücke, die ich nicht missen möchte, und mein Musik-Chip samt der dazugehörigen Kopfhörer. Gedankenverloren streiche ich mit den Fingern über meinen ausgewaschenen Lieblingspullover und muss schlucken.

»Ich werde dort vor Heimweh umkommen«, spreche ich laut aus, was mir durch den Kopf geht. Iria steht hinter mir und legt mir ihre Hände auf die Schultern. Seufzend lehnt sie ihren Kopf an meinen Nacken.

»Und ich werde dich so sehr vermissen«, flüstert sie mit belegter Stimme und räuspert sich.

»Hätte Gaia nicht Mishandra auserwählen können?«

Wir lachen und Iria löst sich von mir, um zum Fenster zu gehen und hinauszuschauen. Ich stelle mich zu ihr und beobachte die Menschen, die auf der Straße laufen, um noch vor dem Abendbrot ein paar Dinge in Hemera zu erledigen. Vor neunhundert Jahren hat es noch Automobile und Flugzeuge gegeben, die die Menschen von einem Ort zum anderen brachten, doch Gaia hatte sie verboten. Der Platz, auf dem wir Menschen leben, ist so begrenzt, dass sie nur eine unnötige Umweltbelastung darstellen würden. Wie laut es damals wohl gewesen sein muss? Ich kenne diese Fahrgeräte nur aus uralten Filmen und empfinde ihre Geräusch jedes Mal als sehr störend.

»Maya?« Irias Stimme ist kaum mehr als ein Flüstern.

»Hm?«, brumme ich und lehne mich an ihre Seite.

»Wenn du es irgendwie kannst … schaust du dann mal hier unten vorbei?«

»Natürlich!«, antworte ich schnell und ziehe sie in meine Arme. So verharren wir, bis wir schließlich anfangen zu lachen. Iria wirkt gestärkt und packt mich an den Oberarmen.

»Genug herumgeheult!«, sagt sie entschlossen. »Lass uns mal lieber über deine potenziellen Ehemänner sprechen.«

Lachend ziehe ich sie zu meinem Bett und wir lassen uns nieder. Ich setze mich in den Schneidersitz und betrachte meine nackten Füße.

»Die letzte Braut stirbt heute«, sagt Iria mit einem merkwürdigen Unterton. »Sie hat sich für Sol entschieden.«

»Dann sollte ich wohl Aviv nehmen, was?«, versuche ich zu scherzen.

»Jesien könnte ich mir auch vorstellen, wobei der Herbst wohl gerne tief ins Weinglas guckt.«

»Vor Nevis habe ich Angst«, gebe ich ehrlich zu.

Irias Augen sehen mich eindringlich an. »Versuche dich von ihm fernzuhalten.«

Ich nicke.

»Vielleicht ist es aber genau das, was Nevis braucht? Eine Frau, um sich mal so richtig …« Sie kann den Satz nicht beenden, da ich ihr mein Kopfkissen ins Gesicht geschmissen habe. Wir lachen zusammen, bis meine Mutter zur Tür hereinkommt.

»Maya, ich bringe dir hier noch einmal das Buch der Jahreszeiten, vielleicht wollt ihr heute Abend ein wenig darin lesen?«

Nickend nehme ich es ihr ab. »Danke, Mama.« Ich kenne das Buch fast auswendig, aber es kann nicht schaden noch mal einen Blick hineinzuwerfen.

Mama lächelt mich ein wenig wehleidig an und lässt uns dann wieder alleine.

»Ich glaube nicht, dass ich hundert Jahre in eisiger Kälte verbringen möchte«, greife ich das Gespräch von eben wieder auf.

»Es hat früher mal östlich von hier Menschen gegeben, die immer in Kälte gelebt haben. Ich glaube, sie nannten die Gegend Russland.«

Ich friere alleine bei dem Gedanken daran und öffne das Buch.

»Grundschulwissen«, gluckse ich amüsiert über den Inhalt. »*Aviv.* Der Name stammt aus der ausgestorbenen Sprache Hebräisch und bedeutet unter anderem *Frühling.*«

»Oh Wunder«, murmelte Iria.

»Der Name *Sol* stammt aus der von Gaia wiederbelebten Sprache Latein und bedeutet *Sonne.*«

»Ich muss jedes Mal an ihn denken, wenn ich in den Himmel sehe.«

»*Jesien* stammt aus der ausgestorbenen Sprache Polnisch und bedeutet *Herbst.* Es wird mit einem ganz weichen S-Laut ausgesprochen, fast wie *Jeschen.*« Ich sehe zu Iria, ob sie auch dazu einen Kommentar abgeben möchte, aber sie grinst nur. »*Nevis* kann sowohl für Mädchen als auch für Jungen benutzt werden. Über die Jahre ist er jedoch durch das Erscheinen der Gaia und ihren Wintersohn im Jahre 2113 immer mehr zum Männernamen geworden. Er stammt aus einer alten romanischen Sprache und bedeutet *Schnee.*«

»Ich würde die vier unheimlich gerne kennenlernen«, schwärmt Iria und sieht mich dann ernst an. »Ehrlich gesagt bin ich ein wenig neidisch auf dich.«

»Ich würde ja sagen, lass uns tauschen, aber dann wäre ich diejenige, die hier zurückbliebe, und das möchte ich auch nicht.« Und ehrlich gesagt bin ich auch neugierig auf Gaias Söhne ... und überhaupt auf den Ort, wo sie mich hinbringen wird. Iria legt eine Hand auf meine rechte Wange und lächelt.

»Versprich mir immer den Kopf hochzuhalten. Du bist die Auserwählte, vergiss das nie.«

»Ich wünschte nur, wir wüssten mehr über meine Vorgängerinnen als nur, für wen sie sich entschieden haben.«

»Ich glaube nicht, dass Gaia dich in eine schlimme Zukunft führen würde. Es wird alles gut werden, Maya. Die Götter werden sich sofort Hals über Kopf in dich verlieben und dir die Welt zu Füßen legen. Du wirst es gut haben.« Ihre Stimme bricht. »Ich muss das einfach glauben, denn sonst werde ich verrückt.«

Eine Träne stiehlt sich in mein Auge. »Ja, Iria. Es wird mir gut gehen. Da bin ich mir sicher.«

Entschlossen zieht mich meine Freundin erneut in ihre Arme. »Ich wünsche dir von ganzem Herzen, dass du dich in einen der vier verliebst und gar nicht mehr an zu Hause denkst.«

»Ich werde dich und Mama niemals aus meinem Herzen bekommen. So hübsch kann kein Mann sein.« Ich drücke sie fester an mich und lasse sie ihre Tränen an meiner Schulter weinen.

Am Abend sitzen wir mit den anderen Hüterinnen zusammen und essen. Mein letztes großes Mahl, bevor Gaia mich am nächsten Morgen holen kommt. Elaria sitzt zur Feier des Tages mit uns am Tisch und unterhält sich angeregt mit meiner Mutter. Ihre grauen Haare sind so kraus, dass sie nicht wirklich in einem Zopf bleiben wollen. Ich kann nicht anders, als mir noch einmal jedes Gesicht meiner Schwestern einzuprägen. Diese Frauen haben mich großgezogen und nun muss ich sie für immer verlassen. Das ist etwas, was immer noch nicht so ganz in meinen Kopf will. Werden Gaias Söhne dafür Verständnis haben, wenn ich ab und zu Heimweh bekomme?

»Sie wird die ersten zwei Tage bei Gaia verbringen«, beginnt Elaria zu plaudern und ich spitze meine Ohren. »Die jungen Götter werden ebenfalls da sein. Danach geht sie für jeweils eine Woche mit zu den Jahreszeiten.«

Der Gedanke, dass ich zunächst bei Gaia bleiben darf und mir die vier Götter erst einmal in aller Ruhe ansehen kann, beruhigt mich ungemein.

»Sie sind bestimmt unglaublich toll«, schwärmt meine Ordensschwester Ephilie. Ihr Blick wird ganz verträumt, während sie wohl daran denkt, wie hübsch die vier Jahreszeiten sind.

»Mich würde viel mehr interessieren, wie ihre Charaktere sind«, sage ich laut und werde von allen Seiten seltsam gemustert. Nur meine Mutter lächelt.

»Ich glaube nicht, dass Gaia einer Horde von Idioten das Leben geschenkt hat«, sagt Iria und bringt mich damit zum Lachen, was aber mehr an dem Gesichtsausdruck von Elaria liegt als an ihrer Aussage. Unser Ordensoberhaupt scheint über Irias Wortwahl gar nicht glücklich zu sein, verkneift sich jedoch zur Feier des Tages einen Kommentar.

Nach dem Essen gehe ich wieder zurück in die Räumlichkeiten meiner Mutter. Iria weicht mir nicht von der Seite und drückt immer wieder meine Hand, wenn sie nur den kleinsten Anflug von Aufregung in meinen Augen sieht. Was bedeutet, dass sie mir fast die Hand zerquetscht. Ich gebe meiner Mutter einen Gutenachtkuss und versuche krampfhaft nicht zu weinen.

»Bis morgen früh, mein Kind«, sagt sie und streicht mir über den Kopf. »Versuch ein wenig Schlaf zu bekommen.«

»Dafür sorge ich schon«, verspricht Iria und zieht mich in mein Zimmer. Wir ziehen uns um und legen uns zusammen in mein Bett. Nachdem ich das Licht gelöscht habe, herrscht eine Weile vollkommene Stille.

»In vier Wochen bist du eine Braut«, flüstert Iria und ich schlucke.

»Ja.« Und ich habe keine Ahnung, wie man mit einem Mann umgeht, geschweige denn mit einem Gott.

»Ich weiß, was du denkst.«

»Ach ja?«, frage ich ungläubig.

»Ja, aber du machst das schon. Der Gott wird dich schon in die körperliche Liebe einführen.«

»Ich wünschte, ich hätte zumindest schon einmal einen Jungen geküsst«, seufze ich und presse meine Lippen aufeinander.

»Maya, wir wurden unser Leben lang für diese Aufgabe ausgebildet. Alles, was du jetzt noch nicht weißt, sind Dinge, die von selber kommen.«

»Ich wünschte nur, ich könnte dir von allem berichten und dich ab und zu um Rat fragen.«

Iria lacht glockenhell. »Aber ich habe doch selber keine Ahnung.«

»Trotzdem.« Ich kuschele mich in ihre Arme.

»Freust du dich denn gar nicht?«

»Doch, schon«, gestehe ich. »Ich hoffe einfach nur, dass Gaias Söhne nett sind.«

»Maya, folgst du mir zur Reinigung?«, fragt eine freundliche Stimme hinter mir, nachdem ich gegen fünf Uhr am Morgen mit dem Frühstück fertig bin. Ich drehe mich um und sehe in die braunen Augen meiner Ordensschwester Esra. Als ich nicke, hält sie mir ihre Hand hin. Ich ergreife sie und folge ihr durch die mir so vertrauten Gänge des Ordens. Mama und Iria gehen nur wenige Schritte hinter uns.

»Ich werde das alles hier so vermissen«, denke ich laut und streife sacht mit meiner rechten Hand an der Steinwand entlang.

»Das glaube ich nicht«, sagt Esra lächelnd. »Es wird dir bei Gaia so gut gehen, dass du die Erde nicht vermissen wirst.« Sie klingt so überzeugt, dass ich ihr nicht widersprechen möchte. Ich folge ihr stattdessen in die Grotte, tief unter dem Orden. Dort reinigen wir uns alle zwei Tage unter einer frischen Quelle, die direkt aus den Steinen des Kellergewölbes sprudelt. Ich entkleide mich und steige in das kleine Becken, dessen Wasser so kalt ist, dass ich am ganzen Körper Gänsehaut bekomme. Nachdem meine Haare nass sind, beginnt Esra damit, einen duftenden Schaum in sie einzumassieren. Sofort rieche ich frische Blumen und eine leichte Vanillenote. Ich sehe zur Seite und beobachte, wie Mama und Iria mein weißes Kleid fein säuberlich an einem Kleiderhaken aufhängen. Nach der Nacht bin ich jetzt viel gefasster. Dies ist mein Leben, meine Bestimmung. Nun ist es endlich so weit und sie erfüllt sich. Das Warten war das Schlimmste, doch in etwa einer Stunde kommt Gaia und damit endet es endlich.

Esra, Iria und Mama schrubben mich von oben bis unten ab. Reinigen und feilen meine Fingernägel. Sie cremen mich mit einer wohlduftenden Körpermilch ein, flechten mein Haar zu einem langen, festen Zopf und kleiden mich schließlich an.

»Du siehst so schön aus«, haucht Iria beinahe ehrfürchtig. Ich sehe an mir herab und lächele sie dann an. Esra beugt sich gerade hinunter und hilft mir in ein Paar flache, weiße Schuhe, als es an der Tür klopft.

»Maya muss so langsam in die große Halle kommen«, erklingt Elarias Stimme. »Nur noch zehn Minuten.«

Ich höre, wie ihre Schritte wieder schnell davoneilen. Mein Puls beschleunigt sich. Die Zeit ist so schnell verflogen. Viel zu schnell. Aufgeregt ergreife ich die Hand meiner Mutter. Sie nimmt sie und hakt mich anschließend bei sich ein. An ihrem Arm führt sie mich wieder nach oben in das Gebäude des Ordens. Hinter uns höre ich Esras und Irias Schritte. Als wir vor dem Tor zur großen Halle ankommen, drehe ich mich um und finde meine beste Freundin mit vor Kummer geröteten Augen hinter mir. Ich ziehe sie in meine Arme ... ein allerletztes Mal.

»Vergiss mich niemals«, presse ich hervor und eine Träne rollt über meine Wange.

»Niemals«, verspricht sie mir.

Das große Tor zur Halle wird geöffnet und lässt durch die riesigen Fenster an der uns gegenüberliegenden Seite das Licht der aufgehenden Sonne auf mich fallen. Ohne es zu sehen, weiß ich, dass dadurch das Rot meiner Haare förmlich in Flammen steht. Ich löse mich von Iria und lasse mich von der Hand meiner Mutter in meinem Rücken hineinführen. Alle meine Schwestern sind bereits versammelt und stehen im Halbkreis um einen runden, roten Teppich. Mama führt mich in dessen Mitte und Elaria tritt zu uns heran.

»Ich übergebe dich an Gaia«, sagt sie und versucht dabei ganz ruhig zu sein, aber ich sehe die Aufregung in ihren grauen Augen.

»Maya«, schluchzt meine Mutter und dreht mich zu sich. Fast schon verzweifelt drückt sie mich ein letztes Mal an ihr Herz und ich kann nicht anders, als erneut in Tränen auszubrechen.

»Lebwohl, Maya!«, erklingt es aus allen Ecken. »Die Göttin sei mit dir.«

»Unsere Seelen werden sich wiedersehen«, verspricht mir meine Mutter, bevor sie sich von mir löst. Ich strecke meinen Arm aus und versuche den Kontakt zu ihr so lange wie möglich aufrechtzuerhalten, doch schließlich verlassen ihre Fingerkuppen die meinen und mir wird schmerzlich bewusst, dass ich ab sofort auf mich alleine gestellt bin. Elaria legt einen Arm um meine Schulter und wischt mit einem Tuch meine Tränen weg.

»Alles wird gut, Maya«, verspricht sie mir, als auch schon der Luftwirbel vor unseren Füßen zu tanzen beginnt. Ich erinnere mich an das Licht, welches damals auf der Lichtung von oben gekommen war, und sehe hinauf. Eine Kugel aus gleißendem Licht bricht durch die Decke und bewegt sich auf den Wirbel zu meinen Füßen zu. Kurz bevor die beiden aufeinandertreffen, halte ich mir die Augen zu. Selbst mit geschlossenen Lidern entgeht mir die Lichtexplosion nicht. Vorsichtig nehme ich meine Hände herunter und sehe in Gaias Gesicht. Sie ist gut einen Kopf kleiner als ich und ihre gütigen, schillernden Augen blicken mir freudig entgegen.

»Maya«, sagt sie, »endlich kann ich dich zu mir holen.«

»Es ist mir eine Ehre, Mutter aller Dinge«, antworte ich und beuge mein Knie. Mir ist schlecht und ganz schwummrig. Mit einer Handbewegung deutet Gaia mir an mich wieder zu erheben. In meinen Ohren beginnt es vor Aufregung zu rauschen und ich höre nur wie durch Watte, dass Gaia meine Schwestern begrüßt und sich bei ihnen für die Übergabe der Braut bedankt. Ich drehe mich um, doch bevor ich etwas sagen kann, habe ich das Gefühl zu schweben. Gaia hält meine Hände ganz fest in ihren. Alles um mich wird heller und das Letzte, was ich sehe, sind meine Mutter und Iria, die sich fest umarmen, bevor ich schließlich gar nichts mehr sehen kann. Gaias Nähe ist alles, was ich in dieser hellen Stille wahrnehme. Ich spüre keine Angst, keine Traurigkeit, nur wohlige Wärme, bis meine Füße schließlich wieder Boden unter sich fühlen. Ich sehe an mir herunter und stelle fest, dass ich immer noch heil bin. Selbst mein Kleid ist unbeschadet, nur meine Füße sind plötzlich nackt und stehen auf marmorierten Fliesen. Vorsichtig hebe ich den Kopf und sehe mich um.

»Wo bin ich?«, frage ich.

Ich stehe in einer großen Halle mit weißen Säulen und einer weitläufigen Treppe, die gar nicht zu enden scheinen will. Überall stehen Blumen auf Emporen und die Wände wirken irgendwie lebendig. Ganz so, als könnten sie sich jederzeit öffnen und einen Weg freigeben. Es ist schwer zu beschreiben. Es scheint, als würden sie atmen. Von ihnen geht keine Ruhe aus.

Gaia drückt meine Hände, bevor sie sie wieder loslässt. »In meinem Heim, Maya«, antwortet sie, bevor sie ein paar Schritte geht und zu einer Wand auf der rechten Seite sieht. Sie öffnet sich vollkommen geräuschlos und gibt einen Rundbogen in ein anderes Zimmer frei. Ungläubig blinzele ich und sehe durch die Öffnung, wo ich eine Art Wintergarten mit Glasfront erkennen kann. Ein Vogel sitzt auf einem schmiedeeisernen Blatt, welches aus der Wand ragt.

»Ich möchte dir meine Söhne vorstellen«, sagt Gaia und geht voraus. Angst breitet sich wieder in mir aus und lässt meine Hände schweißnass werden. Ich folge Gaia und will mir nervös durch die Haare fahren, als mir bewusst wird, dass etwas in meinem Zopf hängt. Ich sehe ihn mir an und finde darin eine gelbe Blume, ein Kleeblatt, eine Weinrebe und … ist das Schnee an meinen Haarspitzen? Unweigerlich kommt mir das Kinderlied in den Kopf.

*Der Frühling bringt Blumen, der Sommer den Klee. Der Herbst bringt die Trauben, der Winter den Schnee.*

Wackeligen Schrittes betrete ich den eben erschienenen Raum hinter Gaia. Auf einer weißen Couchgarnitur sitzen vier junge Männer und mir bleibt vor Überraschung fast die Luft weg. Drei erheben sich und lachen mich fröhlich an. Ich bleibe stehen und komme mir vor wie eine Statue auf dem Marktplatz. Meine Knie beginnen zu zittern. Da sind sie nun. Gaias Söhne. Die vier Jahreszeiten.

»Söhne, das ist Maya. Eure neue Braut«, stellt mich Gaia vor und sieht mich dann an. »Maya, darf ich vorstellen?« Sie geht zu einem jungen Mann mit brünettem Haar und grasgrünen Augen. »Das ist Aviv, der Frühling.«

Ich lächele ihn an, befürchte aber, dass es falsch und unbeholfen aussieht. Aber wenn dies der Fall sein sollte, dann ist er so sehr Gentleman, dass er es sich nicht anmerken lässt. Ich sehe mir den Frühling genauer an. Er hat ein freundliches, neugieriges, vielleicht sogar etwas schüchternes Gesicht. Fast schon ein wenig jungenhaft mit den strubbeligen Haaren und dem verspielten Lächeln. Gaia geht weiter zum Nächsten, einem Mann mit blonden, kurzen Haaren, braun gebrannter Haut und dunkelblauen Augen. Sein Gesichtsausdruck ist stolz, aber gütig und seine Körperhaltung hat etwas Ehrfurcht gebietendes.

»Sol«, sage ich zittrig und nicke ihm zu. Gaia lacht, weil ich ihren Sohn sofort zuordnen konnte.

»Ja, ich glaube, der Sommer ist unverkennbar, hm?«, denkt sie laut und dreht sich einem Mann mit rotem Haar und haselnussbraunen Augen zu. »Das ist Jesien, der Herbst.«

Seine Wangen sind leicht gerötet und ich frage mich, ob er sich bereits den einen oder anderen Wein genehmigt hat. Vielleicht sollte ich ihn wählen und meinen Kummer im Alkohol ertränken? Er sieht jedenfalls so aus, als könnte man eine Menge Spaß mit ihm haben. Ich begrüße ihn mit einer kleinen Verneigung meines Kopfes und lasse meinen Blick zu dem vierten Mann im Raum schweifen. Er ist nicht aufgestanden, sondern in einem Sessel sitzen geblieben. Sein Gesicht hat er desinteressiert weggedreht, so dass ich nur seine weißen, wuscheligen Haare erkennen kann. Hilflos sehe ich zu der Mutter aller Dinge. Gaias Miene wird ernst und eine unglaublich starke Melancholie schimmert in ihren Augen.

»Nevis«, höre ich sie sagen, als ich meinen Blick wieder zu dem Sessel und dem Mann, der darauf sitzt, lenke. »Der Winter.«

»Hallo«, flüstere ich ängstlich, spüre aber gleichzeitig den Drang, näher an ihn heranzugehen. Meine Füße fühlen sich vor Aufregung an, als seien sie am Boden festgenagelt. Nevis dreht langsam den Kopf und zeigt mir ein wunderschönes, wenn auch etwas eingefallenes Gesicht mit hellen, eiskristallblauen Augen. Für einen Moment vergesse ich zu atmen. Solche Augen habe ich noch nie zuvor in meinem Leben gesehen. Es scheint, als könnten sie einen mit einem bloßen Blick in ihr unglaublich helles, kristallenes Blau einfrieren.

»Maya«, flüstern seine leicht bläulichen Lippen meinen Namen. Es klingt wie ein klirrend kalter Winterwind. Meine Haut ist sofort mit Gänsehaut überzogen. Es ist mir, als wäre ein kalter Schauer meinen Rücken heruntergelaufen. Seine Haut ist so weiß wie mein Kleid und ich befürchte, dass sie ebenso kalt wie der Schnee an meinen Haarspitzen ist. Die Traurigkeit und

Hoffnungslosigkeit in den Augen des Winters lässt mich erstarren, bis er schließlich seinen Kopf wieder abwendet und mich damit freigibt. Gaia mustert mich eingehend.

»Du wirst die Gelegenheit haben, jeden meiner Söhne kennenzulernen«, sagt sie und ich nicke. Die Männer tragen alle Farben, die zu ihren Jahreszeiten passen. Aviv Grün, Sol Gelb, Jesien Rotbraun und Nevis ein helles Blau wie gefrorenes Wasser. Die große Frage, die mich nun die nächsten Wochen beschäftigen wird, ist die, welche Farbe ich wohl für den Rest meines Lebens tragen werde.

# 2. EINE FREMDE WELT

»Gefällt dir dein Zimmer? Auch wenn du nicht lange bleibst, möchte ich dennoch, dass du dich in dieser Zeit wohl und geborgen fühlst«, sagt Gaia, während ich mich in diesem wunderschönen Raum umsehe.

»Wie könnte es jemandem nicht gefallen?«

Das Zimmer ist riesig. Ich habe ein großes, weißes Himmelbett, einen Schreibtisch, ein volles Bücherregal und die lebendigen Wände zeigen über ihre ganze Fläche Bilder von einem Wald, woraufhin ich mich sofort heimisch fühle. Es ist fast, als hätte ich ein Bett mitten in den Bäumen. Auf der gegenüberliegenden Seite der Tür ist ein großer Erker mit breiter Fensterbank und Sitzkissen. Nur die Aussicht ist noch schöner als das Zimmer. Vorsichtig trete ich ans Fenster und kann meinen Mund nicht mehr geschlossen halten.

»Atemberaubend«, hauche ich ehrfürchtig. Gaias Haus steht auf einem felsigen Stück Land, welches durch ein Meer von Wolken zu schweben scheint. Der Himmel ist in ein zartes Rosa getaucht und von meinem Fenster aus kann ich auf einen riesigen Kirschblütenbaum sehen, der umgeben von einem Meer aus Wolken an einer Klippe wächst.

»Wo sind wir hier?«, frage ich und bemerke, dass Gaia direkt neben mir steht. Ihre schillernden Augen begutachten ebenfalls den Kirschblütenbaum, durch dessen rosafarbene Blüten die Sonne zu uns herüberstrahlt.

»An dem Ort, an dem ich geboren wurde«, sagt sie schließlich und ich sehe wieder hinaus.

»Was ist unter den Wolken?« Ich kann meine Neugier kaum im Zaum halten. Aus den Augenwinkeln sehe ich, wie Gaia ihre Hand bewegt und draußen die Wolken verschwinden. Hinter ihnen ist nichts ... nur die Schwärze und die funkelnden Sterne eines klaren Nachthimmels. Wir befinden uns tatsächlich auf einem Stück Land, das irgendwo herausgebrochen zu sein scheint. Ich schlucke und versuche die Sonne über der Erde und den Nachthimmel unterhalb der Klippen in meinem Kopf sinnvoll zu vereinigen, aber es gelingt mir nicht. Gaia entfernt sich von mir und öffnet eine Tür zu meiner Rechten.

»Hier findest du Kleidung«, sagt sie und ich betrachte das kleine Ankleidezimmer mit großem Spiegel und vollen Kleiderstangen. »Und direkt daneben hast du ein Badezimmer.«

Ich nicke. »Danke, Mutter aller Dinge.«

»Nenn mich Gaia ... oder Mutter.« Sie zwinkert mir zu. »Schließlich bist du jetzt meine Tochter, Maya.« Die Göttin wirkt nachdenklich. Eine Blumenranke schlängelt sich wie ein Haarreif um ihren Kopf und lässt rote Blüten sprießen. »Von allen Auserwählten, die bisher in meinem Reich waren, bist du mir die Liebste.«

Ich will etwas sagen, widersprechen, aber ich halte es für unangebracht, einer Göttin so ins Wort zu fahren.

»Wenn du noch etwas brauchst, gib mir Bescheid.« Sie sieht mich ernst an und ich nicke. »Ich hole dich zum Mittagessen ab. Versuch in der Zeit deine ersten Eindrücke und dich selbst zu sammeln. Es ist mir klar, dass du im Moment noch unendlich traurig bist, aber ich verspreche dir, dass sich das ändern wird.«

»Danke«, sage ich voller Hoffnung darauf, dass ihre Worte die Wahrheit sind. Aber wer außer ihr sollte es sonst wissen? Gaia steht bereits an der Tür, als sie sich noch einmal zu mir umdreht.

»Ach, Maya ... keine Angst vor Nevis.« Sie zwinkert mir zu und verschwindet, bevor ich etwas sagen kann. Vollkommen erschöpft setze ich mich auf das große Himmelbett und beobachte eine ganze Weile die lebendigen Wände und ihre Bilder von Vögeln, die durch die Baumkronen des Waldes hüpfen. Erst jetzt bemerke ich, dass meine Finger zittern, weshalb ich sie unter meine Oberschenkel lege, um sie zu wärmen und stillzuhalten. Was soll ich nur bis zum Mittagessen tun? Ich möchte nicht an all das denken, was ich zurückgelassen habe.

»Meine Tasche!«, rufe ich meinen Gedanken laut heraus. Die Tür zum Ankleidezimmer geht wie von Geisterhand auf und als ich mich erhebe und hineinspähe, finde ich meine Reisetasche auf dem Boden.

»Das ist der reinste Wahnsinn«, flüstere ich und schnappe sie mir. Ich drücke sie fest in meine Arme und gehe zurück ins Zimmer, wo ich sie auf das Bett schmeiße und den Reißverschluss öffne.

Leider brauche ich zum Auspacken auch nicht genug Zeit, um damit dem Mittagessen bedeutend näher zu rücken, dafür lachen mich nun meine Mutter und Iria vom Schreibtisch aus an und im Ankleidezimmer befinden sich ein paar vertraute Kleidungsstücke.

*Keine Angst vor Nevis*, gehen mir Gaias Worte durch den Kopf und während ich so darüber nachdenke, kommt mir eine Idee. Ich stelle mich vor die Wand und atme tief durch.

»Zeig mir die Jahreszeiten«, sage ich und der Wald weicht sofort weißen Wänden. Erschrocken gehe ich einen Schritt zurück und frage mich schon, ob ich sie kaputt gemacht habe, als sie sich plötzlich zu verfärben beginnen. An der Seite wo die Eingangstür ist, beginnen Blätter in einem Herbstwald zu fallen. Mitten im Laub erscheint der grinsende Jesien in voller Größe. Im Gegensatz zu seiner Umgebung ist er jedoch still wie ein Foto. Ich drehe mich zur rechten Seite, wo mein Bett nun in einer Winterlandschaft steht. Oberhalb des Betthimmels hat sich an der Wand sogar Schnee angesammelt. Direkt neben meinem Bett steht reglos Nevis. Auf dem Bild haben seine Augen allerdings nicht dieselbe Anziehungskraft wie in Wirklichkeit. Dennoch fangen die Wände seinen melancholischen Blick wundervoll ein. Ich wende mich wieder nach rechts zu der Seite mit dem Erker, um den jetzt überall rosafarbene Kirschblüten fallen, was mit der Aussicht auf den von Wolken umgebenen Kirschblütenbaum einfach traumhaft schön aussieht. Avivs stilles Foto lehnt mit verschränkten Armen und einem freundlichen Lächeln im Gesicht gegen den Erker. Auf der noch übrig gebliebenen Seite mit den beiden Türen zum Ankleideraum und dem Badezimmer ist ein Strand erschienen. Im Hintergrund erstreckt sich ein weites Meer, wie ich es nur aus Büchern und Filmen kenne. Genau zwischen den beiden Türen steht Sol. Die Sonne scheint ihm über die Schulter und lässt ihn im wahrsten Sinne des Wortes glänzen.

»Unglaublich«, ist das Einzige, was mir dazu einfällt. Ich sehe zu dem Foto von Iria. »Wenn du die Götter nur sehen könntest.« Sie wäre außer sich vor Freude, dessen bin ich mir sicher. Ich setze mich wieder auf das Bett und ziehe meinen langen Zopf über meine rechte Schulter. Wie sind die Blume, der Klee, die Weinrebe und der Schnee nur in mein Haar hineingekommen? Vorsichtig rüttele ich an dem Schnee und als er herunterrieselt, bildet sich sofort neuer. Ich seufze und sehe hinüber zu der Wand, die Aviv zeigt.

»Bitte wieder den Wald.«

Es dauert keine Minute und es sieht in meinem Zimmer wieder so aus wie vorher. Wenn ich mich sammeln soll, dann ist es so eindeutig besser. Ich schlendere zu dem Schreibtisch und dem Bücherregal, welche sich neben der Tür zum Badezimmer befinden. Vorsichtig fahre ich mit dem Zeigefinger über die Buchrücken und versuche die Titel zu entziffern. Die meisten von ihnen sind in den ausgestorbenen Sprachen Englisch, Deutsch und Französisch verfasst. Als ich endlich ein lateinisches finde, ziehe ich es heraus und setze mich damit in den Erker. Die Sitzkissen dort sind unheimlich bequem und kaum habe ich Platz genommen, hat die Aussicht mich wieder in ihren Bann gezogen. Ich beobachte die vorbeiziehenden Wolken und diesen riesigen mysteriösen Baum eine ganze Weile, bevor ich mich wieder an das Buch in meinen Händen erinnere. *Ars amatoria* von Ovid. Ein sehr altes Werk, das auf lustige Art und Weise von der Liebe zwischen Mann und Frau berichtet. Anscheinend habe ich meine Nachtlektüre für die kommenden beiden Tage bei Gaia gefunden. Ich lege es vorsichtig beiseite, aus Angst dieses antike Werk zu beschädigen, und beginne damit, unruhig im Zimmer herumzulaufen, bevor ich mich schließlich auf das Bett werfe. Decke, Kissen und Matratze sind so unheimlich weich und bequem, dass ich einfach liegen bleibe.

Als es an der Tür klopft, setze ich mich hastig auf und versuche mein Äußeres schnell durch Glattstreichen meiner Haare und Kleidung zu korrigieren. Gaia tritt ein und lächelt.

»Das Essen ist angerichtet.« Sie mustert mich genau. »Wenn du magst, darfst du vorher noch in etwas Bequemeres schlüpfen.«

Ich mustere mein weißes Kleid und lächele. Eine Hose wäre mir jetzt bedeutend lieber. Ich würde mich wohler darin fühlen.

»Nach dem Essen kannst du dich frei im Haus bewegen und dich gerne mit meinen Söhnen unterhalten.«

»Vielen Dank für deine Gastfreundschaft, Gaia.«

Sie lächelt wieder. »Nur bleib bitte im Haus, Maya. Du würdest die Welt außerhalb dieser Mauern nicht verstehen.«

Ich sehe hinaus zu dem Kirschblütenbaum und nicke. Vermutlich herrschen in Gaias Welt ganz andere Naturgesetze als zu Hause.

»Und jetzt zieh dir etwas an, worin du dich wohlfühlst«, sagt Gaia mit gütiger Stimme und wartet mit locker vor der Brust verschränkten Armen. Ich laufe in das Ankleidezimmer und ziehe das weiße Kleid über meinen Kopf. Schnell suche ich mir ein paar schwarze Leggins heraus, die mir bis über die Knie gehen, und ziehe sie an. Dazu greife ich nach meiner absoluten Lieblingstunikabluse. Sie ist hellblau und geht mir bis über den Po. Unter der Brust wird sie mit einem breiten Gürtel auf Taille gebracht. Ich drehe mich vor dem Spiegel einmal um die eigene Achse. Mein Oberteil hebt wirklich alle positiven Eigenschaften meines Körpers hervor. Es betont meine Oberweite, während es meine Hüften locker umspielt. Zufrieden nicke ich mir zu, nachdem ich mir weiße Perlenohrringe in die Ohren gesteckt habe. Nur die Schuhe lasse ich weg, da Gaia und die Jahreszeiten barfuß waren. Ich will nicht gegen die Hausordnung verstoßen und es ist ja nicht so, als ob der Boden kalt wäre. Ganz im Gegenteil.

»Sehr schön«, lobt mich Gaia und mustert meine Bluse eine Weile mit einem merkwürdigen Gesichtsausdruck. Dann lächelt sie und streckt ihre Hand nach mir aus. Ich ergreife sie und lasse mich von der Göttin hinaus durch zahlreiche Flure und Korridore zurück zu der großen Eingangshalle führen, in der wir heute Morgen angekommen waren. Dieses Mal öffnet sich jedoch ein Rundbogen auf der anderen Seite. Wir gehen hindurch und treten in ein Esszimmer. An einem großen, langen Tisch sitzen bereits die Jahreszeiten. Die Wände hinter ihnen zeigen die verschiedensten Bilder der Jahreszeiten in meiner Heimat. Gaia lässt meine Hand los und geht zum anderen Ende des Raums an das Kopfende und weist mich mit einer Handbewegung an, mich ihr gegenüber niederzulassen. Zu meiner Linken sitzen Aviv und Sol, zu meiner Rechten Jesien und Nevis. Letzterer sieht mich zunächst nicht an, doch dann hebt er seinen Kopf und erstarrt. Habe ich etwas falsch gemacht? Aviv räuspert sich.

»Interessante Farbwahl«, hüstelt er amüsiert.

»Hm«, brummt Jesien zustimmend, während Nevis zu seiner Mutter neben sich sieht. Erst jetzt wird mir bewusst, dass meine Bluse das gleiche Hellblau wie Nevis' Kleidung hat.

»Oh«, sage ich peinlich berührt. »Es ist nur ... es ist meine Lieblingsbluse.« Ich will gerade zu Gaia beten, dass sie mir dabei hilft mit dem Stammeln aufzuhören, als ich mich daran erinnere, dass die Göttin mir am anderen Tischende gegenübersitzt. Nevis senkt seinen Kopf, so dass ihm die Strähnen seiner schneeweißen Haare tief ins Gesicht fallen und es mir unmöglich machen seine Augen zu sehen. Mein Blick klebt ängstlich an ihm. Wieso fürchte ich einen einzigen, kurzen Augenkontakt, den ich mir aber gleichzeitig auch erhoffe? Gaias Aufmerksamkeit hat mich jedenfalls nicht verlassen und sie sieht zwischen mir und Nevis hin und her, während die anderen Jahreszeiten glücklich auf die reich beladenen Teller starren, die sich urplötzlich vor unseren

Augen materialisieren. Ein Seufzen durchfährt Nevis' Körper, als er kurz aufsieht, um seinen Teller mit blassen Fingern von sich zu schieben. Ich erhasche einen flüchtigen Blick auf das helle Blau seiner Augen und bin für einen Moment wie gefangen von ihrem eisigen Anblick. Es ist Jesien, der meine Aufmerksamkeit von ihm losreißt. Er schiebt sich in mein Blickfeld und lächelt mich freundlich an.

»Nun, wie gefällt es dir bisher hier?«, will er wissen und nimmt einen Schluck Wein. Roten, um genau zu sein und so, wie er sich danach die Lippen leckt, ist er wohl sehr köstlich.

»Darf ich auch etwas?«, frage ich und deute auf sein Glas. Jesien lacht herzhaft und ein Glas Rotwein erscheint direkt vor mir.

»Komm mit mir und ich werde deine Geschmacksknospen für den Rest deines Lebens streicheln«, raunt er und zwinkert mir mit seinen haselnussbraunen Augen zu. Ich schlucke und versuche mich an einem unbefangenen Lächeln.

»Hey Jesien«, fällt Sol in das Gespräch ein, »vergiss nicht, sie gehört erst einmal Aviv und dann mir!«

Aviv lacht amüsiert und nimmt einen Bissen von dem Braten. Dem Aussehen nach ist es Wild. Vorsichtshalber koste ich zuerst die Kartoffel, die mit einer köstlich aussehenden Soße kunstvoll beträufelt sind. Eigentlich habe ich keinen Hunger, aber ich bin froh etwas zu tun zu haben und solange ich den Mund voll habe, muss ich auch nicht reden. Heimweh überkommt mich und schiebt sich in mein Herz wie ein gezackter Dolch. Es schnürt mir die Kehle zu und drückt meine Schultern herunter. Schnell nehme ich einen großen Schluck von Jesiens Wein und seufze freudig über den Geschmack.

»Gut, hm?«, will er wissen, nachdem er einen Bissen heruntergeschluckt hat. Seine herbstlaubroten Haare stehen ihm wirr vom Kopf ab, als hätte der Wind sie zerzaust. Ihr Rotton ist dunkler und kräftiger als der meiner Haare.

»Ja, sehr. Dankeschön«, antworte ich und koste etwas von dem Braten. Er lässt sich wie Butter schneiden und ist einfach nur grandios.

»Frisch aus meiner Welt«, triumphiert Aviv, als er mit funkelnden Augen feststellt, dass mir das Fleisch schmeckt.

»Köstlich«, versichere ich ihm und hebe Jesiens Weinglas an den Mund. Die Männer lachen sich gegenseitig an. Außer Nevis, der sich kurz mit seiner Mutter zu unterhalten scheint.

»Aviv ist mein Erstgeborener«, beginnt Gaia plötzlich laut zu erzählen. »Mit ihm begann alles zu wachsen, doch mir wurde bewusst, dass nicht alles immer weiterwachsen kann, sondern dass es eine Art Hochphase der Natur geben muss.«

»Den Sommer?«, frage ich und Gaia nickt.

»Ich brachte Sol zur Welt, doch schon bald spürte ich, dass die Natur eine Erholung brauchte.«

»Also bekam sie mich und ich ließ alles gemächlich welken«, spricht Jesien weiter und lacht vor sich hin. Er hat eindeutig genug getrunken, hält aber schon wieder ein neues Glas Wein in der Hand. Gaia nickt ihrem Sohn zu und ihre Augen werden traurig.

»Die Natur brauchte Schlaf, um sich zu erholen«, spricht sie weiter. »Deshalb bekam ich meinen Jüngsten, Nevis, der die Welt mit einer weißen Decke aus Schnee belegt und ihr die Ruhe und den Frieden gibt, um wenige Monate später die Kraft zu haben, erneut mit Aviv zu erwachen.«

Das klingt in meinen Ohren wunderschön. Von der Seite habe ich den Schnee noch nie gesehen. Gaia sieht herüber zu Nevis, der seinen Blick aber nicht aus der Ferne ins Hier und Jetzt holt, sondern irgendwo ins Nichts zu starren scheint.

»Mutter, darf ich dich etwas fragen?« Meine Stimme klingt zum Glück nicht so zittrig, wie sich meine Hände anfühlen. Ein gütiges Lächeln breitet sich auf Gaias Gesicht aus.

»Natürlich, mein Kind.«

»Wer ist der Vater der Jahreszeiten?«

Alle um mich herum beginnen zu lachen. Selbst Nevis' Mundwinkel scheinen sich ein wenig nach oben bewegt zu haben. Genau kann ich es allerdings nicht sagen, da ich ihn nur von der Seite sehen kann. Gaia klatscht in die Hände und lacht ein glockenhelles Lachen.

»Herrlich, Maya, das hat mich noch niemand gefragt«, freut sie sich.

Ehrlich nicht?

»Nein, wirklich«, bekräftigt sie ihre Aussage, nachdem sie meinen Gesichtsausdruck richtig gedeutet hat. »Maya, ich bin eine Göttin. Ich brauche keinen Vater. Ich bin Vater und Mutter in einer Person.«

Ich starre sie mit großen Augen an. Natürlich. Gaia kann erschaffen, wen oder was auch immer sie will. Wie naiv es von mir war zu fragen. Schamesröte tritt in mein Gesicht und ich versuche verzweifelt von den mich auslachenden Augen wegzusehen. Doch dann merke ich etwas … irgendwas ist plötzlich so anders. Ich sehe zu Nevis und er starrt mich unverhohlen an. Die Eiskristallaugen bohren sich direkt in meine und lassen nichts darüber erkennen, was ihr Besitzer gerade denkt. Verlegen sehe ich weg und nehme einen großen Schluck Wein, was Jesien mit einem anerkennenden Brummen quittiert.

»Durstig?«, fragt Sol amüsiert und ich verschlucke mich fast, während ich ihm mit hitzigem Kopf zunicke. Mit Sicherheit bin ich hochrot angelaufen.

Wir essen alle still weiter – bis auf Nevis, der wieder dazu übergegangen ist ein Loch in die Luft zu starren. Ich bin dankbar für die Ruhe und mustere die Jahreszeiten verstohlen. Mir fällt auf, dass sie alle ihrer normalen Umgebung entsprechend gekleidet sind. Aviv trägt ein grünes T-Shirt und Sol ein gelbes Achselshirt, welches seine braun gebrannten und trainierten Oberarme ins rechte Licht rückt. Jesien hat ein rotbraunes Langarmshirt an, während Nevis einen hellblauen Pullover trägt, der ihn noch blasser macht, als er ohnehin schon ist, aber seine unglaublichen Augen betont. Gaia erhebt sich und beendet damit das Essen.

»Du darfst dich jetzt gerne hier umsehen, Maya.« Sie sieht zu ihren Söhnen und breitet die Arme in beide Richtungen aus. »Die vier stehen dir zu deinen Diensten, wenn du Gesellschaft wünschst.«

Wie peinlich! Alle, sogar Nevis, starren mich an und ich schaffe es gerade so zu nicken und zu lächeln. Mir kommt es vor, als würde ich in letzter Zeit nichts anderes tun, nur nicken und lächeln wie ein strohdoofes Dummerchen. Ich überlege kurz, dann entscheide ich mich endlich mal mutig zu sein und Sol anzusprechen. Er war beim Essen sehr still und er ist bisher definitiv mein Favorit.

»Sol?«

Der Gott mit den blonden Haaren und den dunkelblauen Augen schaut mich mit einem freundlichen Lächeln im Gesicht an.

»Würdest du mir alles zeigen?«

Er erhebt sich und kommt zu mir herüber. »Sehr gerne, Maya.« Eine von der Sonne verwöhnte Hand streckt sich mir entgegen und ich ergreife sie. Neugier bringt mich dazu, mich noch einmal umzudrehen, als er mich aus dem Raum führt. Jesien und Aviv werfen sich einen nicht zu deutenden Blick zu, während Nevis den Kopf zu seiner Mutter gedreht hat und ich somit nur seinen weißen Haarschopf sehen kann.

»Ich dachte mir«, beginne ich zu beichten, als wir den Speisesaal verlassen haben, »dass ich mir den beliebtesten unter euch zuerst ansehe.«

Sol sieht mich mit großen Augen an und lacht. Er duftet nach frisch geschälten Orangen und einer Mischung aus Sommerregen und Meeresbrise. Ich könnte mir gut vorstellen diesen Geruch für den Rest meines Lebens zu riechen.

»Was hat dir Mutter schon über dieses Haus berichtet?«, fragt er mich und zieht die Augenbrauen belustigt hoch. Dieser jungenhafte Ausdruck lässt ihn noch hübscher wirken.

»Noch nicht viel«, sage ich und sehe mich in der Eingangshalle um. »Ich weiß nur, dass es da in eine Art Wohnzimmer mit Wintergarten geht und dass hinter uns der Speisesaal ist.«

»Das ist so nicht ganz richtig, Maya«, sagt Sol lachend. »Dieses Haus lebt. Räume erscheinen, wo man sie braucht, sofern es gerade möglich ist. Nicht jeder Raum kann zum Beispiel von deinem Zimmer aus erreicht werden. Ich fürchte, du bist zu kurz hier, um alles zu verstehen, aber du sollst wissen, dass du von hier aus in jeden Gesellschaftsraum kommst. Sei es nun das Wohn- oder Esszimmer oder aber Mutters Unterhaltungsräume.« Sol deutet zu der Haustür. »Verlassen solltest du diese lebendigen Gemäuer allerdings nicht.«

»Das hat sie mir schon gesagt«, fahre ich ihm ins Wort und entschuldige mich sofort für mein Verhalten. Diese Situation macht mich wohl doch nervöser, als ich dachte.

»Schon gut«, sagt Sol grinsend und deutet auf den Flur neben der großen Treppe, aus dem ich gekommen bin. »Dort geht es zu deinem Schlafgemach. Folge einfach dem Flur und er wird dich automatisch in die richtige Richtung lenken.« Der Sommer scheint kurz zu überlegen. »Im Grunde kommst du auf die gleiche Art überall hin. Wenn du zum Beispiel Gaia oder mich finden willst, brauchst du bloß an die betreffende Person zu denken und dieses Haus lenkt dich automatisch.«

»Der Wahnsinn«, flüstere ich vor mich hin und Sol nickt lächelnd. »Ich habe schon herausgefunden, dass die Wände in meinem Zimmer mir zeigen, was immer ich will.« Ob sie mir auch meine Mutter oder Iria zeigen würden? Das muss ich heute Abend unbedingt ausprobieren.

»Wenn man länger hier ist, bekommt man ein Gefühl für das Haus«, sagt Sol und nimmt meine Hand, um mich bei ihm einzuhaken. Wir gehen auf eine Wand zu, die sich sofort für uns öffnet, und ehe ich mich versehe, stehen wir in einem Raum, der eine atemberaubend schöne Poollandschaft mit kleinen Inseln voller Palmen und Blumen und hier und da ein paar sprudelnden Quellen beherbergt. Am Rand stehen Liegen aus Rattan und die Wände zeigen einen tropischen Wald.

»Göttin«, zische ich ehrfürchtig vor Erstaunen und sehe mich um.

»Mich wirst du meistens hier finden«, sagt Sol. »Während der zwei Tage, die du bei Mutter verbringst, müssen auch wir hier im Haus bleiben.«

»Und wo schlaft ihr?«, frage ich vollkommen unschuldig, doch Sol scheint meine Frage zu amüsieren, denn er grinst verschmitzt.

»Unsere Schlafgemächer findest du genau wie jeden anderen Raum hier.«

»Ich wollte nicht …«, will ich mich rechtfertigen, doch ich gebe auf, als ich in Sols amüsierte Augen sehe. Ich muss ihn ablenken. »Ihr müsst also schlafen? Ich dachte nur, weil ihr Götter seid und so weiter.«

»Meine Brüder und ich sind nur Halbgötter und ja, hin und wieder müssen wir uns erholen.«

Ich nicke und sehe zum Pool.

»Möchtest du schwimmen, Maya?«

»Sehr gerne«, raune ich freudig.

»Dann teste gleich mal, was ich dir zu dem Haus berichtet habe, und geh dich umziehen«, sagt Sol und zieht das gelbe Achselshirt aus. Er trägt eine kurze Hose, welche ihm wohl auch als Badehose dient.

»Wenn ich in zehn Minuten nicht zurück bin, schick bitte einen Suchtrupp hinterher«, versuche ich unsicher zu scherzen. Der Sommer lacht und geht noch ein kleines Stück mit mir in die Eingangshalle. Dort angekommen bleibe ich wie versteinert stehen, während Sol sich lässig gegen die Wand lehnt. Nevis steht am unteren Ende der Treppe und sieht zu uns herüber. Sein Gesichtsausdruck verrät nichts darüber, was er gerade denkt. Neben ihm steht ein großer, weißer Wolf. Gedankenverloren tätschelt er ihm den Kopf, bevor er seinen Blick von mir löst und ohne ein Wort zu verlieren die Treppe hinaufgeht. Staunend beobachte ich, wie sich Schnee auf den

Stufen bildet und Nevis und der Wolf von weißem Nebel verschlungen werden.

»Was ... wie?«, stammele ich verwirrt.

»Die Treppe führt in die Jahreszeiten«, erklärt Sol hinter mir. »Ich sollte dich noch warnen. Solltest du Nevis suchen und das Haus dich zur Treppe führen, weil er gerade mal wieder verschwunden ist, geh bitte nicht einfach dort hoch.«

Ich drehe mich zu Sol um und sehe ihn fragend an.

»Du könntest irgendwo in seiner Welt verschwinden und erfroren sein, bevor wir dich finden.«

Irgendwie kann ich mir nicht so recht vorstellen, dass Gaia mich nicht sofort finden würde. Aber wieso sollte Sol lügen?

»Eigentlich sollen wir die zwei Tage hierbleiben, aber für Nevis macht Mutter eine Ausnahme.« Die Stimme des Sommers klingt eigenartig, als er noch etwas hinzumurmelt. »Wie immer.«

»Es ist notwendig«, ertönt Gaias Stimme scheinbar aus dem Nichts. Ich sehe mich um und erkenne, wie sich auf der gegenüberliegenden Seite die Wände öffnen. Gaia tritt mit einem riesigen grün-roten Papagei auf den Schultern in die Eingangshalle. Sie bleibt vor mir stehen und sieht kurz mit einem strafenden Blick zu Sol, bevor sie sich mir zuwendet.

»Für Aviv und Jesien sind die Temperaturen in meinem Haus vollkommen in Ordnung. Sol ist es oft zu kalt, weshalb er dir sicherlich als Erstes das warme Schwimmbad gezeigt hat, wo er sich die meiste Zeit aufhält.« Sie macht eine Pause und sieht zu der Treppe hoch, die jetzt ins Nichts zu führen scheint. »Meinem Jüngsten jedoch ist es hier oft zu warm. Er muss ab und an für eine halbe Stunde verschwinden.«

»Ich verstehe«, sage ich und nicke. »Was war das für ein Wolf?«

Gaia sieht zu Sol und ich folge ihrem Blick.

»Wir haben alle einen Tiergeist zur Gesellschaft«, beginnt dieser zu erklären. »Sobald du unsere Welten betrittst, wirst auch du dich mit ihnen unterhalten können. Sie sind unsere Weggefährten.«

»Die weiße Wölfin ist Nevis' Vertraute Iria«, sagt Gaia.

»Iria?«, frage ich erstaunt. »Wie meine beste Freundin?«

Gaia lacht glockenhell. »Wenn man es so sehen will, haben eure beiden besten Freundinnen tatsächlich den gleichen Namen.«

»Und ich kann mich wirklich mit den Tieren unterhalten?«

Gaia nickt mit gütigem Blick, ganz so wie eine Mutter, die ihr Kind beobachtet.

»Mein Tiergeist ist ein Delfin namens Flipper«, sagt Sol und beginnt zu lachen. »Vor tausend Jahren hätten die Menschen das noch lustig gefunden«, fügt er hinzu, nachdem er meinen verständnislosen Blick gesehen hat. »In Wirklichkeit heißt er Seth.«

Ich lächele ihn an und kann nicht umhin sein schönes Gesicht zu bestaunen. Sol ist so unglaublich attraktiv, dass ich zu verstehen beginne, warum die meisten Auserwählten bei ihm geblieben sind.

»Wenn du bei mir bist, lasse ich ihn mit dir schwimmen, wenn du magst.«

»Ich freue mich drauf«, gebe ich ehrlich zurück und sehe zu Gaia, deren wissende Augen mich durchleuchten.

»Keks, Keks«, krächzt der Papagei auf ihrer Schulter, woraufhin die Göttin mir zuzwinkert und einfach so verschwindet.

»Hat sie ... hat sie sich in Luft aufgelöst?«, frage ich verdattert.

Sol steht jetzt neben mir und legt mir eine Hand auf die Schulter. »Willkommen in meiner Welt«, lacht er laut. »Und jetzt geh deinen Badeanzug holen.«

Auf dem Weg in mein Zimmer - zumindest vermute ich, dass ich dorthin unterwegs bin, denn die Flure sehen dieses Mal ganz anders aus denke ich darüber nach, ob der Papagei Gaias Tiergeist ist. Ich bin immer noch ganz erstaunt, dass die weiße Wölfin den Namen Iria trägt, und erwische mich dabei, wie ich mir wünsche, dass Nevis mich ihr vorstellt. Wenn sie sprechen kann, werde ich mich in meiner Winterwoche sicher mit ihr unterhalten können.

Als ich bekleidet mit einem roten Badeanzug und einem großen Handtuch um die Hüften wieder zurück ins Schwimmbad komme, bin ich nicht nur über dieses Haus erstaunt, sondern auch darüber, dass sich Aviv und Jesien zu Sol ins Schwimmbad gesellt haben.

»Hallo, Schönheit«, begrüßt mich Jesien und zwinkert mir mit seinen haselnussbraunen Augen zu. Er sitzt auf einer Liege und hat die Beine ausgestreckt, während sich Sol und Aviv wie zwei kleine Jungs im Wasser balgen. »Ich hoffe, es stört dich nicht, dass Aviv und ich uns dazugesellt haben.«

»Nein, nicht im Geringsten«, sage ich sofort ehrlich. »Es ist schön euch alle so ungezwungen kennenzulernen.« Ich atme tief durch. »Kommt Nevis auch?«

»Wohl eher nicht. Nevis ist es hier viel zu warm.«

Ist es dann nicht total unfair, dass wir uns hier aufhalten, frage ich mich. Immerhin sind die anderen drei so im Vorteil.

»Abgesehen davon«, plappert Jesien weiter, »ist Nevis vom Typ her eher Einzelgänger.«

Ich setze mich auf die Liege neben Jesien und sehe in seine warmen, braunen Augen. Sie sind freundlich und heißen mich willkommen.

»Sol hat mir von seinem Tiergeist erzählt«, beginne ich. »Was ist dein Tier?«

»Eine Eule. Ihr Name ist Sowa.«

»Oh, ich liebe Eulen«, rufe ich aus, woraufhin Aviv und Sol kurz innehalten, aber schon bald wieder in ihre Wasser-Rauferei verfallen. »Ich lausche ihnen so gerne. Im Wald neben dem Orden gibt es einige Eulen.«

»Du wirst Sowa kennenlernen, wenn du nach deinem Besuch bei Sol noch Lust hast.«

»Wieso sollte ich nicht? Ich meine, ich muss doch zu euch allen eine Woche, oder?«

»Oh nein, Maya. Das hast du missverstanden.« Jesien setzt sich gerade auf und sieht mich an. »Du *darfst* zu jedem von uns eine Woche, aber du musst nicht.« Er grinst. »Wenn du dich schon am ersten Tag Hals über Kopf in Aviv verliebst, ist die Sache gelaufen.«

»Oh.« Mehr fällt mir dazu nicht ein. »Okay.«

»Bisher sind nur zwei zu mir durchgekommen. Eine davon hat sich dann auch für mich entschieden.« Er zwinkert mir zu. »Gute Trefferquote, was?«

Ich lache. »Ja, fünfzig Prozent.« Ob überhaupt eine mit Nevis mitgegangen ist?

Nachdem ich abends geduscht habe, achte ich genau darauf, dieses Mal keine Farbe der Jahreszeiten anzuziehen. Ich stöbere durch die Kleidung, die Gaia mir zur Verfügung gestellt hat, und gerate ins Schwärmen. Der Wahnsinn, woher hat sie nur so tolle Sachen? Ich entscheide mich für eine schwarze, weite Haremshose und ein rotes, enges Blusentop ohne Ärmel. Als ich mir beim Duschen den Zopf gelöst habe, sind die Blume, der Klee, die Rebe und natürlich auch der Schnee herausgefallen. Aber kaum habe ich meine Haare getrocknet, erscheinen sie wieder. Die Rebe schlängelt sich um meinen Kopf wie ein Haarreif und auf ihr sprießen die Blume und etwas Klee. Als ich mich gerade frage, wo der Schnee wohl bleibt, wächst eine weiße Schneerose aus der Rebe und wird sofort mit Frost überzogen. Auch wenn sich die Markenzeichen der Jahreszeiten jetzt einen anderen Platz gesucht haben, nehme ich trotzdem meine Haarmähne und flechte sie zu einem langen Zopf. Meine Haare sind ganz wellig, wenn ich sie offen trage, und viel zu lang, so dass sie mir überall im Weg wären. Zufrieden betrachte ich mich im Spiegel und lächele die blassen Sommersprossen in meinem Gesicht an. Ich konnte heute einen guten ersten Eindruck von Sol und Jesien gewinnen. Mit Aviv habe ich zwar im Wasser kurz gesprochen, aber zu wenig, um mir eine Meinung zu bilden. Trotzdem könnte ich nicht genau sagen, wer bisher vorneliegt. Vielleicht Jesien ganz minimal? Er hat so etwas Warmes und Freundliches an sich, während Sol äußerlich natürlich konkurrenzlos ist. Wobei ... wenn ich da an Nevis' kristallblaue Augen denke ... und auch wenn Weiß nun wirklich eine sehr ungewöhnliche Haarfarbe ist, so gefällt er mir doch auch sehr. Besonders, wenn ihm die Strähnen bis tief in die Augen fallen und die Melancholie in seinem Gesicht ein wenig verschleiern.

Bevor ich zum Abendessen gehen will, fällt mir jedoch noch etwas ein. Ich stelle mich vor die Wände. »Zeigt mir meine

Mutter.« In geschwungener Schrift erscheinen die Worte *Dura lex sed lex.*

*Das Gesetz ist hart, aber es ist das Gesetz.*

Kein Kontakt zu meiner Welt, ich habe verstanden. Aber einen Versuch war es wert.

# 3. LEBEN UND TOD

Ich schlendere durch die Flure und versuche an den Speiseraum zu denken, aber meine Gedanken flüchten sich immer wieder zum Winter und damit zu den Sorgen und Ängsten, die ich wegen der Zeit bei ihm habe. Werde ich die Woche bei ihm aushalten, wenn er weiterhin so abweisend ist? Aber ich habe mir vorgenommen wirklich die volle Zeit zu nutzen und jedem der Männer eine Woche zu geben. Immerhin entscheide ich, wo ich den Rest meines Lebens verbringe, und da möchte ich mir alle Optionen ganz genau ansehen. Auch Nevis.

Plötzlich geht neben mir die Wand auf und ein Rundbogen gibt die Sicht auf ein Zimmer frei, welches ich zunächst nicht zuordnen kann. An den Wänden hängen dieses Mal richtige Bilder von Papageien in großen Holzrahmen. Etwas kitschig für meinen Geschmack, dennoch trete ich ein und starre eines der Bilder an. Ich lege den Kopf schief und frage mich, wie die Göttin ausgerechnet auf Papageien kommt. Meine Schwestern fänden diese Information sicherlich rasend interessant und man würde den Orden mit diesen bunten Vögeln füllen. Wobei dies ein Problem darstellen könnte, da Papageien nicht in den Breitengraden der Menschen leben und man dort keinerlei Transportmittel mehr besitzt. Der Weg zu Fuß wäre wohl fast eine Lebensaufgabe. Zumal wir nicht genau wissen, wie sich die Kontinentalplatten nach Gaias Eingriff verschoben haben. Es könnte also durchaus sein, dass man ein Segelschiff bräuchte. Was wir auch nicht wissen ist, wie die Welt außerhalb unserer Grenzen aussieht. Nur Elaria und die von ihr beauftragten Grenzgänger wissen darüber Bescheid. Gedankenverloren beginne ich eins meiner Lieblingslieder zu summen und Bruchstücke daraus zu singen. Es handelt von zwei Freunden, die zu Liebenden werden. Dieser Gedanke hat mich schon immer fasziniert, besonders da ich mein Leben lang nur von Frauen umgeben war. Ein männlicher Freund blieb bisher ein Wunschtraum von mir. Vielleicht werde ich ja in einem der Jahreszeiten einen Freund finden? Das wäre wirklich wunderschön. Die Angst hier keinen Vertrauten zu finden schnürt mir einen Moment lang den Hals zu und ich stoppe meinen Gesang, um zu schlucken. Hinter mir räuspert sich unverhofft jemand und ich zucke zusammen. Schnell drehe ich mich um und mein Blick fällt direkt auf Nevis' breite Brust. Ich erkenne ihn an der Farbe seines Pullovers.

»Oh«, entfährt mir ein verschreckter Laut und ich sehe hoch in ... diese Augen. »So blau.« Nein, hab ich das gerade laut gesagt? Nevis legt den Kopf schief und sieht mich mit ernster Miene an.

»Alles okay?«, will er wissen. Sein Atem ist eisig und prickelt auf meiner Haut. Ich kann ihn nur anstarren, bin wie eingefroren.

»Maya?«

»Ja?«

»Was suchst du hier?«

»Den Speisesaal«, antworte ich vollkommen geistesabwesend wie eine dumme Trine, die nicht bis drei zählen kann. Nevis atmet tief durch und sieht sich im Zimmer um.

»Nun, ich schätze, da bist du hier falsch.« Seine Eiskristallaugen durchleuchten mich förmlich.

»Meine beste Freundin heißt auch Iria«, sage ich vollkommen zusammenhanglos und Panik keimt in mir auf. Was mache ich da? Nevis wirkt jetzt ein wenig verstört.

»Ich verstehe nicht …« Er sieht mich abwartend an.

»Dein Wolf«, beginne ich zu erklären, »heißt auch Iria, oder?«

»Ich bringe dich zum Speisesaal«, sagt er entschlossen und geht voran, doch ich bleibe wie angewurzelt stehen. Habe ich ihm nicht eine Frage gestellt? Ich bin durcheinander und nicht mehr Herr meiner Sinne.

»Komm!«, ruft er mich in einem barschen Ton. Seine weißen Haare verhängen seine Augen ein wenig, als er zu mir herübersieht. Wie gerne ich sie einmal anfassen würde …

»Ähm, ja«, sage ich und räuspere mich, bevor ich seine Verfolgung aufnehme. Er spricht kein Wort mit mir, während er mich in den Speisesaal führt und ich bin zu erschrocken, um selbst etwas zu sagen. Ich bin heilfroh, als wir die anderen bereits am Tisch vorfinden.

»Maya!«, ruft Gaia freudig und erhebt sich. Sie deutet auf den Stuhl ihr gegenüber am anderen Ende des Tisches und setzt sich zeitgleich mit mir hin.

»Ich habe mich ein wenig verlaufen«, stammele ich.

»In meinem Haus?«, fragt die Göttin verblüfft. »Das geht gar nicht. Du kannst immer nur den Weg nehmen, den du zu gehen gedenkst.«

»Anscheinend wolltest du zu unserem kleinen Brüderchen«, gluckst Jesien in sein Weinglas und ich kann ihm das nicht mal übel nehmen, obwohl ich bei seinen Worten sofort puterrot werde. Jesien hat so eine Art an sich, die ich sehr zugänglich finde. Bei ihm weiß man, woran man ist, während Sol viel hinter seinem Äußeren zu verstecken versucht. Aber ich versuche noch keine voreiligen Schlüsse zu ziehen. Ich bin noch keinen ganzen Tag hier und es ist unmöglich jemanden in so kurzer

Zeit kennenzulernen. Nevis nimmt kommentarlos neben seinem Bruder, dem Herbst, und an der Seite seiner Mutter Platz. Ich sehe, wie sie ganz kurz seine Hand ergreift, bevor sie sich mir zuwendet.

»Nun, Maya, wie war dein erster Tag hier?«

Bevor ich antworten kann, erscheint das Essen auf dem Tisch. Ein großer Laib Käse auf einem hölzernen Brett. Ein köstlich duftendes Brot, eine Palette mit Tomaten und Mozzarella, frischer Aufschnitt, diverse Aufstriche und ein großer Korb voller Obst. Es sind Früchte dabei, die ich nur aus Büchern kenne.

»Ich habe meine Eindrücke noch nicht richtig ordnen können«, gestehe ich ehrlich und Gaia nickt verstehend.

»Nun, deshalb bleibst du die ersten beiden Tage auch bei mir«, sagt sie schließlich zufrieden und beginnt sich am Essen zu bedienen. Das ist auch das Zeichen für uns andere loszulegen. Aviv ist so freundlich mir zwei Scheiben von dem köstlich duftenden Brot abzuschneiden. Als ich sie ihm abnehme, merke ich, dass es noch ganz warm ist. Schnell belege ich eine Scheibe mit etwas Käse und beiße hinein. Köstlich! Ein zufriedenes Brummen entfährt mir, was Jesien Spaß zu machen scheint.

»Das muss man dir lassen, Maya«, sagt er. »Du bist eindeutig eine Genießerin.«

»Wie du«, sagt Gaia und zwinkert erst ihrem Sohn und dann mir zu. Ich schiebe mir mit den Fingern einen Krümel in den Mund, der meinen Lippen entkommen war, und lächele Jesien an.

»Bisher habt ihr mich aber auch verwöhnt«, verteidige ich mich ein wenig, nachdem ich heruntergeschluckt habe. Jesien will gerade etwas sagen, als Nevis neben ihm aufsteht.

»Entschuldigt mich bitte«, murmelt er vor sich hin und verlässt dann schnellen Schrittes den Speisesaal. Ich sehe ihm verdattert nach und zucke dann mit den Schultern.

»Du musst die Butter probieren«, lenkt Aviv meine Gedanken wieder zurück zum Essen. »Die ist einfach köstlich!«

Ich nicke und bestreiche meine zweite Brotscheibe. Als ich abbeiße, beobachten mich Avivs Augen ganz genau.

»Himmlisch«, seufze ich und halte mir die Hand vor den Mund, da ich immer noch Brot darin habe. Aviv scheint sich sehr zu freuen und fängt damit an, sich selbst etwas zu essen zu machen. Langsam wird mir bewusst, dass Aviv am Anfang wohl noch etwas schüchtern war, doch jetzt aufzutauen beginnt. Der Gedanke, dass er leichte Berührungsängste hat, macht ihn in meinen Augen sehr sympathisch. Ich lächele ihn während des Essens mehrmals an und seine grünen Augen werden immer offener.

»Ich werde mich jetzt zurückziehen«, sagt Gaia schließlich und steht auf. »Maya, du darfst den Abend verbringen, wie du möchtest. Bleib bitte nur im Haus. Meine Söhne werden dir auf Wunsch gerne Gesellschaft leisten, aber du kannst die Abendstunden auch gerne dazu nutzen deine Gedanken ein wenig zu ordnen. Wenn du nach draußen möchtest, wird dich morgen früh gerne jemand begleiten.«

»Danke, Mutter«, sage ich und neige meinen Kopf. Als ich wieder aufsehe, ist sie bereits verschwunden und Jesien, Aviv und Sol starren mich abwartend an.

»Was kann man denn hier so am Abend machen?«, frage ich, um etwas zu sagen. Ich weiß noch nicht, was ich tun möchte, aber nachdenken kann ich auch noch später im Bett.

Ich sitze zwischen Sol und Aviv, während uns die Wand gegenüber einen sehr alten Film von einer Geschichte zeigt, in der Maschinen die Welt übernommen haben. So hat man sich damals die Zukunft vorgestellt ... verrückt! Jesien sitzt auf einem Sessel neben uns und hält ein Glas Wein in der Hand. Er lacht die ganze Zeit und steckt mich regelmäßig damit an.

»Könnte ich auch etwas Wein haben?«, frage ich schließlich und es dauert keine Sekunde, bis ich ein Glas Rotwein in der Hand halte. Jesien zwinkert mir zu, bevor er sich wieder dem Film widmet. Während ich trinke, fällt mir auf, dass Aviv etwas Abstand zu mir hält, während Sols Nähe auf meiner Haut brennt.

»Verbringt Nevis nie den Abend mit euch?«, frage ich, um meine Gedanken an einen kühleren Ort als Sols starke Oberarme zu lenken.

»Wir sehen uns immer nur diese zwei Tage alle hundert Jahre«, erzählt Jesien und nimmt einen Schluck Wein. »Und ja, Nevis hält sich von Gruppenaktivitäten fern.«

»Vielleicht sollten wir ihn bitten herzukommen?«, fragt Aviv, doch die anderen kommen nicht dazu sich zu äußern, denn ich platze dazwischen.

»Ihr seht euch nur alle hundert Jahre?« Ungläubig sehe ich die drei Götter an. »Aber ist das nicht furchtbar für euch? Ich meine, ihr seid doch Brüder.«

»Brüder, die nichts anderes kennen, als alleine zu leben, Maya«, erklärt Jesien und seine Stimme ist dabei so sanft und süß wie der Wein, den er mir gegeben hat. Ich mustere das Glas in meiner Hand. Wie furchtbar. Kein Wunder, dass sie sich so auf mich gefreut haben. Der Druck, mich für sich zu gewinnen, muss unheimlich groß sein, denn ansonsten drohen ihnen wieder hundert Jahre Einsamkeit. Wie hoffnungslos muss sich Nevis fühlen?

»Entschuldigt mich bitte, ich glaube, ich brauche etwas Zeit für mich«, sage ich und stelle das Glas auf einer kleinen weißen Anrichte ab. Über ihr ragt eine gusseiserne Ranke aus der Wand, auf der ein Spatz sitzt und mich mit seinen Knopfaugen mustert, bevor er davonfliegt. Merkwürdiges Haus.

Die Männer stehen auf und verneigen sich. Sol bietet mir an mich zu meinem Zimmer zu geleiten, doch ich weise ihn dankend zurück. Ich bin kaum wieder in der großen Eingangshalle, da verschließt sich das Zimmer und damit auch die Jahreszeiten hinter mir. Einen Moment lang fühle ich mich einsam und muss wieder an Nevis denken. Während ich das tue, schwingt plötzlich die Eingangstür auf und ich starre sie verwundert an. Ich darf nicht alleine hinausgehen und bei Nacht erst recht nicht, wieso öffnet sie sich also? Will Gaia mich etwa testen? Langsam gehe ich zur Tür und will sie gerade schließen, als der Blick nach draußen mich in seinen Bann zieht. Es ist mittlerweile Nacht geworden. Ein klarer Sternhimmel hängt über einem circa zwei Meter hohen Teppich aus Nebel. Ich kann keinen Boden ausmachen, nur diesen dichten Rauch, der alles bedeckt. Neugierig gehe ich ein paar Schritte vor und kaum bin ich hinausgetreten, fällt die Tür hinter mir ins Schloss. Ängstlich drehe ich mich um, doch das Haus ist verschwunden. Einfach weg, ich stehe mitten im Nichts.

»Nein«, rufe ich und Panik krallt sich in meine Knochen. »Nein, nein ... Mutter?« Nichts, nur Stille. »Gaia?« Ich wollte nicht rausgehen! Wieso ist das Haus jetzt weg? Um mich herum hängt der Nebel schwer in der Luft und lässt mich nicht erkennen, wo ich bin. Die Dunkelheit der Nacht ist auch nicht gerade hilfreich. Alles, was ich sagen kann, ist, dass meine Füße auf warmer Erde stehen.

»HILFE!«, rufe ich, bis meine Lungen zu schmerzen beginnen. Der Nebel um mich herum scheint immer dicker zu werden und irgendwie faulig zu riechen. Nervös greife ich in meine Haare. Es muss einen Ausweg geben. Irgendwie, irgendwo, doch leider habe ich mich schon so oft um mich selbst gedreht, dass ich keine Ahnung mehr habe, von wo ich gekommen bin, also laufe ich mit pochendem Herzen einfach los. Die Arme vor mir ausgestreckt, damit ich mit nichts zusammenstoße. Immer wieder bleibe ich mit meiner Kleidung irgendwo hängen. Meist scheinen es Sträucher zu sein oder eine Art Maschendrahtzaun. Ich bemerke, dass ich durch Blumen laufe, bis ich schließlich gegen etwas stoße.

»Eine Bank«, rufe ich aus und taste sie ab, bis ich mich auf ihr niederlasse und mich an sie kralle wie an einen Rettungsanker. Ich muss in Gaias Garten sein und wenn ich ruhig hier sitzen bleibe, wird sie mich bestimmt finden. Zitternd ziehe ich meine Beine an und schlinge die Arme um sie. Wieso bin ich bloß durch diese Tür getreten?

»Was ist an Nebel so faszinierend?«, schimpfe ich mich selbst. Jetzt, wo ich mittendrin sitze, jedenfalls nichts mehr.

Da zieht ein Geräusch am Boden meine Aufmerksamkeit nach unten. Ich wedele etwas Nebel weg und – da fließt etwas über den Boden! Kreischend springe ich auf und fühle, wie die Bank unter meinen Füßen immer heißer wird. Sie beginnt vor Hitze zu glühen und meine Haut zu schmerzen.

»Nein«, rufe ich erneut. »Was ist hier los?«

Die Masse, die sich über den Boden bewegt, glüht und zischt.

»Lava?« Mein Herz schlägt mir bis zum Hals. »Lava!« Kaum habe ich geschrien, zieht sich mir die Lunge zusammen. Der beißende Geruch und der Rauch, der sich mit dem Nebel verwoben hat, werden immer stärker und nehmen mir die Luft zum Atmen. Wimmernd lasse ich mich auf der Lehne der Bank nieder und versuche meine Füße höher zu halten. Meine Haut ist an den Füßen schon leicht verbrannt. Ich muss zu sehr husten, um nach Hilfe rufen zu können. Panisch versuche ich mir über meine brennenden Augen zu wischen, doch ich habe das Gefühl, als würde der Nebel sie und mich so langsam vergiften und verätzen. Mir tut mittlerweile alles weh. Ich fühle mich, als würde ich von innen und außen gleichzeitig verbrennen.

Plötzlich höre ich ein Knistern und Zischen. Es wird immer lauter und scheint auf mich zuzukommen. Das Geräusch von eiligen Schritten mischt sich darunter.

»Hallo?«, bringe ich leise, hustend hervor. »Hilfe!« Ich fürchte, dass diese Person mich nicht gehört hat. Meine Stimme ist kaum mehr als ein kratziges Wispern und kommt kaum gegen die Zischgeräusche an. Ich spüre, wie die Bank unter mir auf einmal eiskalt wird. Sehen kann ich wegen des Nebels, der Dunkelheit und meiner zugeschwollenen Augen kaum etwas.

»Maya!«

Ich versuche blinzelnd zu erkennen, wer da auf mich zukommt, doch es ist zu dunkel und meine Augen brennen zu sehr. Was immer die Bank abgekühlt hat, es scheint dafür zu sorgen, dass nun auch noch Dampf von unten nach oben aufsteigt und mir damit das letzte bisschen Sicht nimmt.

»Maya, was tust du hier draußen?« Es ist ein Mann und er kommt näher. Er flucht und schließlich wird mir klar, dass es nur einer sein kann.

»Nevis!«, keuche ich und versuche mich aufzustellen, sinke aber wieder zusammen.

»Hat man dir nicht gesagt, dass es hier draußen für dich zu gefährlich ist?«, fährt er mich mit eiskalter Stimme an. Sein Gesicht kommt ganz nah an meines und ich kann schwach erkennen, dass er seine Kristallaugen wie Dolche durch mich hindurchfahren lässt.

»Die Tür ging plötzlich auf«, beginne ich zu erzählen, muss aber wieder husten. Nevis schüttelt den Kopf, hebt mich in seine Arme und trägt mich über einen, wie es klingt, eisigen Pfad durch die Lava. Das war das Zischen, was ich gehört hatte. Das Eis, das die Lava zum Einfrieren gebracht hat. Nevis' Schritte hinterlassen das krachende Geräusch von einem frostigen Untergrund. Ich kralle mich an ihm fest und halte die Augen geschlossen. Sie brennen so sehr, dass es mich fast verrückt macht. Ich lehne sie gegen Nevis' kühle Schulter und schon spüre ich eine Art Linderung. Immer weiter bewege ich meine Stirn in Richtung seines Nackens und genieße das erlösende Gefühl.

Plötzlich sinkt Nevis mit mir auf die Knie und ich reiße meine noch wunden Augen auf. Wir sind auf einer Art Veranda und der Winter legt mich keuchend ab, während er selbst auf dem Holz des Bodens zusammensinkt. Die Hitze scheint ihm sehr zuzusetzen. Ich höre das Eis unseres Pfades draußen brechen. Erstaunt sehe ich mich um. Als ich rausgegangen bin, war hier noch keine Veranda.

»Bist du verletzt?«, will Nevis wissen und setzt sich wieder auf.

»Meine Fußsohlen sind verbrannt«, sage ich und muss erneut husten, während der Winter sich neben mich kniet. »Und meine Augen brennen noch ein wenig.«

Mit eiskalten Fingern nimmt er meinen rechten Fuß in seine Hände und legt eine Handfläche flach auf die verbrannte Haut. Augenblicklich geht es mir besser. Die Kälte kühlt meine geschundene Haut und mir wird bewusst, dass nicht nur Wärme Schmerzen lindern kann. Kälte ebenso.

»Du hättest nicht rausgehen dürfen«, sagt Nevis, während er die Prozedur an meinem anderen Fuß wiederholt. »Abends stirbt hier draußen alles, Maya. Bis Mitternacht lebt nichts mehr und der Tod hält bis in die Morgenstunden an, bis die Zeit der Wiedergeburt beginnt. Tagsüber kannst du hier gerne mit Begleitung durch das blühende Leben spazieren, aber sobald die Sonne hinter der Klippe versinkt, musst du zurück sein!«

»Die Tür war plötzlich weg«, sage ich und Nevis runzelt die Stirn. »Ich wollte nur den Nebel sehen, da fiel sie hinter mir zu und das Haus war verschwunden.«

Seine Augen sind so wunderschön. Nie hätte ich gedacht, dass Schmerz und Trauer etwas so atemberaubend schön machen können. Die Melancholie in ihnen lässt mich einfach nicht los, wenn ich in sie hineinsehe.

»Hast du an etwas gedacht, als sich die Tür öffnete?«, will der Winter wissen und lässt meinen linken Fuß los. Vorsichtig und zurückhaltend hält er noch einmal seine Hand über meine Augen. Nachdem er zurückweicht, kann ich wieder richtig sehen. Ich teste vorsichtig, ob ich aufstehen kann, und es funktioniert. Seine Kälte hat die Verbrennungen geheilt.

»Ich habe an dich gedacht«, gestehe ich ehrlich.

Das hätte ich besser nicht getan, denn sein Blick wird frostig kalt.

»Hör auf mich zu suchen, hörst du?«, zischt er mich an und ich glaube Schmerz in seiner Stimme zu hören.

»Es war ja keine Absicht«, fahre ich ihn zickig an. »Entschuldige, dass ich über meine potenziellen Ehemänner nachdenke.«

Nevis packt mich hart am Arm und ich wimmere vor Schreck und Schmerzen kurz auf, doch er lässt nicht locker.

»Ich bin keiner von ihnen.« Seine Stimme ist so kalt und beherrscht, dass es mich tief trifft. »Und jetzt komm, ich bringe dich zu deinem Zimmer.« Damit steht er auf, doch er beginnt zu wanken. Ich kann ihn gerade noch schnappen und er fällt mit seinem ganzen Gewicht auf mich. Einen Moment lang sehen wir uns mit Panik in den Augen an. Diese plötzliche Nähe summt in meinem ganzen Körper. Noch nie war mir ein Mann so nah und es scheint fast, als würde mein Herz in seinen Brustkorb hinüberspringen wollen. Eine merkwürdige Sanftheit legt sich über Nevis' Gesicht. Er wirkt mindestens genauso verwirrt, wie ich mich fühle. Sein Atem streicht zärtlich über meine Haut, während sich etwas in meinem Bauch prickelnd und nach mehr verlangend anzustauen beginnt.

»Alles okay?«, frage ich ein wenig atemlos.

»Die Hitze hier draußen«, sagt er, bewegt sich jedoch keinen Zentimeter und ich muss feststellen, dass es mir nichts ausmacht. Im Gegenteil. Als er versucht sich aufzurichten, macht sich sogar ein Gefühl der Leere in mir breit, als würde mein Körper sein Gewicht vermissen. Ich rappele mich auf und er hilft mir auf die Füße. Schweiß steht auf seiner Stirn und er wankt immer noch etwas. Wir stützen uns gegenseitig und gehen ins Haus. Ich seufze erleichtert, als ich mich in der Eingangshalle wiederfinde.

»Es tut mir leid, dass ich dir einen Schrecken eingejagt habe«, sage ich und sehe zu der großen Treppe. »Soll ich dich in deine Welt begleiten?«

»Nein«, sagt Nevis und richtet sich auf. Es scheint ihm wieder besser zu gehen, doch er wirkt jetzt noch abweisender als sonst. Er packt mich wieder am Arm und zieht mich an der Treppe vorbei. Sanft, aber bestimmt schiebt er mich vor sich und folgt mir dann durch die Gänge. Seine Kühle trifft mich so hart, dass ich ein Brennen in meinen Augen fühle. Heimweh macht sich in mir breit und ich wünsche mir nichts sehnlicher, als bei meiner Mutter und Iria zu sein. Verstohlen wische ich mir über die Augen.

»Wieso weinst du?«, will Nevis wissen und bleibt stehen.

Ich drehe mich zu ihm um und schüttele den Kopf. Das will ich ihm nicht sagen. Nicht, wenn er mich so ansieht.

»Du brauchst dir keine Sorgen zu machen. Mutter wird dich nicht bestrafen. Du bist dort draußen schon genug bestraft worden.«

»Das ist es nicht«, flüstere ich wieder mit dem Rücken zu ihm und mustere meine zerschlissene, dreckige Kleidung.

»Was dann?« Er klingt nun weicher, nicht mehr ganz so eisig und mehr wie der Mann, dem ich eben auf der Terrasse liegend in die Augen gesehen habe. Ein merkwürdiger Schauer durchfährt mich bei dem Gedanken daran und ich höre mein Herz laut in mir pochen. Es will mir etwas sagen, was ich nicht verstehe.

»Ich ...«, stocke ich, »... ich wünschte nur, dass ich nicht die Auserwählte wäre. Ich habe Heimweh nach meiner Mutter und meinen Schwestern im Orden.«

»Du hast bisher nicht den Eindruck gemacht, dass es dir hier nicht gefällt«, entgegnet er ungläubig. Ich drehe mich zu ihm um und starre ihn an.

»Ich habe nie behauptet, dass es mir hier nicht gefällt ... aber hier ist eben nicht mein Zuhause.«

Nevis' Miene ist unnahbar und nicht zu deuten. »Wir sind da«, sagt er und zeigt auf eine Tür, die sich neben uns aufgetan hat. Dahinter liegt in aller Stille mein Zimmer.

»Danke, Nevis«, sage ich, unsicher, wie er darauf reagieren wird.

Er nickt nur und geht dann weg. Einfach so. Hat er es nicht gespürt? Ich schließe meine Augen und versuche erneut seine Nähe zu spüren.

»Gute Nacht«, flüstere ich mir selbst zu.

Am nächsten Morgen sitze ich in meinem Bett und kann nur daran denken, dass ich am folgenden Tag mit Aviv für eine Woche von hier verschwinde. Gedankenverloren betrachte ich meine geheilten, aber noch leicht geröteten Fußsohlen. Im Nachhinein kommt mir der gestrige Abend wie ein schlechter Traum vor. Warum verletzt mich Nevis' Verhalten so? Ich muss unbedingt heute die Gelegenheit nutzen, um mit ihm zu sprechen, bevor ich drei Wochen in Angst vor der Zeit bei ihm verbringe. Doch ich werde sie durchziehen, ... jetzt erst recht. Ich habe nur vier Optionen, mein weiteres Leben zu führen, und ich wäre verdammt blöd mir nicht alle ausgiebig anzusehen. Bisher schwanke ich zwischen Jesien und Aviv. In der Nacht ist mir klar geworden, was mich ein wenig an Sol stört. Die Tatsache, dass er gerade eine Gefährtin verloren hat, jetzt aber schon wieder fleißig um mich buhlt. Allerdings kann man ihm das auch nicht wirklich verübeln. Vielleicht reißt er sich zusammen und versteckt alles hinter seiner hübschen Fassade, um nicht die nächsten hundert Jahre in Einsamkeit zu verbringen?

Jedenfalls ist mir bisher Jesien am sympathischsten und Aviv bringt mich mit seiner schüchternen Art einfach dazu ihn gernzuhaben. Einerseits ist der Frühling aufbrausend und jungenhaft, dann aber auch wieder zurückhaltend und introvertiert. Eben niemand wie Sol, der total selbstsicher wirkt.

Und Nevis ... was mochte ich an ihm? Seine Augen ... auch seine weißen, wirren Haare, aber hauptsächlich seine hellblauen Kristallaugen, die so traurig und verletzt wirken, dass man sich einfach in ihnen verlieren muss. Allerdings hat er sich gestern Abend als möglichen Ehemann für mich ausgeschlossen und die Tatsache tut weh. Er lehnt mich einfach ab. Dabei fühle ich seinen Körper immer noch auf meinem. Ich kralle mich mit meinen Händen in den Laken des Bettes fest. Immer und immer wieder habe ich die Szene in der Nacht in meinem Kopf abgespielt. Das Gefühl seiner Brust auf meiner ... das Schlagen seines Herzens. Unserer Herzen, die sich aneinanderzudrängen schienen. Es war schön und gleichzeitig auch unglaublich prickelnd, ihm so nah zu sein. In mir füllt sich jetzt noch alles mit einer kribbelnden Wärme, wenn ich nur daran denke.

»Zeig mir Nevis«, bitte ich die Wand zu meiner Rechten. Eine Winterlandschaft erscheint, eine einsame Einöde voller Schnee und mit einem klaren Himmel. Im Hintergrund kann man ganz schwach ein paar Berge ausmachen.

»Nevis?«, frage ich verwirrt. »Ich wollte Nevis sehen!«

Doch die Wand zeigt nur die Landschaft, bis plötzlich ... Da bewegt sich etwas! Ich gehe näher heran und erkenne Nevis, der neben einem weißen Wolf durch den dicken Schnee läuft. Nein, er scheint mehr darüber zu schweben und sinkt bei seinen Schritten keinen Millimeter ein. Aber wieso bewegt sich das Bild dieses Mal? Das letzte Mal hatten die Jahreszeiten wie Fotos ausgesehen.

»Ist er das … jetzt gerade?«, frage ich laut, als ob die Wand antworten könnte. Möglich ist es. Sicherlich ist er gestern Abend in seine Welt verschwunden, um sich von der Hitze draußen zu erholen. Seufzend lasse ich mich wieder auf dem Bett nieder und beobachte, wie die Wand Nevis' Weg durch den Schnee verfolgt. Was hat er gestern draußen gesucht? Er muss vor mir draußen gewesen sein, denn sonst hätte mich das Haus nicht hinausgeführt. Aber er weiß doch von der Lava, der Hitze und dem Tod. Ein ungutes Gefühl überkommt mich und bringt mich dazu nervös im Zimmer auf und ab zu laufen. Wollte Nevis sich gestern Abend umbringen? Mein Brustkorb scheint plötzlich zu eng zu sein und ich bekomme nur schwer Luft. Ich muss mit ihm sprechen, dringend. Oder sollte ich gleich zu Gaia gehen? Ich sehe zu dem Nevis auf meiner Wand. Er bleibt stehen und streicht gedankenverloren dem weißen Wolf über den Kopf. Seine Kristallaugen sind in die Ferne gerichtet.

»Welches Geheimnis trägst du in dir?«, flüstere ich und hebe die Hand an sein Gesicht. Die Wand holt Nevis näher für mich heran, so dass seine eisigen Augen plötzlich in voller Größe vor mir sind. Kurz schrecke ich zurück, doch dann genieße ich es einfach nur mich unbemerkt in ihnen zu verlieren und spüre noch einmal tief in mir nach, ob ich nicht immer noch das Gefühl seines Körpers an meinem in mir trage. Es ist noch da … und es hinterlässt eine Sehnsucht, die ich vorher noch nie gespürt habe.

# 4. ES WAR EINE MUTTER, ...

Leise summe ich das alte Kinderlied über Gaia und ihre Söhne vor mich hin, während ich mich für das Frühstück fertig mache. Ich sehe aus dem Erker hinaus auf einen blühenden Kirschbaum und schüttele meinen Kopf. Was für ein eigenartiger Ort ist das hier nur? Ob Gaia böse mit mir sein wird?

»Ich hoffe, du hast Recht«, sage ich zu dem Nevis an meiner Wand, »und sie denkt auch, dass ich schon genug bestraft wurde.«

Ich entscheide mich für ein wunderschönes, langes Maxikleid mit einem traumhaften, nicht kitschigen floralen Muster. Da ich meine Oberarme noch nie sonderlich ansehnlich fand, ziehe ich mir einen weißen Bolero drüber. Ich betrachte mich zufrieden im Spiegel ... ein wenig sehe ich aus wie die Frau des Frühlings und ich hoffe, dass sich Aviv darüber freuen wird. Obwohl ich das Kleid Gaia zuliebe ausgewählt habe. Die Göttin trägt, wenn sie denn mal von mehr als ihren Blumen bekleidet ist, immer nur Kleider und ich habe vor sie heute ein wenig zu erfreuen. Ärger habe ich gestern Abend schon genug gemacht.

Ein Blick zur Wand zeigt mir, dass Nevis verschwunden ist. Stattdessen ist nun ein starres Bild von ihm zu sehen. Anscheinend ist er wieder im Haus und wird deswegen von den Wänden nur als Bild gezeigt.

»Interessant«, nuschele ich vor mich hin und stecke mir Perlenohrringe in die Ohrläppchen. Mit Erstaunen stelle ich fest, dass die Blume des Frühlings in meinem Haar sich denen auf meinem Kleid angepasst hat. Ihr zartes Gelb sticht nun aus meinem Rot hervor. Gedankenverloren greife ich nach meinem Zopf und lege ihn mir über die rechte Schulter, so dass ich ihn in voller Länge sehen kann. Die Symbole der Jahreszeiten prangen besitzergreifend darin und lassen mein Herz einen Moment lang flattern. Irgendwie habe ich plötzlich das Gefühl, etwas ändern zu müssen. Diese endgültige Entscheidung, die ich hier zu treffen habe, kann doch nicht der einzige Weg sein, oder?

Ich schlucke den Gedanken herunter, atme tief durch und richte mich auf. Gaia erwartet mich sicher schon beim Frühstück und genau dort werde ich jetzt hingehen. Entschlossen gehe ich zur Tür, reiße sie auf und will hinausstürmen, doch ich pralle gegen etwas ... jemanden.

»Oh«, stammele ich und starre auf einen dunkelblauen Pullover, dessen V-Ausschnitt mit kleinen Knöpfen versehen ist. Die Haut meines Gegenübers ist blass und als ich aufschaue und direkt in zwei schwarze Pupillen blicke, die jeweils von einem Ring aus Eiskristallen umgeben sind, weiß ich auch, warum. Erstaunt sehe ich an Nevis herab. Er trägt nicht mehr die hellblaue Kleidung von gestern, sondern schwarze Winterstiefel, Jeans und den Pullover, den ich eben noch angestarrt habe. Hat er das auf der Wand auch schon getragen? Ich weiß es nicht mehr. Nevis' Augen wirken für einen Moment erschrocken, ja fast ängstlich, doch sie fangen sich wieder und die Fenster in seine Seele frieren abermals zu. Ein Hineinsehen ist unmöglich und ich frage mich, ob er noch hinaussehen kann oder ob, was auch immer ihn quält, seinen Blick ganz verschleiert.

»Hey«, sage ich schüchtern.

»Hey«, antwortet er und seine Stimme klingt erstaunlich sanft.

»Willst du sichergehen, dass ich mich nicht wieder nach draußen verlaufe?«

Nevis' Mundwinkel zucken einen Moment, doch dann wird seine Miene wieder ernst. »Nein, ich komme zufällig hier vorbei und laufe gleich in dich hinein.«

»Och, du Ärmster«, sage ich gespielt reumütig.

Seine Augen wirken wieder für einen Moment verletzlich und tasten mein Gesicht fragend ab. Schließlich scheinen sie zu dem Ergebnis zu kommen, dass ich einen Scherz gemacht habe.

»Lass uns gehen«, sagt er schließlich, ohne weiter darauf einzugehen.

»Warte«, bitte ich ihn und schaue mich im Flur um. Niemand zu sehen. Ich greife nach seiner Hand und ziehe ihn in mein Zimmer. Als ich die Tür hinter uns ins Schloss drücke, fällt mir wieder ein, was auf meiner Wand zu sehen ist. Nevis starrt sein Bild an und scheint mehr als nur verwirrt zu sein.

»Du musst mir einiges erklären«, sage ich und versuche mein puterrotes Gesicht und meine Nervosität mit fester Stimme zu überspielen.

Nevis' Blick wandert ungläubig zu mir herüber. »Was?«, haucht er und schluckt. »Was willst du wissen?«

»Was hattest du da draußen zu suchen?«, platze ich heraus. »Ich habe an dich gedacht, als diese blöde Eingangstür aufging, und im Gegensatz zu mir wusstest DU, was bei Nacht da draußen passiert!«

»Du denkst zu viel an mich«, wispert Nevis kaum hörbar und wandert mit gedankenverlorenem Blick zu dem Erker und starrt hinaus.

»Was ist das eigentlich für ein merkwürdiger Kirschbaum, der nie Früchte trägt?«, frage ich leicht motzig, weil er nicht so aussieht, als würde er meine erste Frage beantworten wollen.

»Der Baum«, sagt Nevis, als wäre ihm gerade erst etwas aufgefallen. »Du hast Recht, er IST seltsam.«

»Du ehrlich gesagt gerade auch«, nuschele ich, doch der Winter starrt mit großen Augen zum Fenster hinaus und beachtet mich gar nicht. Plötzlich verspüre ich wieder den Drang, mit meinen Händen eine von seinen zu ergreifen, doch ich gebe ihm nicht nach und balle sie stattdessen zu Fäusten. »Also? Antwortest du mir jetzt oder nicht?«

»Ich habe etwas gesucht«, sagt er schließlich und löst seinen Blick von dem Fenster, um mich mit seinen frostigen Augen zu durchbohren.

»Und da gehst du ausgerechnet raus, wenn da draußen die Hölle losbricht?« Ungläubigkeit schwingt in meiner Stimme mit.

»Ich war rechtzeitig wieder auf der Veranda. Doch als ich dann an dich ...« Er stoppt und mir wird klar, dass er an mich gedacht hat. Gaias Welt hat ihn dann zu mir gelenkt. Aber wieso will er das nicht zugeben? »Jedenfalls habe ich dich gerettet und du solltest dankbar sein, statt mich mit Fragen zu bombardieren.« Er sieht mich so vorwurfsvoll an, dass Wut in mir hochkocht.

»Wieso willst du mich nicht, Nevis?«, platzt es aus mir heraus.

Sein Blick wird wieder einen Moment lang weich. »Wieso sollte ich?«, fragt er vollkommen perplex.

Wieso? Wieso? Wieso? Nun bin ich nicht mehr vor Scham rot, sondern vor Wut. Was habe ich ihm getan, dass er mich so ablehnt?

»Ich habe Hunger«, zische ich und drehe auf dem Fuß um. Wütend gehe ich zur Tür und marschiere festen Schrittes direkt bis zum Speisesaal.

Bisher sind nur Gaia und Jesien da und sie beide staunen nicht schlecht, als ich schon wieder in Nevis' Begleitung den Raum betrete.

»Ich hatte dich gewarnt, Maya«, sagt Gaia, doch ihr Blick ist warm und mütterlich und ich atme erleichtert aus. Statt zu versuchen mich aus der Sache herauszureden, neige ich dankbar für ihre Gnade den Kopf und setze mich dann auf meinen Platz. Jesien setzt sich grinsend zu mir. Auch er trägt heute nicht mehr seine unifarbene Kleidung, sondern einen tiefgrünen Pullover, der das feurige Rot seiner Haare förmlich lodern lässt. Warme braune Augen mustern mich amüsiert.

»War ziemlich tödlich da draußen, was?«, gluckst er und ich grinse ihn verlegen an.

»Kann man so sagen.«

Nevis nimmt neben Jesien Platz, welcher ihm kumpelhaft auf die Schulter klopft.

»Zum Glück war unser Nesthäkchen hier auch eine Runde spazieren«, sagt Jesien und irgendetwas scheint ihn sehr an meinem Unglück gestern Abend zu amüsieren. »Genau der richtige Mann, um über Feuer zu gehen.«

»Jesien«, zischt Nevis seinem Bruder zu. »Lass das.«

»Was denn? Ich will doch nur sagen, dass man Feuer gut mit Eis bekämpfen kann.«

»Guten Morgen«, ruft Sol in die Runde und unterbricht damit den kleinen Streit zwischen den kalten Jahreszeiten. »Habt ihr ins Bett gemacht oder wieso sitzt ihr schon hier herum?«

»Und du hast wohl gut geträumt?«, kontert Jesien mit amüsiert hochgezogenen Augenbrauen. Sol kommt zu mir, nimmt eine meiner Hände und drückt ihr einen Kuss auf.

»Guten Morgen, schöne Frau!«

Wow, was ist plötzlich los mit ihm?

»Guten Morgen«, stammele ich und erröte.

Sol trägt noch seine kurze gelbe Hose, aber dieses Mal ein weißes Achselshirt und sieht wie immer verdammt gut aus. Heute scheint er allerdings besonders gute Laune zu haben. Verlegen reibe ich mit dem Daumen der anderen Hand über die Stelle, die er geküsst hat. Noch nie haben mich die Lippen eines Mannes berührt und die Stelle prickelt wie Brause auf der Zunge. Doch im gleichen Moment geht ein sanftes Rucken durch meine andere Hand. Die, die Nevis' gehalten hat. Ich habe das Gefühl, dass sie förmlich zu brennen beginnt. Kälte überzieht meine Haut und bringt mich dazu, mich kurz zu schütteln.

»Alles okay?«, will Jesien wissen und ich nicke.

Mein Blick bleibt an Nevis hängen, der mich intensiv mustert. Kurz meine ich in seinen Augen ein Sehnen zu sehen, das ich nicht näher definieren kann, doch dann schließt er sie für einen Moment und öffnet sie wieder mit dem gewohnt kalten Ausdruck. Ich beiße mir auf die Unterlippe, als mir wieder einfällt, wie es sich angefühlt hat, als er auf mir lag. Mein Herz beginnt wild zu pochen. Zum Glück kommt Aviv herein und unterbricht meine kleine Panikattacke. Er begrüßt mich mit einem freundlichen Lächeln und setzt sich neben mich.

»Freust du dich auf morgen?«, fragt er mit Hoffnung in der Stimme.

»Sehr«, sage ich laut, damit es alle hören können. »Ich freue mich schon darauf jeden von euch näher kennenzulernen.«

»Darf ich also darauf hoffen die Ehre zu haben?«, fragt Jesien. Zu meinem Erstaunen trinkt er heute Kaffee.

»Hoffen?«, wiederhole ich und zwinkere ihm zu. »Damit rechnen, würde ich sagen.«

»Ich mag das Mädchen«, sagt der Herbst zu seiner Mutter und deutet dann kurz mit dem Kinn auf mich.

»Wenn es nur vier Möglichkeiten gibt, den Rest seines Lebens zu verbringen, wäre man ganz schön bescheuert, wenn man sich nicht alle vier Optionen anguckt.«

»Nicht, wenn man sich verliebt«, sagt Gaia mit sanfter Stimme und ich sehe in ihre bunt schimmernden Augen. »Dann sollte man den anderen erst gar keine falschen Hoffnungen machen.«

Ich nicke. »Stimmt, Mutter. Das habe ich nicht bedacht.« Ich fühle mich wie ein gerügtes Kind und senke den Blick auf den Tisch. Erst jetzt bemerke ich das Essen, das vor mir steht. Eine Schüssel mit Milchreis und heißen Kirschen. Irgendwie habe ich das Gefühl, dazu noch etwas sagen zu müssen, doch ich weiß nicht so recht, was, also plappere ich einfach drauflos. »Es ist nur so, Mutter. Ich habe vorher nie die Gesellschaft eines Mannes genossen, woher weiß ich dann, ob ich einen liebe?«

Gaia sieht mich mit einem Lächeln im Gesicht an. »Herzklopfen«, sagt sie nur. Mehr nicht. Fragend starre ich sie an, doch ich belasse es dabei und beginne damit den köstlichen Milchreis zu essen. Zu meinem Erstaunen isst Nevis dieses Mal mit. Als er meinen Blick auffängt, lächele ich.

»Ein Süßer, was?«

Alle starren mich an. Nevis wirkt wie vom Stuhl gestoßen.

»Äh, ich meine, dass du gerne süß isst?«, erweitere ich meine Aussage und Gaias glockenhelles Lachen erklingt, woraufhin die Luft um uns zu vibrieren beginnt.

»In der Tat«, japst sie nach Luft, »mein Jüngster ist ein Süßer.«

Die Brüder lachen etwas verhalten, nur Nevis nicht. Er wirkt verstört und die Aufmerksamkeit scheint ihm deutlich unangenehm zu sein.

Nach dem Frühstück bitte ich Jesien mich nach draußen zu begleiten. Tagsüber ist es mir erlaubt in Gaias Garten zu gehen, solange ich einen ihrer Söhne mitnehme. Ich muss mir das alles einfach mal im Hellen ansehen.

Jesien lächelt und streckt mir seine Hand entgegen. »Wollen wir?«

»Ja«, antworte ich und ergreife sie. Sein Händedruck ist warm und stark, ich kann gar nicht anders, als mich an seiner Seite wohlzufühlen. Als wir das Zimmer verlassen, sehe ich, wie Aviv und Sol uns mit gerunzelter Stirn hinterhersehen. Nevis starrt hingegen die Tischplatte an. Jesien geleitet mich zur Haustür und als er sie öffnet, kann ich meinen Augen kaum trauen. Vor uns, hinter der Veranda, liegt ein kleiner, vollkommen zugewachsener, blühender Garten. Der Herbst tritt zuerst hinaus und lächelt mich an, als ich zögere.

»Angst?«, neckt er mich und seine Augen funkeln.

Lächelnd schüttele ich den Kopf und trete zu ihm. »Wow!«

»Anders als in der Nacht, was?« Das Rot seiner Haare glänzt in der Sonne.

»Kein Vergleich«, antworte ich und lasse mich von Jesien die Veranda herunter, über einen kleinen Kiesweg, in ein Meer aus verschiedenen Bäumen und Blumen ziehen. Alles wächst hier wild und ohne sichtbare Ordnung, dennoch ist ein kleiner Weg ausgespart. Sobald man ihn betritt, ist man von Pflanzen umgeben und Kies knirscht unter unseren Füßen. Es ist schwer die Sonne auszumachen, aber ihre warmen, hellen Strahlen schimmern durch das dichte Blätterwerk über uns. Der Geruch ist unbeschreiblich. Es duftet nach frischem Gras und den schönsten Blüten.

»Du hast Nevis gesucht?«, fragt Jesien in die friedliche Stille der raschelnden Bäume hinein.

»Ja, irgendwie hat es mich traurig gemacht, dass er sich so ausgrenzt.«

Jesien scheint in Gedanken zu sein, also sehe ich mich um und bewundere die vielen Farben und Formen der Blumen, die ihre Köpfe um die Wette ins Licht strecken. Es dauert nicht lange und wir kommen an einer Bank vorbei. Ich bleibe stehen und setze mich darauf. Ja, das ist sie. Die Bank, auf der ich vergangene Nacht gesessen habe. Sie sieht aus, als wäre niemals der Atem des Todes über sie hinweggeweht. Das schwarze gusseiserne Metall wirkt beinahe unbeschadet, nur etwas Efeu rankt sich hoch zu der Lehne.

»Verrückter Ort«, denke ich laut und Jesien seufzt lachend.

»Du willst also morgen mit zu Aviv?«, fragt er plötzlich und verwirrt mich damit total. Mit einem fragenden Blick in den haselnussbraunen Augen setzt er sich neben mich und legt den Kopf schief. Wenn ich ihn mir so ansehe mit seinen wuscheligen roten Haaren, dann könnte ich mir vorstellen mein Leben mit ihm zu verbringen.

»Ja«, bringe ich hervor und runzele meine Stirn. »Wieso sollte ich nicht?«

»Weil ich glaube, dass du deine Entscheidung in deinem Herzen schon längst getroffen hast.« Er grinst selbstsicher und lehnt sich etwas vor. Mit seinem linken Zeigefinger tippt er mir sanft an die Stirn. »Dein Verstand muss es nur noch mitbekommen.«

Ich schüttele leise lachend meinen Kopf. »Du bist ganz schön von dir selbst überzeugt, lieber Jesien!«

Die Augenbrauen des Herbsts ziehen sich belustigt nach oben. »Ich rede nicht von mir, liebe Maya.«

»Nicht?«, frage ich erstaunt.

»Nein«, sagt er und lehnt sich selbstzufrieden zurück. Ich starre ihn an und hoffe, dass er noch mehr sagt, doch er grinst nur und sieht sich die Bäume über uns an.

»Wen meintest ...«, kann ich gerade noch sagen, als ich jemanden bemerke, der sich uns nähert. Meine anderen Sinne registrieren ihn, bevor meine Augen sein Gesicht ausmachen können.

»Brüderchen!«, ruft Jesien und lehnt sich vor, um der Wölfin Iria den Kopf zu tätscheln. Sie begrüßt ihn, indem sie seine Hand ableckt. Danach schaut sie mich an, als wolle sie etwas sagen, doch Jesien kommt ihr zuvor und ergreift das Wort.

»Wohin des Weges?«, fragt er Nevis und Iria sieht hoch zu ihrem Herrchen. Die Augen des Winters ruhen einen Moment fragend auf mir, bevor er sich seinem älteren Bruder zuwendet.

»Ich gehe spazieren.«

»Aha«, grübelt Jesien übertrieben laut. »Hier draußen, wo es so warm ist?« Der Herbst wirkt noch amüsierter als sonst.

»Ich suche etwas.« Das hatte Nevis auch schon zu mir gesagt. »Deshalb war ich auch nachts hier draußen.«

»Hast du etwas verloren?« Jesien sieht sich um, als ob er es sofort hier an Ort und Stelle finden könnte.

»Nein.« Mehr sagt der Winter nicht, sondern gibt Iria mit einer kleinen Handbewegung zu verstehen, dass er weitergehen möchte.

»Warte«, ruft Jesien und sieht mich einen kurzen Moment mit schelmisch aufblitzenden Augen an. »Wenn du eh hier draußen herumrennst, kannst du auch Maya Gesellschaft leisten.«

Nevis sieht aus, als hätte man ihm einen Baumstamm an den Kopf geworfen. Er will etwas sagen, doch Jesien ist mal wieder schneller.

»Ich muss ohnehin noch etwas mit Mutter besprechen.« Damit steht er auf, verbeugt sich leicht vor mir und dreht sich sofort zum Gehen um. Kurz bevor er sich wegdreht, sehe ich einen schadenfrohen Ausdruck in seinem Gesicht. Offensichtlich macht es ihm eine unglaubliche Freude, mich und Nevis in dieser merkwürdigen Situation alleine zu lassen.

Ich atme tief durch und fasse mir ein Herz. »Also, wonach suchen wir?«

Nevis scheint einen Moment unsicher und überlegt sicherlich, wie er mich schnellstmöglich wieder loswerden kann, aber auch er überwindet die innere Hürde und schenkt mir fast so etwas wie ein Lächeln.

»Wir gehen zu dem Kirschblütenbaum«, sagt er schließlich und meine Augen werden groß.

»Wie ... ich meine, kommen wir da von hier aus überhaupt ran?« Der Garten wirkt so verworren und undurchsichtig, dass man sich an ein Labyrinth erinnert fühlt.

»Ich weiß es nicht«, gesteht Nevis ehrlich und das eisige Blau seiner Augen bohrt sich in meine. Abwägend sieht er mich an. »Soll ich dich zurückbringen?«

»Nein!«, sage ich vielleicht etwas zu hastig und erröte. »Nein, nein, ein Abenteuer mehr oder weniger, darauf kommt es jetzt auch nicht mehr an.«

Die weißen Augenbrauen ziehen sich auf der gerunzelten Stirn des Winters zusammen. Wieder scheint er mit seinen Augen in meinen etwas lesen zu wollen. Noch nie in meinem Leben bin ich auf einen so nachdenklichen Menschen gestoßen. Ein Moment der Stille entsteht, in dem er wahrscheinlich überlegt, ob er mich wirklich mitnehmen soll, und ich mich nicht traue etwas zu sagen.

»Na gut«, sagt er schließlich. »Wollen wir?«

Ich nicke und seine Wölfin erhebt sich, um an seine Seite zu eilen. Wir gehen eine ganze Weile schweigend nebeneinanderher. Nur der Kies unter unseren Füßen und die Bäume über unseren Köpfen stimmen summend eine Sinfonie der Natur an. Alles wirkt friedlich, lebendig und atmend – außer Nevis.

»Wenn dir zu warm wird, gib Bescheid«, sage ich irgendwann, als ich sehe, dass ein kleiner Schweißfilm auf seiner Stirn entstanden ist.

Er sieht mich an und bleibt stehen. »Wir müssen den Ausweg aus dem Garten finden.«

»Ja, aber nicht um jeden Preis«, gebe ich zurück, doch die Entschlossenheit in den hellblauen Eisaugen duldet keinen Widerspruch. »Warum willst du überhaupt zu dem Baum?«

»Das sage ich dir, wenn wir da sind.« Seine Stimme klingt kalt und niederschmetternd. Nicht nur ich scheine das bemerkt zu haben, denn er sieht mich entschuldigend an. »Tut mir leid, Maya. Die Hitze steigt mir zu Kopf.«

Ich nicke und fühle die angenehme Wärme auf meiner Haut. Für mich ist es hier genau perfekt. Nicht zu warm, nicht zu kalt.

»Wie geht es dir?«, fragt Nevis plötzlich. »Nervt es dich nicht, dass du vor diese endgültige Wahl gestellt wirst?« Wir gehen weiter und ich frage mich kurz, ob wir an dieser Blumenranke nicht schon einmal vorbeigekommen sind. Was soll ich Nevis antworten? Mittlerweile geht er ein paar Schritte vor mir.

»Meine Pro-und-Kontra-Liste schwankt von der einen zur anderen Seite«, sage ich ehrlich. »Ein langes Leben in Gesundheit ist natürlich verlockend. Dafür könnte es sein, dass ich es ohne Liebe verbringen muss, wenn nun keiner von euch mein Herz erobert.« Ich sehe zu seiner Wölfin. »Und meine Mutter und meine beste Freundin Iria fehlen mir so sehr.«

Die Wölfin sieht mich kurz an, bevor sie weitertrottet.

»Würdest du gehen, wenn du es könntest?«

Seine Frage irritiert mich. »Es gibt keinen Weg, wieso sollte ich mir also darüber Gedanken machen?«

»Würdest du?« Er sieht mich nicht dabei an, geht einfach weiter.

»Ich bin als eine Auserwählte dieser Generation großgezogen worden. Meine Aufgabe ist es, einen von euch für hundert Jahre glücklich zu machen. Dafür bin ich geboren worden, es ist meine Bestimmung.« Ich bleibe stehen, da Nevis sich plötzlich zu mir umgedreht hat.

»Du kannst mir nicht sagen, dass dich das glücklich macht.«

»Nein, das kann ich dir nicht sagen.« Ich kann in seinen Augen sehen, dass meine ehrliche Antwort irgendetwas in ihm in Bewegung setzt. »Ich habe allerdings keine andere Wahl, auch wenn sich ein Teil von mir gegen das Schicksal aufzubäumen versucht. Ich bin hier. Ich werde einen von euch wählen. Dann bleibt mir nur noch zu hoffen, dass es die richtige Wahl war.«

»Sol oder Aviv werden dich sicherlich glücklich machen«, versucht er mich zu trösten, doch seine Augen wirken wütend. Eine Bitternis liegt in ihnen und in seiner Stimme, die ich nicht zuordnen kann.

»Im Moment liegt Jesien vorne«, gluckse ich amüsiert und ärgere mich kurz darauf den Mund aufgemacht zu haben. Aus irgendeinem Grund habe ich plötzlich das Bedürfnis, mich zu rechtfertigen. Vielleicht liegt es an dem nicht deutbaren Gesichtsausdruck des Winters. »Ich meine, ich kenne euch ja noch nicht richtig. Es geht nur um den ersten Eindruck.«

»Und der wäre?« Mit einer Hand streichelt er Irias Kopf, die andere hat sich an seiner Seite zur Faust geballt.

»Sol wirkt ein wenig arrogant. Dazu hat er gerade erst seine Frau verloren und es scheint ihm nichts auszumachen. Das ... irritiert mich.«

Nevis nickt und ich kann an seinem Adamsapfel sehen, dass er schluckt.

»Aviv ist etwas schüchtern, aber Jesien scheint mir ein guter Freund werden zu können.« Ich sehe Nevis an. »Und du willst mich nicht.«

»Du suchst aber doch nicht nach Freundschaft«, sagt er etwas entspannter als zuvor.

»Auf mehr möchte ich nicht hoffen. Dann werde ich nur enttäuscht.«

Nevis nickt in stummer Zustimmung, was mir das Herz bricht. Sein Blick klebt am Boden fest, während sein Gesicht einen Moment unheimlich traurig und verletzlich wirkt.

»Ich glaube, ansonsten wärst du mein Favorit.«

Sein Blick schießt hoch und durchbohrt mich wütend. Ich kann sehen, dass er etwas sagen will, aber nicht die richtigen Worte findet.

»Tut mir leid, wenn du das nicht hören wolltest. Es ist nur so, dass ich bei dir nicht das Gefühl habe, dass du um jeden Preis eine Frau haben willst. Egal wie sie aussieht, wie sie heißt, wer sie ist und wie sie tickt. Irgendetwas sagt mir, dass du nach echter Liebe suchst.« Ich sehe in seine weit aufgerissenen Augen. »Volltreffer?«

»Nein«, zischt er. »Liebe ist das Letzte, was ich suche.« Seine Kiefer mahlen und ich spüre Protest in mir aufkeimen. »Liebe ... Leidenschaft, das alles verletzt nur. Es schreit förmlich nach gebrochenen Herzen.« Er rückt einen Schritt näher an mich heran. Ich kann seinen kalten Atem auf meinem Gesicht fühlen, als er seinen Kopf zu mir herunterbeugt. »Ich bin unsterblich. Die Frauen, die zu uns kommen, nicht. Ich kann nicht wie meine Brüder einfach vergessen.«

»Also bleibst du lieber ohne Partnerin?«, frage ich mutig. »Hat dich deshalb noch keine gewählt, weil du ihnen, genau wie mir, klargemacht hast, dass du sie nicht willst? Fürchtest du ein gebrochenes Herz so sehr?« Da er nichts sagt, spreche ich weiter. »Oder hast du in Wirklichkeit nur Angst davor zurückgewiesen zu werden?«

»Bei den anderen bedurfte es keiner Warnung«, knurrt er schließlich. »Niemand will freiwillig in den Winter.«

Mitleid durchflutet mich. Er muss sehr, sehr traurig und einsam sein und versteckt dies sorgsam hinter einer meterdicken Schicht Eis. Da er mit seinem Gesicht so nah ist, ist es mir ein Leichtes, eine Hand in seinen Nacken zu legen und ihm einen schnellen, aber sanften Kuss auf seine linke Wange zu geben. Ich verharre einen Moment dort und fühle die weichen Haare in seinem Nacken, inhaliere seinen Duft nach frisch gefallenem Schnee.

»Ich hoffe für dich, dass du dich eines Tages von irgendjemandem lieben lässt«, flüstere ich heiser und erröte.

Nevis ist wie erstarrt und ich weiche einen Schritt zurück, um ihm in die Augen zu sehen. Sie starren auf einen Raum zwischen uns ins Nichts. Das Eis in ihnen bröckelt, schmilzt und macht sie wässrig. Durch den Schimmer des frisch geschmolzenen Eises kann ich seine verwundete Seele entdecken.

»Ich werde die Woche mit zu dir kommen«, sage ich. »Ob es dir gefällt oder nicht. Ich kann nur hoffen, dass du sie mir nicht absichtlich zur Hölle machst, damit ich nur ja nicht näher an dich herankomme. Du hast bereits ein gebrochenes Herz, Nevis. Die Kälte, mit der du dich selbst umgibst, sorgt nur dafür, dass du es nicht spürst.«

Er schluckt und sieht mich plötzlich an. »Ich bringe dich zurück. Es war ohnehin keine gute Idee, mit dir hier draußen herumzulaufen.«

»Gut«, sage ich beinahe tonlos. Einen Moment lang sehe ich ihm nach, doch dann hole ich ihn eiligen Schrittes ein, halte jedoch gut einen Meter Abstand zu ihm.

Beim Mittagessen starren mich Sol und Aviv gespannt an. Jesien sieht ebenfalls zu mir hinüber, aber ich glaube, er will nur wissen, wie mir die Nudeln mit der hellen Soße schmecken. Ich stecke mir eine in den Mund und nicke ihm mit einem Lächeln zu. Zufrieden widmet er sich seinem Essen, aber Sol und Aviv werfen mir immer noch verwunderte Blicke zu. Nevis tut das, was er immer tut. Er starrt sein Essen an, doch dieses Mal wirkt er – ich weiß nicht, noch nachdenklicher? Nein, das ist kaum möglich. Irgendwie wirkt er aus der Bahn geworfen und ... angreifbar.

»Was hast du mit ihr gemacht, Nevis?«, fragt Sol plötzlich amüsiert. »Sie sieht verstört aus.«

Nevis' Blick gleitet für eine Sekunde zu mir. »Nichts«, murmelt er.

»Du siehst auch nicht gerade glücklich aus«, stellt Aviv schadenfroh fest. Dass seine ganze Mimik so glücklich über diesen Umstand wirkt, schlingt mir einen großen, festen Knoten im Bauch. Ich sehe zu Gaia, die ihren jüngsten Sohn betrachtet. Ihr Gesicht verrät nichts darüber, was sie denkt. Über ihrem rechten Ohr blüht plötzlich eine große Primel. Eine Blume, die man auch im Schnee finden kann. Nevis hebt seinen Kopf und sieht seine Mutter an. Unter seinem Blick überzieht sich die Primel mit Frost und Mutter und Sohn lächeln sich einen Moment lang an. Ich kann kaum atmen bei dem Anblick von Nevis´ Lächeln. Ich weiß nicht, was, aber irgendetwas stellt es mit mir an.

»Schmeckt dir das Essen?«, richtet Gaia das Wort an mich.

»Doch, Mutter. Vielen Dank«, sage ich hastig und versuche den Blicken von drei Jahreszeiten auszuweichen und den des Winters auf mich zu ziehen, doch er starrt wieder auf seinen Teller, den er nicht anrührt. Heimweh überspült mich so sehr, dass ich kurz laut seufze. Ich schaue zu der einzigen Person im Raum, die mich aufzufangen vermag. Jesien begegnet meinem Blick und legt den Kopf fragend schief. Das tut er öfter, wie mir in dem Moment auffällt.

»Alles klar, Maya?«, fragt er.

Ich nicke und sehe zu Gaia. »Gäbe es nicht eine Möglichkeit, solche gemeinsamen Essen auch in Zukunft abzuhalten?«, frage ich ganz offen. »Ich fände es schön, die anderen auch hin und wieder zu sehen und die Brüder wären nicht ganz so alleine.«

Die Göttin mustert mich lange und ausgiebig, während die Jahreszeiten und ich uns gegenseitig ansehen. Selbst Nevis tauscht Blicke mit seinen Brüdern aus. Sol lacht leise, während Aviv ein wenig erschrocken aussieht.

»Ich werde es mir überlegen«, sagt Gaia schließlich. »Es ist allerdings schwierig, das zu bewerkstelligen, da ich die Pflichten meiner Söhne in ihrer Abwesenheit übernehme. Die Natur kann immer nur kurz alleingelassen werden.«

Ich weiß nicht, wieso, aber obwohl Gaia mit mir spricht, kann ich nicht anders, als Nevis zu beobachten, dessen Aufmerksamkeit allerdings voll und ganz bei seiner Mutter zu sein scheint.

»Darauf einen Schluck«, murmelt Jesien amüsiert und hebt kurz sein Weinglas, bevor er einen ordentlichen Schluck davon nimmt.

»Oh Mutter, dann müsste ich ja des Öfteren neben diesem nach Blümchen duftenden Kerl sitzen«, seufzt Sol und grinst dabei über das ganze Gesicht. Aviv stößt ihm darauf seinen Ellbogen in die Seite und sieht mich danach entschuldigend an. Ich lache über die beiden und widme mich dann wieder meinen Nudeln. Den eisigen Blick auf mir spüre ich auch, ohne hochsehen zu müssen.

Als ich den Speiseraum verlasse, fühle ich Nevis hinter mir. Ich drehe mich im Flur zu ihm um.

»Maya«, beginnt er stammelnd, »ich …«

Weiter kommt er nicht, denn seine Brüder stürmen an ihm vorbei und ziehen mich lachend und plappernd von ihm weg. Traurige hellblaue Augen sehen mir nach und ich frage mich, was er mir sagen wollte.

# 5. … DIE HATTE VIER KINDER …

Ich versuche mich wirklich ernsthaft zu konzentrieren, während ich den Nachmittag mit Sol, Aviv und Jesien im Schwimmbad verbringe. Der Herbst verlässt ab und zu das für ihn etwas zu warme Zimmer, doch er kehrt zu meiner Freude immer wieder zurück und kommt schließlich sogar zu uns ins Wasser. Meine Gedanken kreisen wie verrückt um das, was Nevis mir hat sagen wollen. Auf meinen Lippen liegt ein kaltes Prickeln, denn sie haben seine Haut berührt.

»Woran denkst du?«, fragt Jesien plötzlich neben mir. Um seine Mundwinkel zuckt es und Wassertropfen rinnen von seinen nassen Haaren herunter über sein Gesicht. Einer löst sich gerade von seiner wohlgeformten Nasenspitze.

»Hast du eigentlich jemals schlechte Laune?«, übergehe ich seine Frage. *Sicher nicht,* beantworte ich sie mir im Kopf selber, *der Wein hält ihn fröhlich.*

»Ja.« Jesien wirkt plötzlich ernst und wechselt das Thema. »Was du da heute beim Mittagessen für uns getan hast, war sehr mutig von dir, Maya.«

»Wieso? Ich habe nicht den Eindruck, dass die Göttin eine Tyrannin ist.«

»Trotzdem. Du hast unserer Mutter eine ziemlich dreiste Frage gestellt. Regeln, die sie erstellt hat, einfach in Frage gestellt.« Das war mir gar nicht bewusst. »Ich würde mich sehr freuen, wenn ich dich nach unserer gemeinsamen Woche hin und wieder sehen dürfte.«

»Sie hat noch nicht Ja gesagt«, erinnere ich ihn.

»Dann lass uns darauf hoffen.« Seine haselnussbraunen Augen zwinkern mir zu und ich komme nicht umhin sein schönes, jugendliches Gesicht zu bewundern.

»Ich habe dich sehr gern, Jesien.«

»Und ich respektiere dich, Maya. Du hast Mumm.«

»Finde ich so gar nicht«, seufze ich. Irgendwie habe ich das Gefühl, dass ich mich hier nicht gut schlage. Für den Herbst empfinde ich Freundschaft, Sol und Aviv – ja, die beiden lasse ich irgendwie schon komplett außer Acht, ohne sie richtig kennengelernt zu haben, und der Winter ist innerlich so zerbrochen, dass es unmöglich wird ihn in dieser kurzen Zeit zu durchschauen. Am liebsten würde ich zuerst in den Winter gehen.

»Denkst du wieder an Nevis?«, fragt Jesien und zu meinem Erstaunen sind seine Augenbrauen nicht amüsiert hochgezogen.

»Was? Wieso?«, stottere ich und werde mit Sicherheit rot.

»Fühlst du dich ertappt?«

Ich sehe zu Sol und Aviv hinüber, die sich mal wieder spielerisch im Wasser bekämpfen. »Er tut mir so unendlich leid. Irgendwas stimmt nicht mit ihm.«

»Wollen wir eine Wette abschließen?«

Ich sehe ihn fragend an.

»Ich wette, dass ich deine Entscheidung längst kenne.«

»So, so«, sage ich. »Du glaubst also, es wird Nevis werden?« Ich sehe ihn abwartend und gespannt an.

»Ich sehe doch, wie du ihn ansiehst, Maya.« Jesien kommt näher an mich heran. Ich kann seinen Atem auf meinem nassen Gesicht spüren. »Ich würde es mir für ihn wünschen.« Das ist das Selbstloseste, was ich je gehört habe.

»Du wünschst Nevis den Sieg, obwohl es für dich wieder hundert Jahre in Einsamkeit bedeutet und obwohl du selbst so lange einsam warst? Jesien, du weißt, dass ich dich sehr gerne mag, und du weißt auch, dass du eine Chance bei mir hast?«

Der Herbst nickt.

»Ich meine, ich weiß, dass Nevis dringend etwas Gesellschaft braucht, aber …«

»Er braucht dich«, unterbricht mich Jesien. »Du gefällst ihm und das ist das erste Mal der Fall.«

Ich glaube, ich erröte. Mein Gesicht brennt plötzlich und in einem ziemlich doofen, krächzenden Ton entfährt mir ein unglaublich dummes: »Glaubst du echt?«

»Ich weiß es.« Jesien seufzt und sieht sich um. »Ich befürchte nur, dass er sich nicht auf dich einlassen wird.«

Mein Herz kracht immer wieder polternd gegen meinen Rippenbogen, während in meinem Kopf das reinste Chaos entsteht. Nevis soll mich mögen? Mehr noch, mich brauchen? Plötzlich habe ich das Gefühl, hier wegzumüssen. Raus aus dem Wasser und weg von der unsinnigen Planscherei.

»Die Wände werden dich führen«, sagt Jesien, der meinen Gesichtsausdruck richtig deutet. »Geh nur nicht einfach raus. Komm zu mir zurück, sollte er draußen sein.«

Ich nicke und forme tonlos das Wort *Danke*. Damit schwimme ich zur Treppe und ziehe mich aus dem Wasser.

»Hey Maya, wo willst du hin?«, fragt Sol.

Ich sehe ihn entschuldigend an. »Wir sehen uns beim Abendessen.« Ich habe nicht vor ihm Rechenschaft abzulegen und lächele ihn sanftmütig an. Er wirkt etwas enttäuscht, genau wie Aviv, aber ich sehe lieber zu Jesien, der mir mit einer Kopfbewegung zu verstehen gibt, dass ich mich beeilen soll. Ich schnappe mir ein Handtuch und trockne mich ein wenig ab. Den dunkelblauen Bikini mit den weißen Punkten lasse ich an und mache mich – bevor mich der Mut verlässt – gleich auf den Weg zu dem Torbogen, der sich soeben für mich geöffnet hat. Er führt mich in die Eingangshalle, wo sich rechts neben der großen Treppe, die ins Nichts zu führen scheint, ein Flur vor meinen Augen erstreckt. Ich betrete ihn und fühle mich plötzlich irgendwie beklommen. Die weißen Wände und die hellen Fliesen unter meinen Füßen lassen mich erschauern, weil sie erdrückend auf mich wirken. Diese Eintönigkeit hat etwas Angsteinflößendes und ich bin mehr als froh, als ich ein Ende und eine Tür auf der rechten Seite entdecke. Mit zittrigen Händen bleibe ich vor ihr stehen. Instinktiv weiß ich, dass mich Nevis dahinter erwartet. Ich hebe meine Hand und will anklopfen, doch dann verlässt mich der Mut wieder. Ängstlich schlucke ich und lehne mich an die Wand gegenüber. Was mache ich hier eigentlich gerade? Ein Stich Heimweh schmerzt mich in meiner Brust und lässt mich zögern. Soll ich wieder zurückgehen? Nevis hat mehr als klargemacht, dass er sich nicht auf mich einlassen will. Egal was Jesien gesagt hat, sein kleiner Bruder will mich nicht. Ich wünsche mir mit meiner Mutter oder Iria darüber zu sprechen, aber die sind unerreichbar weit von mir weg. Im Orden bei den Hüterinnen war mein Leben noch einfach – und nun? Wenn ich die falsche Entscheidung treffe, dann werde ich für hundert lange Jahre todunglücklich sein. Ich sinke die Wand herunter auf den Boden und ziehe meine Beine an. Leise seufzend vergrabe ich meinen Kopf zwischen meinen Knien. Nein, ich darf jetzt nicht in Heimweh verfallen. Ich muss stark bleiben und sehen, was ich bei Nevis erreichen kann. Doch bevor ich mich erheben kann, öffnet sich die Tür – und ich kann nur noch starren.

»Maya!« Besorgt eilt Nevis zu mir herüber und kniet sich neben mich. Eine kühle Hand legt sich auf meine rechte Schulter. »Stimmt etwas nicht?«

Meine Augen beginnen zu brennen und ich zwinge mich zu blinzeln. Nevis ist nur mit kurzen Hosen bekleidet, was mir den Atem raubt. Alle Stellen, die er bereits an meinem Körper berührt hat, beginnen zu surren und schreien nach der Nähe, die man ihnen genommen hat. Aus seinem Zimmer strömt kalte Luft zu mir herüber, was mich wieder aufweckt. Um ihn nicht weiter anzustarren, schaue ich an ihm vorbei, hinein in den Raum. Außer einem Bett mit zerwühlten Laken kann ich nicht viel erkennen.

»Mutter kühlt diesen Raum ein wenig für mich, aber es ist immer noch zu warm«, erklärt er und streicht sanft über die Gänsehaut auf meinem Arm, welche nicht von der Kälte kommt. Ich sehe ihn an und seine Eisaugen blicken verlegen an sich herunter.

»Bitte verzeihe mir meinen Aufzug, es ist nicht leicht sich hier abzukühlen.«

»Scho-schon gut«, stammele ich und unterdrücke den Wunsch, mich an ihn zu drücken.

»Komm, ich helfe dir auf.« Nevis' Stimme klingt ungewohnt sanft. Er zieht mich vorsichtig auf die Beine. »Was machst du hier überhaupt auf dem Boden? Du bist ja ganz nass!« Er scheint meinen Aufzug zu bemerken und wirkt einen Moment lang abgelenkt.

»Ich wollte zu dir«, antworte ich und meine Stimme holt ihn aus seinen Gedanken zurück.

»Und wieso klopfst du dann nicht? Wolltest du hier warten, bis ich herauskomme?« Irritiert sieht er mich an und ich versuche krampfhaft nicht auf seinen schönen, schlanken und trainierten Oberkörper zu starren. Besonders hat es mir die kleine Linie von weißen Haaren angetan, die von seinem Bauchnabel aus herunterführt und im Bund seiner Hose verschwindet. Nevis folgt meinem Blick.

»Komm bitte rein«, lenkt er mich ab und führt mich in das Zimmer, wo er eine Hand auf die Wand legt und die Temperatur sich augenblicklich ändert. Es wird wärmer und ich bemerke erst jetzt, dass meine Knie schlottern. Nevis zieht sein Laken vom Bett und wickelt mich darin ein. Meinen nassen Zopf holt er vorsichtig heraus und drapiert ihn darüber. Gedankenverloren starrt er meine Halsbeuge an.

»Maya, du musst aufhören mich ständig aufzusuchen.«

»Aber wieso?«

Seine Augen sehen in meine. Er scheint abzuwägen, ob er mir sagen kann, was ihn bewegt, doch die Eisschicht im hellen Blau seiner Iris zieht sich fest zu.

»Weil es unnötig ist, Maya. Ich habe dir das doch alles schon erklärt.«

»Wieso habe ich das Gefühl, dich schon mein Leben lang zu kennen, Nevis?«, seufze ich und gehe hinüber zu dem Bett, um mich auf das Fußende zu setzen. Nevis' Blick folgt mir und schließlich scheint er sich seiner Kleidung wieder bewusst zu werden. Er geht hinüber zu einem kleinen Schreibtisch, auf dessen dazugehörigem Stuhl seine Sachen liegen. Schnell schlüpft er in Jeans und Pullover und bleibt dann reglos stehen. Ich frage mich, warum er überhaupt einen Pullover trägt, wenn ihm doch hier viel zu heiß ist? Gewohnheit vielleicht?

»Ich wünschte, ich könnte bei dir anfangen. Im Winter.«

»Wieso? Möchtest du es schnell hinter dich bringen?« Seine Stimme klingt wie eine Ohrfeige.

»Nein«, antworte ich scharf, »zufällig freue ich mich aus irgendeinem mir unbekannten Grund auf unsere gemeinsame Woche.« Bei dem Gedanken daran, mit ihm Tag und Nacht alleine zu sein, prickelt meine ganze Haut. »Wo du doch immer so nett zu mir bist.« Die letzten Worte spucke ich fast aus.

Nevis' Kopf fällt einen Moment herunter auf seine Brust, bevor er mit einem tiefen Atemzug wieder zu mir aufsieht. »Es tut mir leid, aber du willst es nicht verstehen, oder?«

»Nein, Nevis, das will ich nicht. Du fühlst dich einsam, willst aber auch nichts daran ändern.«

»Weil es immer dasselbe ist«, schreit er plötzlich verzweifelt. Ich schrecke richtig zusammen und starre ihn gespannt an.

»Eine Frau kommt und ich muss diese nervigen zwei Tage hier verbringen, um dann nach zwei oder drei Wochen zu hören, dass sie nicht mehr zu mir kommt und schon längst mit einem meiner Brüder verheiratet ist.«

»Du bist neidisch auf sie?«, frage ich und Nevis schüttelt den Kopf.

»Nein, Maya, das ist es nicht. Natürlich hätte ich gerne einmal andere Gesellschaft als immer nur Iria, aber ich weiß nicht, was es mit mir machen würde, wenn ich die Frau dann wieder verliere.« Nevis starrt an mir vorbei auf einen toten Punkt, irgendwo ins Leere. »Ich weiß nicht, was ich tun würde, wenn ich dich verliere.«

Ich stehe auf und gehe vorsichtig ein paar Schritte auf ihn zu. »Wie meinst du das?«, flüstere ich beinahe schon.

Er sieht mich an, sein Gesicht verrät nichts über seine Stimmung. »Du bist die erste Frau, die ich gerne hätte, Maya. Aber die Erfahrung zeigt mir, dass du mich nie nehmen würdest, und selbst wenn du es tun würdest, wäre es nur noch schlimmer. Dich jetzt zu verlieren wird wehtun, aber dich nach hundert Jahren sterben zu sehen wird mich umbringen.«

Ich weiß nicht, was ich sagen soll.

»Ich bin unendlich müde, Maya.«

»Willst du dich hinlegen?«, frage ich und schiebe dann, weil mich die Panik packt, dass er mich wegschicken könnte, sofort hinterher: »Darf ich bei dir bleiben?«

Nevis' Lippen verziehen sich zu einem kleinen Lächeln, das mir so warm wie die Sonne vorkommt. Eine wärmende Wintersonne auf weiß glitzerndem Schnee.

»Nein, so meinte ich das nicht.«

Meine offensichtliche Verwirrung scheint ihn zu amüsieren. Er kommt näher an mich ran und streicht mit einer Hand über mein noch nasses Haar.

»Du bist so wunderschön«, flüstert er leise. Seine Hand gleitet über den Zopf, vorbei an den Kennzeichen seiner Brüder und hinunter zu dem Schnee an den Haarspitzen. Er hebt den Zopf an und betrachtet das gefrorene Weiß. »Auf deinen feuerroten Haaren sieht es fremd aus«, spricht er seinen Gedanken laut aus.

»Ich finde, es hat was«, sage ich, doch Nevis schaut nicht auf und betrachtet weiter den vom Wasser ganz matschigen Schnee. Ich ziehe das Laken fester um mich herum, obwohl die Temperatur mittlerweile wieder ganz angenehm ist und Nevis' Hände, die ganz sacht meine Seite berühren, plötzlich warm wirken. Ja, sogar sein ganzer Körper scheint Hitze auszustrahlen.

»Nevis?«

»Hm?«, brummt er, ohne den Blick zu heben.

»Morgen gehe ich mit Aviv weg und ich möchte, dass du weißt, dass ich viel an dich denken werde. Würdest du mir einen Gefallen tun?«

Jetzt sieht er auf und seine Augen wirken ganz sanft.

»In den drei Wochen, die wir uns nicht sehen – würdest du da mal darüber nachdenken, wie das hier alles für mich ist? Hundert Jahre sind für mich eine sehr lange Zeit und ich darf sie nur mit einer Person verbringen.«

Seine Miene wird sofort wieder ernst und starr. »Jesien wird dir ein guter Begleiter sein.«

Am liebsten will ich ihn anschreien, dass ich ihn und nicht Jesien will. Doch irgendetwas sagt mir, dass ich mir die Kraft für unsere gemeinsame Woche sparen sollte. Ich atme tief durch und frage stattdessen: »Darf ich den Nachmittag heute mit dir verbringen?«

»Wieso, Maya?« Seine Augen wirken einen Moment verletzlich. »Wieso willst du es mir noch schwerer machen, als es bereits ist?«

Traurig trete ich von ihm zurück und mein Zopf fällt aus seiner Hand. Ich drehe ihm den Rücken zu.

»Es scheint so, als würde dir das, was es mir leichter machen würde, das hier alles zu überstehen, es dir schwerer machen.« Ich lausche, doch er sagt nichts. Das Heimweh in meiner Brust meldet sich wieder und drückt mir die Luft weg. »Sei froh, dass du wenigstens deine Iria hast.« Meine Stimme bricht. »Ich habe hier niemanden und ich kann mir selbst nicht erklären, warum es mich so sehr zu dir zieht.« Schnell eile ich zur Tür. Ich höre Nevis meinen Namen rufen, doch er folgt mir nicht, als ich den Flur hinunterlaufe, der nun eine merkwürdige Biegung macht, die er vorher nicht hatte, und mich somit direkt zu meinem Zimmer führt. Ich reiße die Tür auf und werfe sie hinter mir zu. Ich erlaube mir eine Träne zu weinen, bevor ich sie wütend mit Nevis' Laken abwische und zum Fenster stampfe. Der Blick auf den Kirschblütenbaum lenkt mich wieder von zu Hause ab. Ich bin die Auserwählte. Mein Leben lang wurde ich auf diese Aufgabe vorbereitet und ich werde sie gut machen. Ende. Dann werde ich eben Jesien glücklich machen.

Etwas später klopft es an meine Tür. Ich trage noch immer den Bikini und Nevis' Laken und konnte mich bisher einfach nicht dazu aufraffen die Kleidung zu wechseln.

»Herein!«, rufe ich und die Tür wird zaghaft geöffnet. Aviv steckt seinen brünetten Schopf herein und funkelt mich mit seinen grünen Augen an.

»Hey, darf ich reinkommen?«

Ich nicke und rutsche ein wenig im Erker, damit er neben mir Platz nehmen kann. Aviv lässt die Tür offen stehen, aber ich vermute, dass er nichts Geheimes mit mir besprechen möchte, deswegen stört es mich nicht weiter.

»Magst du Kirschbäume?«, fragt er, als er hinaus auf den Baum sieht.

»Ja, ich finde ihre rosafarbenen Blüten einfach wunderschön.«

»Dann weiß ich schon, was ich dir morgen in meiner Welt als Erstes zeige.« Er lächelt mich an und ich erwidere dies nur zu gerne. »Ich wollte dich nur fragen, ob du irgendetwas wissen möchtest, bevor es morgen losgeht.«

»Das ist lieb von dir«, antworte ich. »In der Tat habe ich mich schon einige Dinge gefragt, zum Beispiel, wo wir bei dir wohnen werden? Ich meine, hast du da ein Haus oder so etwas?«

Aviv lächelt. »Mehrere.« Er zwinkert mir zu. »Ich kann dir erschaffen, was du möchtest. Ein Baumhaus, eine Villa. Die meisten wollten jedoch mit in das Erdhügelhaus, welches ich für mich erwählt habe.«

»Erdhügelhaus?« Darunter kann ich mir nichts vorstellen.

»Nun, es ist ein Haus, hineingebaut in einen Erdhügel. Mit Wiese und Feldblumen überwachsen.«

»Das klingt toll«, sage ich und fühle, wie meine Laune sich hebt. »Das möchte ich mir auf jeden Fall einmal ansehen.«

»Machen wir«, freut Aviv sich. »Wir haben ja genug Zeit.«

»Was ist eigentlich dein Tiergeist? Ich weiß, dass Sol einen Delfin namens Seth hat, Jesien eine Eule namens Sowa und Nevis hat seine Wölfin Iria. Aber deinen kenne ich noch nicht.«

»Ein sehr freches Eichhörnchen namens Nutty.« Er zwinkert mir zu. »In der alten Sprache Englisch bedeutet das *nussig*, aber auch *idiotisch*. Es passt zu ihm.«

Ich muss lachen. »Ich freue mich darauf ihn kennenzulernen«, gluckse ich amüsiert. »Stimmt es, dass ich mit ihm reden können werde?«

»Oh ja, und er wird mit dir reden. Ausgiebig.« Avivs Gesicht ist so liebevoll und freundlich, wenn er lacht. »Manchmal werde ich für einige Stunden verschwinden müssen, um meiner Arbeit nachzugehen. Aber ich werde dir Nutty zur Gesellschaft dalassen.«

»In Ordnung.« Ich grinse in mich hinein. Mit einem Eichhörnchen Zeit verbringen ... – nun, wir werden schon miteinander auskommen. »Ich freue mich auf morgen«, sage ich ehrlich. Irgendwie hat Nutty ein wenig das Blatt für mich gewendet und ich freue mich darauf den etwas schüchternen Aviv richtig kennenzulernen. Alles, was mich von der Ausweglosigkeit rund um Nevis und dem Heimweh ablenkt, ist mir recht.

»Ich mich auch, Maya.« Der Frühling sieht mit seinen grünen Augen tief in meine und lächelt. »Weißt du, was man über unsere Augenfarbe sagt?«, fragt er und ich schüttele den Kopf. »Grüne Augen, Froschnatur. Von der Liebe keine Spur.«

»Was? Ich soll ein Frosch sein?«, quietsche ich lachend und lege Aviv eine Hand auf den Oberarm. »Also in mir ist definitiv Liebe!« In dem Moment sehe ich Nevis in der offenen Tür stehen. Seine Miene ist eisern und sein Blick durchbohrt Aviv und mich förmlich. Der Frühling bemerkt ihn anscheinend nicht und bevor er überhaupt Gelegenheit dazu bekommt, verschwindet Nevis wieder. Nervosität steigt in mir auf. Habe ich etwas falsch gemacht? Was wollte er? Eine leichte Übelkeit legt ihren Schleier über mich und lässt mich mit einem unguten Gefühl zurück.

»Was sagt man über die anderen Farben? Blau, Braun?«, frage ich, um mich von dem merkwürdigen Blick des Winters abzulenken. Ich spüre ihn immer noch brennend auf mir. Aber nicht wie Feuer. Nein – wie Eis.

»Blaue Augen, Himmelsstern. Haben alle Mädchen gern«, sagt Aviv und ich muss ihm innerlich zustimmen. Ja, ich habe blaue Augen definitiv gern.

»Und dann noch: Braune Augen sind gefährlich, aber in der Liebe ehrlich.«

Es passt wirklich sehr gut auf Jesien. Wobei ... gefährlich? Nein, das eher nicht. Aber ich halte den Herbst für eine ehrliche Haut.

Während ich so mit Aviv aus dem Fenster sehe, wünsche ich mir, dass ich mehr Erfahrungen in Sachen Liebe und mit Männern im Allgemeinen hätte. Vielleicht hätte ich dann auch Nevis' Blick an der Tür deuten können. Oder warum er so viel Angst davor hat, verletzt zu werden. Ich komme mir unendlich dumm vor und bin deshalb froh im Moment in Gesellschaft von Aviv zu sein. Er ist vorsichtig und rücksichtsvoll, gibt mir keine Rätsel auf. Jedenfalls im Moment nicht.

Ich liege alleine auf meinem Bett und lasse mir von den Wänden die vier Jahreszeiten zeigen. Still starren sie mich in Übergröße an, weil ich darum gebeten habe mir ihre Augen genauer anzusehen. Ich trage bereits ein nachtblaues Abendkleid, welches sehr eng anliegt und auf meiner rechten Schulter mit einer silbernen Brosche verziert ist. Ein wenig habe ich Angst, es zu verknittern, aber die Unruhe hat mich übermannt und zwingt mich dazu ruhig zu liegen und zu atmen. Das ist mein letzter Abend in Gaias Schoß, danach bin ich voll und ganz ihren Söhnen überlassen. Mein Leben lang habe ich unter Frauen gelebt und nun werde ich mit einem Mann alleine sein. Dieser Gedanke schürt mein Heimweh nach dem Orden. Dem friedvollen Miteinander der Frauen, den stillen Gebeten zur Göttin und ganz besonders natürlich nach meiner Mutter und Iria. Iria – was würde sie wohl an meiner Stelle tun? Abwarten. Die vier Wochen durchziehen und dann sehen, was mein Gefühl mir sagt. Im Grunde habe ich ja auch gar keine andere Wahl, also atme ich tief durch und erhebe mich vorsichtig, um das Abendkleid nicht zu ruinieren. Kaum stehe ich, durchbohren mich die Augen des Winters, die mir die Wand am Kopfteil meines Bettes zeigt. Gänsehaut breitet sich auf meinem ganzen Körper aus. Wieso sehne ich mich ausgerechnet nach der Gesellschaft dieser Jahreszeit?

»Mach die Bilder bitte weg«, sage ich zur Wand und Nevis' Augen verblassen, bis sie schließlich ganz verschwunden sind. Ich streiche mein Kleid glatt und werfe noch einen prüfenden Blick in den Spiegel. »Auf in den Kampf!«, sage ich zu mir selbst und lächele mein Spiegelbild an. Die Maya, die dort steht, sieht gut aus. Ihr rotes Haar wirkt durch das dunkle Blau noch kräftiger als sonst. Ihre Haut ist rosig und ihre Augen glänzen. Wenn sie lächelt, könnte man meinen, dass der Glanz daher rührt und nicht von dem schneidenden Heimweh in ihrer Brust. Als ich mich ein wenig drehe, fällt mir auf, dass die Blume des Frühlings in meinen Haaren größer geworden ist. Sie kündigt mir an, dass Avivs Zeit bald gekommen ist. Ich atme noch einmal tief durch und verlasse mein Zimmer. Diese merkwürdigen Gänge werden mir jedenfalls nicht fehlen, auch wenn sie mich wieder zielsicher an meinen Bestimmungsort, Gaias Esszimmer, bringen. Die Göttin und ihre Söhne sind bereits versammelt und sehen mich abwartend an. Alle außer – richtig - Nevis. Dieser hat seinen Kopf in die Hände gestützt und erhebt sich nicht wie seine Brüder, als ich das Zimmer betrete.

»Maya«, freut sich Jesien überschwänglich und klopft mir liebevoll auf die Schulter. »Hungrig?« Er mustert mich von oben bis unten. »Du sieht übrigens toll aus.«

»Danke und ja, ein wenig.«

»Iss dich noch mal richtig satt, bevor du im Frühling von Blümchen leben musst«, scherzt Jesien und für einen Moment kaufe ich es ihm sogar ab, dann sehe ich aber zu Aviv, der mit einem gütigen Lächeln den Kopf schüttelt.

»Du treibst mich noch in den Wahnsinn«, nuschele ich zu Jesien hinüber, welcher über diese Aussage kurz irritiert wirkt, mir dann aber mit seinem Weinglas zuprostet.

»Du auch?«, will er wissen und ich nicke. Oh ja, bitte viel davon.

»Ich hoffe, dir wird es in der kommenden Woche nicht zu kalt«, sagt Sol und grinst erst mich und dann seinen Bruder Aviv schadenfroh an. »Ich heize das Meer für uns schon mal ordentlich vor.«

»Ich bin nicht zimperlich, was Temperaturen angeht«, sage ich und sehe Sol tief in die blauen Augen. Etwas von seinem Stolz weicht und sein Gesicht verliert an Überheblichkeit. »Aber auf das Meer freue ich mich.«

»Dann weiß ich ja, wo wir wohnen werden«, sagt er und lächelt mit einer Spur Zurückhaltung.

»Darauf einen Schluck«, brummt Jesien neben mir und legt beim Trinken den Kopf in den Nacken, um auch den letzten Tropfen Wein aus seinem Glas herauszubekommen.

»Wo willst du denn mit ihr wohnen, Jesien?«, fragt Sol. »Vorausgesetzt, sie will dich nach mir überhaupt noch kennenlernen.« Und da war er wieder, der alte Sol. Sein Ego hatte sich schnell erholt. »Im Blätterhaufen?«

Zu meinem Erstaunen fällt Aviv in sein Lachen mit ein und büßt damit Punkte ein, die er heute Nachmittag gerade erst gesammelt hatte.

»Und mit Nevis zieht sie in ein Iglu«, fügt er hinzu und Sol fällt fast vom Stuhl vor Lachen. Ich sehe zu Gaia, deren Aufmerksamkeit Nevis gilt. Er rührt sich nicht und sagt kein Wort. Jesien sieht ebenfalls zu ihm, bevor er sich ein neues Glas Wein aus dem Nichts hervorholt. Vor mir steht plötzlich ebenfalls eins und ich nehme es, um mit dem Herbst anzustoßen, was Sol dazu bringt wie ein Kleinkind zu protestieren.

»Hey!«, ruft er trotzig. »Wenn, dann stoßen wir alle an, oder? Auf unseren letzten gemeinsamen Abend.«

Ich ignoriere ihn und frage mich, wie Sol und Aviv den Schmerz ihres jüngsten Bruders einfach so überspielen können. Wenigstens Jesien sieht immer wieder besorgt zu seiner rechten Seite. Aviv ist der Älteste und gerade der sollte hier doch irgendwie eingreifen, oder? Aber die Brüder kennen sich kaum, was an der Person liegt, die hier auf jeden Fall etwas tun sollte. Gaia. Sie bemerkt meinen Blick, sagt aber nichts und sieht wieder zu Nevis. Das Essen erscheint vor uns und Aviv, Sol und Jesien widmen sich ihrem Besteck.

»Risotto von grünem Spargel mit Krabben«, sagt Aviv. »Meine Leibspeise.«

»Wäh, Meeresgetier«, brummt Jesien, stochert kurz im Essen herum und nimmt stattdessen einen Schluck Wein.

»Man muss alles einmal probieren«, sage ich und stecke mir etwas davon in den Mund. Was soll ich sagen? Es schmeckt köstlich. »Sehr gut«, murmele ich mit vollem Mund und Avivs Augen leuchten fröhlich auf. Ich esse meine Portion komplett auf, verliere dabei aber nicht Nevis aus den Augen, der wie erwartet überhaupt nichts anrührt.

Als Gaia nach dem Essen zum geselligen Abend in ein anderes Zimmer bittet, bin ich erstaunt, dass Nevis ebenfalls mitkommt. Ich hätte gewettet, dass er die Flucht ergreift und ich ihn erst in drei Wochen wiedersehe. In Gaias Wohnzimmer angekommen setze ich mich in einen der vielen weißen Sessel und sehe zu Nevis herüber. Gaia tritt neben mich und streicht gedankenverloren über meinen Kopf. Die Blumenranken, die sie umgeben, scheinen mich zu beobachten.

»Es war eine Mutter, die hatte vier Kinder«, beginnt die Göttin in einer lieblichen Stimme zu singen und setzt sich auf eine der Lehnen meines Sessels. »Den Frühling, den Sommer, den Herbst und den Winter.«

»Der Frühling bringt Blumen«, singt Aviv.

»Der Sommer den Klee«, macht auch Sol mit.

Jesien hebt sein Glas und singt: »Der Herbst bringt die Trauben …«

Alle sehen zu Nevis, doch der steht am Fenster und starrt hinaus.

»Der Winter den Schnee«, beendet Gaia das Lied und streichelt mir noch einmal über den Kopf, bevor sie sich erhebt und zu einer Wand geht. Sie legt ihre flache Hand darauf und steht einfach nur stumm da.

»Man muss nicht immer verstehen, was Mutter tut«, sagt Aviv, der meinen Blick aufgefangen hat. Ich lächele und nicke. Jesien versorgt mich mit einem weiteren Glas Wein, aus dem ich einen großen Schluck nehme. Nachdem Nevis sich immer noch nicht gerührt hat, fasse ich mir ein Herz und gehe zu ihm hinüber. Jesiens Wein hat mich mutig gemacht.

»Schön, dass du noch etwas bleibst«, sage ich.

Nevis sieht auf. Seine Augen wirken verletzt. »Hm«, brummt er.

»Ich werde dich vermissen, weißt du?«

»Warum tust du das?«, flüstert er und schüttelt den Kopf. »Maya, ich bitte dich noch einmal darum mich in Ruhe zu lassen.«

»Was wolltest du heute Nachmittag bei mir im Zimmer?«, übergehe ich seine Bitte.

»Mich bei dir entschuldigen. Dafür, dass ich so unfreundlich zu dir war.« Seine Miene wird verbissen. »Aber du konntest dich ja bereits trösten.«

Da fällt es mir wie Schuppen von den Augen. »Du bist eifersüchtig«, stelle ich erstaunt fest. Nevis' eiskalter Blick durchfährt mich.

»Na und?«, zischt er und sieht zu seinen Brüdern. Sol und Aviv scheinen in einen kleinen Streit über meine Zuneigung verfallen zu sein, während Jesien davon unberührt zu uns hinübersieht.

»Die wollen doch gar nicht DICH, Maya. Die wollen irgendeine.«

»Aber du willst mich?«, hake ich nach.

Nevis hebt seine Hände und legt sie auf meine Oberarme. Sie sind ganz warm und überhaupt nicht kalt.

»Ich könnte es nicht ertragen dich zu verlieren, Maya. Außerdem bist du in einer wärmeren, freundlicheren Jahreszeit besser aufgehoben, glaube mir.«

»Du überlässt mich also den Trophäenjägern?« Damit habe ich ihn getroffen, das sehe ich in seinen Augen.

»Jesien ist nicht so einer. Nimm ihn«, sagt er, nachdem er sich gefangen hat.

»Komisch, er sagt, ich soll dich nehmen.«

Nevis' eisiger Blick gleitet zu seinem älteren Bruder hinüber. Es scheint, als würden sie sich kurz mit den Augen verständigen, dann wendet sich der Winter wieder mir zu. »Maya, ich kann das einfach nicht. Es ist besser, wenn ich alleine bleibe. Außerdem kennst du mich doch gar nicht.« Da sind sie wieder ... diese sanften Augen, die sich immer hinter einem eisigen Gletscher verstecken. Die Augen, wegen denen mein Herz schneller schlägt.

»Das will ich in drei Wochen ändern.«

Nevis seufzt. »Maya, bitte mache es mir nicht schwerer, als es ohnehin schon ist.«

»Du kennst mich doch auch nicht und willst mich trotzdem haben.« Ich überlege kurz. »Oder ist es einfach nur, weil du so einsam bist?«

»Nein, Maya.« Er hebt eine Hand und streicht mir über den Kopf. Ich habe das Gefühl, von innen her zu verbrennen, wenn ich mich nicht sofort an ihm abkühle.

»Einsam bin ich schon viel länger«, fügt er hinzu. Ich bemerke, dass es still geworden ist im Raum, und sehe mich um. Alle starren Nevis an, der seine Hände immer noch auf mir hat.

»Lässt du dich etwa von seiner Ich-bin-so-einsam-Masche einlullen?«, fragt Sol überrascht. Ich würde ihn am liebsten dafür ohrfeigen.

»Ich glaube, dass das keine Masche ist«, sage ich und sehe zu Nevis, der den Sommer verbissen anstarrt und seine Hände sinken lässt.

»Nun, einsam sind wir alle«, wirft Aviv ein.

»Wir jammern nur nicht so herum.« Sols Stimme trieft vor Empörung. Dieser Streit um mich trifft mich hart. Die vier sind Brüder, sie sollten zusammenhalten, aber alles, was ich sehe, ist Rivalität. Ich will nach Hause, weg von hier. Mein Heimweh dröhnt so sehr in meinen Ohren, dass ich gar nicht verstehe, was Nevis antwortet. Ich sehe nur, dass es Aviv und Sol aufregt, während Jesien immer noch ruhig dasitzt und die Augenbrauen hochgezogen hat. Gaia wirkt merkwürdig gefasst, als die Männer anfangen sich anzuschreien. Sie dreht sich von der Wand weg und schließt die Augen.

»Hört auf, hört auf!«, brülle ich in den Streit hinein. Ich will nicht, dass sie um mich streiten wie Kinder um ein Spielzeug. Vor lauter Wut rollen mir Tränen über die Wangen. Als ich das registriere, ergreife ich die Flucht. Der Gang, der mich zu meinem Zimmer führt, kommt mir unheimlich lang vor, besonders weil ich das Gefühl habe, dass ich verfolgt werde. Ich kann mir zwar denken, dass Jesien mir nachgelaufen kommt, aber nicht mal mit ihm will ich jetzt sprechen. Als ich in mein Zimmer komme und die Tür hinter mir schließen will, stelle ich erstaunt fest, dass nicht Jesien mir gefolgt ist, sondern Nevis. Geschockt erstarre ich zur Salzsäule und sehe ihn an.

»Bitte nicht weinen, Maya«, fleht er, drückt die Tür so weit auf, dass er durchkommt, und zieht mich einfach in seine Arme. »Das ertrage ich noch weniger, als dich zu verlieren. Bitte weine nicht.«

Jetzt brechen in mir erst recht alle Dämme. Er duftet so klar und frisch, seine Haut ist so warm und es fühlt sich so gut an in seinen Armen zu liegen. Ich vergrabe mein Gesicht an seiner Brust und genieße seine Körperwärme an meiner Wange. Egal wie klirrend kalt seine Heimat auch sein mag, wenn er mich so in den Arm nimmt, werde ich mich immer geborgen fühlen. Alles in mir schreit nach ihm, es ist wieder so, als wolle mein Herz durch meine Rippen brechen und in seine Brust krabbeln. So etwas habe ich noch nie gefühlt. Noch nie.

*Herzklopfen,* höre ich Gaias Stimme in meinem Kopf, als sich Nevis von mir löst und mit einem verwundeten Blick in den Augen von mir zurückweicht und die Flucht ergreift.

# 6. … DEN FRÜHLING, DEN SOMMER, …

Ich bin in einem finsteren Raum, alles ist still, niemand ist bei mir und dennoch fühle ich keine Angst. In mir ist nur eine unbekannte Schwere, die mich zu Boden zieht, also verharre ich auf dem glatten Boden, der sich wie Glas anfühlt. Mein Kopf sinkt unter einer unsichtbaren Last nach unten, bis plötzlich ein bläulicher Schimmer neben mir meine Aufmerksamkeit direkt auf sich lenkt. Ich hebe meine Hand und berühre eine Art Wand aus Eis. Sie funkelt in verschiedenen Blautönen und erinnert mich an – Nevis. Er erscheint hinter der Eiswand und legt eine Hand direkt auf meine. Die Wand ist nicht kalt, aber sie verzerrt das Bild des Winters ein wenig, bricht sein Antlitz in viele kleine Eiskristalle, die mein Gehirn wieder zu seinem Bild zusammensetzt.

»Nevis?«

Er schüttelt den Kopf. Er hört mich nicht. Dafür höre ich aber in weiter Entfernung ein merkwürdiges Summen und Brummen. Es ist nicht unangenehm, aber irgendwie passt es nicht in die Stille hinein, die meine merkwürdige Umgebung innehat.

Ich schlage meine Augen auf und sehe in Avivs grüne Augen.

»Maya?«, brummt er leise. »Maya, du musst aufstehen. Wir müssen los.«

»Was?«, murmele ich verwirrt und setze mich auf.

Aviv lächelt. »Wir müssen in den Frühling, Schlafmütze.«

Müde sehe ich zu dem Erker hinüber, wo der Kirschblütenbaum noch nicht in voller Pracht erblüht ist. Es muss also noch sehr früh sein.

»Ich komme sofort«, sage ich zu Aviv und flehe ihn mit meinen Augen an, mir noch einen Moment Privatsphäre zu geben. Er versteht und verlässt das Zimmer mit einem kleinen Lächeln auf den Lippen. Ich reibe mir über das Gesicht und spüre immer noch diese Schwere aus dem Traum in mir. Vor meinem inneren Auge sehe ich immer wieder Nevis hinter dieser dicken Trennwand, unerreichbar für mich. Ich erhebe mich schwerfällig aus dem Bett und gehe zu der Tasche, die ich vor dem Schlafengehen noch gepackt habe. Auf ihr liegt das, was ich heute anziehen möchte. Eine Jeans, ein weißes Top und eine rote Strickjacke. Dazu ein paar bequeme Halbschuhe, da ich nicht weiß, wie weit ich mit Aviv zu seinem Haus laufen muss. Ich wasche mich und ziehe die Sachen an. Ein Blick in den Spiegel verrät mir, dass ich ganz passabel aussehe. Müde, aber hübsch. Mein Zopf könnte es vertragen, neu geflochten zu werden, aber irgendwie gefällt es mir, wenn sich meine Haare ein wenig kräuseln, also lasse ich alles, wie es ist. Avivs Blume hat sich fast über die Hälfte meines Kopfes ausgebreitet und leuchtet in einem kräftigen Gelb.

In der Halle erwarten mich zu meinem Erstaunen nicht nur Gaia und Aviv, sondern auch die anderen drei Jahreszeiten. Sie alle sind, wie am ersten Tag, in die typischen Farben ihrer Jahreszeit gekleidet. Aviv tritt auf mich zu und ich fühle einen Knoten in meinem Bauch. Nicht seinetwegen, sondern weil ich mich nicht traue Jesien oder Nevis ins Gesicht zu sehen. Ich werde die beiden vermissen und für einen Moment fühle ich mich etwas haltlos. Doch als ich in Avivs Augen blicke und die Wärme seiner Hand spüre, fange ich mich wieder und sehe zu Gaia.

»Viel Spaß, Maya«, sagt die Göttin.

*Möge die Göttin mit dir sein,* geht es mir durch den Kopf, doch diese Verabschiedung ist im Angesicht der Göttin selbst nicht angebracht. »Auf Wiedersehen«, bringe ich stattdessen heraus und wage doch einen zaghaften Blick zu Jesien und Nevis. Der Herbst lächelt, aber nicht aus vollem Herzen. Zweifel steht in seine braunen Augen geschrieben und seine Stirn ist vor Sorge in Falten gelegt. Nevis' Blick ist undurchdringlich. Er wirkt kalt wie die Jahreszeit, die er vertritt. Nichts an ihm lässt erahnen, was er denkt, und das sticht mir direkt ins Herz. Wird er mich nicht vermissen? Ist er sogar froh, dass ich nun weg bin?

»Komm, Maya«, bittet mich Aviv und drückt sanft meine Hand.

»Wir sehen uns«, sage ich in die Runde und lächele kurz Sol zu, der mich selbstsicher ansieht und lässig die Hände vor seinem Oberkörper verschränkt.

»Moment!« Es ist Jesien, der uns anhält. Er kommt auf uns zu und zieht mich fest in seine Arme. Ich bin für einen Moment wie erstarrt. Der Herbst vergräbt seine Nase in meinen Haaren und legt dann seinen Mund an mein Ohr. »Mach es gut, Maya«, flüstert er und ich fühle Avivs Hand, die mich von ihm wegzieht.

»Bis bald, Brüder«, sagt der Frühling und führt mich die Stufen hinauf. Ich lächele Jesien zu, drehe mich um und beobachte, wie sich vor mir eine weite Wiese ausbreitet. Die Stufen unter meinen Füßen verschwinden, der Marmor wird zu Gras. Ein letztes Mal drehe ich mich um und sehe in Nevis' Augen, die mir angsterfüllt hinterherstarren. Ich will ihm noch etwas zurufen, da verschwindet er und eine Biene fliegt um mich herum. Kirschbäume in ihrer schönsten rosaroten Blüte wachsen aus der Erde, wo eben noch die anderen gestanden haben.

Aviv lächelt mich siegessicher an, als er den Ausdruck in meinem Gesicht sieht. »Schön, nicht wahr?«

»Unglaublich«, sage ich, löse mich von seiner Hand und gehe durch das taufrische Gras. Die Luft ist warm und ein leichter Wind weht mir um die Nase. Es duftet herrlich nach Blumen.

»Das könntest du dein Leben lang haben.«

Ich betrachte meine Umgebung und entdecke ein paar Kaninchen, die sich abseits von uns auf der Wiese tummeln. »Zeig mir dein Erdhügelhaus«, sage ich und umschiffe damit seine Aussage. »Und ich brenne darauf Nutty kennenzulernen.«

Aviv strahlt mich glücklich an. »Okay.« Er nickt und seine braunen, strubbeligen Haare wippen dabei ein wenig mit. »Du hast sicher Hunger, oder?«

Eigentlich nicht, trotzdem nicke ich.

»Dann komm, ich bin schon gespannt, wie du das Haus findest.«

Ich folge ihm über die Wiese, wo sich die Kaninchen vergnügen. Als wir näher kommen, flüchten sie jedoch in ihre Löcher. Aviv lacht leise und deutet über den kleinen Hügel, der sich jetzt sanft vor uns erhebt.

»Gleich dahinter«, verspricht er und ich recke neugierig meinen Hals.

»Was werden wir eigentlich die Woche über machen?«, frage ich neugierig und sehe in seine grünen Augen.

»Was immer du möchtest. Was hast du denn auf der Erde gerne gemacht?«

Seine Wortwahl lässt es in meinem Bauch rumoren. Auf der Erde. Es macht mir wieder bewusst, wie weit ich doch von zu Hause weg bin. Doch jetzt werde ich mir ein neues suchen. Vielleicht hier im Frühling?

»Hm«, brumme ich gedankenverloren. »Neben meinen Pflichten als Hüterin und Ordensschwester bin ich immer gerne mit Iria in den Wald gegangen, um …«, ich stocke und überlege, ob ich es Aviv anvertrauen kann. Seine jugendlichen Augen funkeln mich neugierig an und ich entscheide, dass ich es ruhig sagen kann. »Na ja, um über Jungs und im Speziellen natürlich über dich und deine Brüder zu sprechen.«

Aviv bleibt stehen und legt amüsiert den Kopf schief. Er wird ein klein wenig rot und scharrt kurz verlegen mit einem Fuß. »Und worüber genau?«

»Wir haben viel darüber gegrübelt, wie ihr so seid und wie ihr wohl ausseht«, sage ich und bleibe ebenfalls stehen.

»Und? Enttäuscht?« Ich sehe die Unsicherheit in seinem Blick und lächele ihn beruhigend an.

»Nicht im Geringsten. Eher positiv überrascht.«

»Das ist … schön.« Aviv lächelt so lieb und schüchtern, dass es ganz warm in meinem Bauch wird. Ich kann die Frauen, die ihn erwählten, gut verstehen. Aviv räuspert sich. »Sonst noch irgendwelche Hobbys?«

»Ich habe immer gerne alte Filme angesehen und gelesen. Letzteres ist allerdings nicht gerade eine Gruppenaktivität.« Ich sehe ihn entschuldigend an, doch er schüttelt den Kopf.

»Nein, das ist schon okay. Ich muss ja auch hin und wieder weg oder es regnen lassen. Einen Abend am Kamin mit einem guten Buch kann man auch mit jemandem teilen.«

Ich lächele erfreut. »Das ist schön.« Mit geschlossenen Augen halte ich mein Gesicht in den sanften Wind. Der Duft kristallklarer Luft steigt mir in die Nase und lässt mich wohlig erschauern. Ich öffne meine Augen wieder und betrachte die

Blumenwiese, die sich über eine hügelige Landschaft erstreckt. Doch plötzlich stört etwas die Ruhe. Musik dringt an mein Ohr und ich sehe verwirrt zu Aviv, welcher sich mit einer Hand über das Gesicht fährt.

»Nutty«, seufzt er und nimmt meine Hand. Wir gehen gemeinsam über den kleinen Hügel und schon erstreckt sich der nächste vor uns, doch dieser ist anders. Ein Schornstein raucht auf seiner Spitze und am Fuß befinden sich Fenster und eine geöffnete Tür. Aus Letzterer dringt die laute Musik.

»Das sieht ja atemberaubend aus«, sage ich und ernte dafür erneut ein Lächeln von Aviv. »Befindet sich das ganze Haus in diesem Hügel?«

»Ja.«

»Wahnsinn.«

Wir nähern uns der Tür und der lauten Musik. Aviv lässt meine Hand los und bedeutet mir einzutreten. Gerne folge ich seiner Einladung und finde mich in einer kleinen Eingangshalle wieder. Die Wände sind mit Holz vertäfelt und geben dem Ganzen eine warme Atmosphäre.

»Ich habe hauptsächlich natürliche Materialien verwendet«, erklärt Aviv und deutet auf eine kleine Holzbank, unter der zwei Paar Schuhe stehen.

»Hast du das gemalt?«, frage ich und deute auf ein Bild von Gaia an der Wand. Sie steht dort in all ihrer Pracht, umrandet von Blumen.

»Ja«, sagt er nickend. »Ich habe noch eins meiner ganzen Familie im Wohnzimmer.«

Ich schlucke und frage mich sofort, ob er Nevis' traurige Augen getroffen hat. Was er wohl gerade tut - zurück in seiner absoluten Einsamkeit? Und Jesien? Ob er sich Sorgen macht, dass ich nicht zu ihm komme?

»Komm«, reißt mich Aviv aus den Gedanken und führt mich mit einer Hand in meinem Rücken in eins der angrenzenden Zimmer. Es muss das Wohnzimmer sein, denn hier stehen unter anderem ein Fernseher und eine große, einladende Couch. Auch hier sind die Wände mit Holz vertäfelt und ich finde schnell das Bild von Gaia und ihren Söhnen. Doch mir bleibt keine Zeit, es zu bewundern, denn gerade springt ein rostbraunes Eichhörnchen vom Wohnzimmertisch auf die dunkelgrüne Couch. Entweder tanzt es oder hat ganz schlimme Krämpfe. Ich vermute Ersteres. Nicht nur wegen der Musik, sondern auch wegen dem kleinen schwarzen Hut, den es trägt und mit einer kleinen, spindeldürren Hand vom Kopf hebt und wieder senkt. Als es uns sieht, hält es sofort inne und … grinst. Ja, dieses Eichhörnchen lacht über das ganze Gesicht. Mit einem Satz landet es bei einer Fernbedienung und schaltet die Musik aus.

»Die neue Auserwählte«, sagt Nutty mit einer erstaunlich tiefen Stimme. Es ist das erste Mal, dass ich ein Tier sprechen hören. Irgendwie habe ich mir ein Eichhörnchen piepsig vorgestellt, doch Nutty klingt wie ein erwachsener Mann. Er springt auf die Lehne des Sofas und hält mir seine kleine Pfote hin. »Ich bin Nutty«, sagt er und ich überlege fieberhaft, wie ich ihm die Pfote schütteln soll.

»Hallo Nutty, ich heiße Maya«, sage ich schließlich und nehme seine Pfote zwischen Daumen und Zeigefinger. »Aviv hat mir schon ein wenig von dir erzählt.«

Nutty sieht über meine Schulter hinweg zum Frühling und zieht dabei ein ulkiges Gesicht, das mich zum Lachen bringt.

»Was hat er erzählt?«, will Nutty wissen. »Und vorab: Ich war betrunken von vergorenen Früchten, okay? Es war nie meine Absicht …«

»DAS habe ich ihr nicht erzählt, Nutty«, unterbricht Aviv seinen Tiergeist.

»Oh … okay.« Nutty kratzt sich am Kopf und ich muss wieder lachen, weil er einfach zu süß dabei aussieht.

Die ersten Tage bei Aviv verbringe ich damit durch die Frühlingslandschaft zu wandern. Meistens begleitet er mich und erklärt mir die verschiedenen Blumen, die unseren Weg säumen. Die meisten davon kenne ich selbst, aber Aviv scheint sie alle irgendwie persönlich zu kennen. Zu jeder Blüte kann er mir sagen, wie viel Wasser und Sonne sie benötigt. Vielleicht ist deswegen auch jede einzelne perfekt? Wenn ich alleine losziehe, dann nehme ich mir ein Buch aus Avivs Bibliothek mit und setze mich irgendwohin, wo mich die sanfte Frühlingssonne streicheln kann. Hinter dem Haus gibt es einen kleinen Wiesenpfad, der vorbei an rot und gelb blühenden Büschen führt. Ich liebe diesen Weg, weil die Bäume drumherum mit Hilfe der Sonne und ihres Blattwerks ein wunderschönes Muster auf die Wiese zaubern. Wenn man dem Pfad folgt, führt er einen zu einer kleinen Bank auf einem saftig grünen Hügel. Von hier aus kann man einen kleinen See mit Schwänen und Enten überblicken. Hier setze ich mich gerne hin und denke nach. Meistens über das Bild in Avivs Wohnzimmer und darüber, wie gut er seine Brüder getroffen hat.

Am vierten Tag sitze ich wieder auf der Bank und Nutty leistet mir Gesellschaft. Ich musste einen Korb voll Nüsse für ihn mitnehmen, die er nun fleißig mit seinen Zähnen bearbeitet.

»Ich habe noch nie ein so verfressenes Tier wie dich gesehen, Nutty«, sage ich glucksend und lasse meinen Blick kurz über den Teich wandern, bevor ich ihn ansehe.

»Danke«, sagt Nutty und grinst. Doch plötzlich wird er ernst. »Wann sagst du es ihm?«

»Was?«, frage ich verwirrt.

»Na, dass er keine Chance hat.« Er zwinkert mir schelmisch zu. »Der gute alte Nutty ist kein Esel. Du starrst ständig das Bild im Wohnzimmer an. Denkst du an Sol?«

»Nein«, sage ich erschrocken. »Nein und nein. Ich starre das Bild nicht ständig an und ich denke an niemanden!« Das glaube ich mir nicht mal selbst. »Ehrlich, ich versuche offen für jeden zu sein.«

Nutty sieht mich mit hochgezogenen Augenbrauen an und stopft sich ein Stück Nuss in den Mund. Er kaut darauf herum, ohne den Blick von mir zu lösen. Nachdem er geschluckt hat, grinst er wieder. »Ist klar.«

»Du glaubst mir nicht?!«

»Nicht die Bohne, Maya.« Nutty legt den Kopf schief. »Ich liebe Aviv wie einen Bruder und ich habe auch dich unendlich gern. Leider wird es auch mir schwerfallen dich gehen zu lassen, aber ich sehe doch, dass dein Herz sich nach anderer Gesellschaft sehnt.«

»Hey, du bist eine klasse Gesellschaft!«, rüge ich ihn.

»Ja, ich«, seufzt Nutty und sieht mich schmunzelnd an. »Aber Aviv kann ein ganz schöner Langweiler sein.« Wir lachen zusammen. »Spaß beiseite, man sieht dir wirklich an, dass du keinerlei amouröses Interesse an dem Langweiler hast.«

»Aber ... aber das könnte ja noch werden?!«

»Merkst du eigentlich nicht, wie Aviv seit Tagen um dich herumschleicht und Körperkontakt zu dir sucht?«

Dieses Mal reiße ich die Augenbrauen hoch. »Nein?!«

»Ja, und du weichst immer zurück.«

»Aber nicht absichtlich.« Ich bin vollkommen perplex. »Wirklich, ich habe davon nichts mitbekommen.« Wieder einmal verfluche ich, ohne Männer groß geworden zu sein. Das Spiel der Geschlechter beherrsche ich wirklich überhaupt nicht.

»Swischen eusch schtimmt die Schemie nüscht«, sagt Nutty mit vollem Mund. Ein paar Krümel fallen auf sein Fell.

Ich muss an Jesien denken. Bei ihm hat die Chemie gestimmt … glaube ich zumindest.

Am Abend sitze ich neben Aviv auf dem Sofa. Er wirkt ein wenig erschöpft und hat seinen Kopf nach hinten gelehnt. Sein Blick geht zur Decke statt auf den Fernseher, wo ein alter Film über einen Mann läuft, der von einem Spinnenbiss Superkräfte bekommen hat. Draußen regnet es und ein Gewitter grummelt leise in der Ferne. Aviv hat im Wohnzimmer ein paar Kerzen angezündet und einen frischen Strauß Blumen auf den Tisch gestellt. Nutty schläft zusammengerollt auf einem Sessel und träumt. Seine kleinen Beine laufen immer wieder ein paar Schritte.

»Wohin sind eigentlich die ganzen alten Städte verschwunden?«, frage ich gedankenverloren, während ich beobachte, wie sich der Mann im Fernsehen an Hochhäusern entlanghangelt. »Sind sie noch da?«

Aviv hebt seinen Kopf und sieht mich an. »Nevis kann sie dir zeigen, wenn du wirklich zu ihm gehst.« Neugier liegt in seinen Augen.

»Warum ausgerechnet er?«

»Weil ... nun«, Aviv setzt sich auf. »Fangen wir etwas weiter vorne an. Mutter hat euren Planeten noch nicht ganz geheilt.«

Ich runzele die Stirn und richte mich ebenfalls auf.

»Sie hat ein gesundes Areal für euch geschaffen und mit Nevis' Hilfe die Giftstoffe und Verunreinigungen unter einer dicken Eisschicht verpackt. Es wird noch viele Millionen Jahre dauern, bis die Erde sich unter Nevis' Eishülle erholt hat. Leider geht das nicht schneller.« Der Frühling grinst. »Danach werde ich alle Hände voll zu tun haben, um alles wieder zum Leben zu erwecken.«

»Wow«, staune ich. »Ich dachte immer, dass der Planet wieder in Ordnung sei. So erzählen wir es im Orden auch den Menschen.«

»Dort, wo ihr lebt, ist die Erde auch in Ordnung.« Er überlegt. »Außerdem möchte Mutter, dass ihr euch wohlfühlt. Die Menschheit hat sich selbst so tief in Unglück, Krankheiten und Verunreinigungen gestürzt, dass es wichtig war euch ein wenig Sicherheit zu geben.«

»Aviv?« Warum auch immer, ich bin plötzlich in einer Stimmung, die mich mutig macht, und deshalb bringe ich auch eine Frage über die Lippen, die mir schon immer auf dem Herzen lag. »Warum diese Wahl? Warum immer nur eine für euch vier und dann nur für hundert Jahre?«

Der Frühling seufzt. »Nun, die hundert Jahre sind leicht erklärt. Es liegt an eurem menschlichen Geist. Ihr seid nicht für die Ewigkeit gemacht. Mutter meint, ihr würdet mit der Zeit wahnsinnig werden.«

Ich runzele ungläubig die Stirn. Als ich bemerke, dass ich die Mutter aller Dinge anzweifele, korrigiere ich mich selbst innerlich und nicke. »Und warum nicht immer eine für jeden von euch?«

»Ich kann es dir auch nicht zur völligen Zufriedenheit erklären. Es ist einfach so, dass unsere Welt hier nicht für menschliche Wesen gedacht ist. Du bist so eine Art Störfaktor.« Aviv lächelt mich entschuldigend an und ich nicke, um ihm zu verstehen zu geben, dass er weitersprechen kann und ich nicht eingeschnappt bin. »Als es anfing, dass Mutter sich euch zu erkennen gab und mit Nevis deinen Planeten einhüllte, da fiel ihr auf, wie einsam ihr Sohn war. Sie hatte uns erschaffen und direkt in unsere Jahreszeiten gesteckt. Als sie Nevis dann nach so unendlich vielen Jahren wiedersah, brach es ihr das Herz. Sie gab uns die Tiergeister und entschied einen Störfaktor im System zu dulden. Dann führte sie die Wahl der Gefährtin ein.«

»Und warum gibt es dann nicht immer abwechselnd eine, so dass keiner zu kurz kommt? Oder warum schafft sie euch keine Gefährtinnen? Eine euresgleichen?«

»Mutter verspricht sich davon, dass vielleicht wahre Liebe entsteht.« Aviv lächelt mich wissend an. »Schon unfair, dass ausgerechnet der, dem wir die Gesellschaft zu verdanken haben, am einsamsten ist.« Der Frühling sieht zu dem Bild seiner Familie.

»Ich verstehe«, hauche ich. »Sie geht das Risiko der unfairen Verteilung ein, damit dafür das Erlebnis der Gesellschaft umso besser ist.«

Aviv nickt und lächelt erneut. Erst jetzt fällt mir auf, dass es nie seine schönen, grünen Augen erreicht. »Warum sie uns keine Gefährtin schafft, weiß ich auch nicht. Jesien hat einmal vermutet, dass sie keine Göttin neben sich dulden kann. Auch keine Halbgöttin.«

»Hm«, mache ich und sehe zu dem Fenster, wo Regenschlieren ein Muster zeichnen. Draußen ist es schon finster, nur das Licht einer Kerze, welches das Glas ein wenig erhellt, lässt es mich erkennen.

»Aber Maya«, lenkt Aviv ein und rückt etwas näher an mich heran. Alles, was Nutty mir heute am See erzählt hat, kommt mir wieder ins Gedächtnis. »Maya, daran sollten wir jetzt nicht denken, oder?« Er streichelt mir vorsichtig über die Hände, die auf meinen Beinen ruhen, und ich erwische mich dabei sie wegziehen zu wollen. Stattdessen zucke ich nur zusammen und lasse ihn machen. Aviv bemerkt meine Unruhe und lächelt mich merkwürdig an. Den Glanz in seinen Augen kann ich nicht deuten, doch er rückt noch näher und legt seinen Arm um mich. Ich verkrampfe innerlich und sehe ihn fragend an.

»Ich würde dich so gerne küssen, Maya. Nur einmal.«

*Küssen?*, schießt es mir durch den Kopf und meine Augen werden groß. Ich habe noch nie einen Mann geküsst ... auf den Mund.

»Ich ... ich kann das noch nicht ... küssen.«

Aviv lacht ein schiefes Lachen. »Das hoffe ich doch.« Er zwinkert mir zu. »Ich glaube kaum, dass Mutter ein verdorbenes Mädchen auserwählt hätte.«

»Ich ... Ich ...« ... weiß nicht, was ich sagen soll. Ich möchte Aviv nicht küssen, will ihn aber auch nicht vor den Kopf stoßen. Doch bevor ich mir etwas überlegen kann, liegen seine Lippen auch schon auf meinen. *Es fühlt sich eigenartig an,* ist alles, was ich denken kann. Sein Mund ist warm, seine Lippen geschlossen und weder trocken noch feucht. Eigentlich ist es ganz angenehm, aber dennoch frage ich mich, wann der Kuss wohl endet?

»Maya«, raunt Aviv schließlich direkt an meinem Mund. Seine Stimme ist heiser und belegt. »Es ist so lange her.« Wieder treffen seine Lippen auf meine und diesmal teilen sie sich. Als ich seine Zunge spüre, stoße ich ihn von mir.

»Entschuldige«, sagt er sofort. Seine Augen wirken immer noch ganz verhangen. »Zu schnell, verstehe.«

In meinem Kopf rasen die Gedanken. Ich habe einen Mann auf den Mund geküsst. Meine Finger beginnen leicht zu zittern, weshalb ich sie ineinander verschränke. Ich zwinge mich Aviv mit einem Lächeln im Gesicht anzusehen. »Schon gut«, sage ich. »Es ist nur alles noch so fremd für mich.«

»Tut mir leid, Maya.« Seine Stimme klingt aufrichtig und seine grünen Augen flehen mich um Verzeihung an.

»Vergessen wir es einfach, ja?«, schlage ich vor und Aviv nickt, auch wenn etwas in seiner Mimik mich stutzen lässt. Enttäuschung?

Die letzte Nacht im Frühling verbringe ich damit in meinem Zimmer zu liegen und der Musik der Nacht zu lauschen. Draußen höre ich ein paar Frösche quaken und Nutty, der leise Selbstgespräche führt. Aviv hat mich alleingelassen, damit ich in Ruhe nachdenken kann. Morgen früh wird er mich an Sol übergeben und irgendwie habe ich deswegen einen Knoten im Magen. Nicht wegen Sol, sondern weil ich Aviv verlassen muss. Ich habe ihn in der Woche lieb gewonnen und auch wenn sein Kuss mir nichts bedeutet hat, so doch seine angenehme Gesellschaft und sein sanftes Lächeln. Mein Leben lang habe ich an einem Ort gelebt und nun wechselt mein Heim ziemlich oft. Jedes Mal wieder herausgerissen zu werden, wenn ich mich gerade irgendwo wohlzufühlen beginne, nimmt mich ein wenig mit. Die Sehnsucht nach Iria und meiner Mutter wird wieder groß und ich versuche mich mit dem Gedanken an Sols Sommerwelt zu trösten.

»Mach es gut, Maya«, sagt Aviv und seine grünen Augen sind voller unausgesprochener Worte. Flehen, Wut, Trauer, all das scheint in ihnen zu brodeln. Seine Hand will die meine nicht loslassen, doch Gaia erwartet mich bereits. Wir machen die letzten Schritte auf eine Art pulsierende Wand zu. Sie ist durchsichtig, schillert aber doch je nach Lichteinfall in allen Farben des Regenbogens. Genau wie die Augen der Göttin.

»Hallo, mein Kind«, begrüßt sie mich. »Du befindest dich hier an der Grenze zu Sols Reich.«

Moment mal, denke ich, grenzen die Welten aneinander? Hätte ich auf der anderen Seite des Frühlings in den Winter sehen können?

»Hinter dieser Barriere erwartet dich bereits mein Zweitgeborener.«

Ich sehe an Gaia vorbei und entdecke den lächelnden Sol.

»Verabschiede dich jetzt bitte von Aviv«, sagt die Mutter aller Dinge. »Dann öffne ich dir einen Weg hinüber.«

Ich drehe mich zu Aviv und nehme seine Hände. »Danke für die schöne Zeit, Aviv.« Vorsichtig drücke ich meine Finger auf seine Haut.

»Maya, werde ich dich wiedersehen?«, bricht es aus ihm heraus.

»Das kann ich jetzt noch nicht sagen«, versuche ich ihn zu vertrösten. »Du weißt doch, dass ich mir jeden von euch ansehen werde.«

»Ich hätte mehr mit dir machen sollen«, beginnt er panisch zu überlegen. Ich lehne mich vor und gebe ihm einen Kuss auf die Wange.

»Wenn ich mich nicht für dich entscheiden sollte, dann werde ich dich und Nutty vermissen.« Damit drehe ich mich zu Gaia um und nicke. Die Göttin mustert mich mit ihren schillernden Augen. Eine Ranke von fliederfarbenen Blüten hat sich über ihr Dekolleté und ihren Schoß gelegt wie eine Kette. Ansonsten ist sie vollkommen nackt. Schließlich lächelt sie und legt ihre Hand auf diese merkwürdige Wand. Sie gibt einen kleinen Torbogen frei, wo Sol mich bereits sehnsüchtig erwartet.

»Endlich, Maya!«, ruft er und streckt mir die Hand entgegen. Ich ergreife sie und sehe noch einmal zu Aviv. Sein Anblick bricht mir das Herz, aber ich kann es mir nicht leisten jetzt jedes Mal zu zerbrechen. Zu nah ist die Sehnsucht nach meinen Lieben auf der Erde. Gaia schließt die Barriere ohne ein weiteres Wort. Ich sehe sie noch einen Moment mit Aviv sprechen, dann verschwindet sie. Langsam schließe ich die Augen und drehe mich entschlossen um. Das Erste, was ich registriere, nachdem ich mich etwas gefasst habe, ist die unglaubliche Hitze. Auf meinem Zopf, der über meine Schulter fällt, sehe ich Klee wachsen. Ich fasse mir an den Kopf. Die große Blume, die ich bei Aviv getragen habe, ist verschwunden.

»Komm, Maya, deine Sachen sind schon in meinem Haus«, sagt Sol und zieht mich mit sich. Ich öffne meine Augen und sehe mich um, während ich an der Hand des Sommers über rötlich-braune Erde gehe. Hier und da sind ein paar Sträucher und Bäume. Ein angenehm süßer Duft weht mir in die Nase. Als ich schnuppere, lächelt Sol.

»Das sind die Olivenbäume«, sagt er und deutet nach rechts. »Herrlich, oder?«

»Olivenbäume«, wiederhole ich. »Ich kenne Oliven nur aus alten Büchern.« Neugierig lasse ich seine Hand los und gehe zu den grünen Bäumen mit dem dünnen, knorrigen Stamm.

»Ja, hier in der Nähe des Frühlings stehen die Bäume in ihrer Blüte. Etwas weiter hinein gibt es bereits Oliven. Ich werde dich gleich heute Mittag probieren lassen, ja?«

»Sehr gerne«, schwärme ich bei dem köstlichen Duft. »Sind sie süß?«

»Nein«, lacht Sol. »Man kann es nicht beschreiben, das muss man selbst probieren. Allerdings solltest du sie nicht direkt vom Baum essen, denn dann sind sie bitter. Sie müssen erst mit Wasser ausgeschwemmt werden.« Sol scheint immer noch amüsiert zu sein. »Ich sollte euch Oliven auf die Erde bringen. Das muss ich einmal mit Mutter besprechen. Wenn Orangen bei euch wachsen, dann müsste es mit den Oliven auch wieder klappen.«

Ich komme nicht umhin Sols sonnengebräunten Oberkörper zu bewundern. Hier in der strahlenden Sonne des Sommers kommt er mir noch schöner vor als in Gaias Haus.

»Sie wachsen in Gewächshäusern«, sage ich schließlich und beziehe mich auf die Orangen. Ich glaube, Sol hat meinen kurzen Gedankenaussetzer bemerkt, denn er zieht wieder einen Mundwinkel lächelnd nach oben. Während ich ihn so ansehe, bemerke ich noch einen anderen Duft in meiner Nase. Etwas Salziges. Das muss das Meer sein. Bei dem Gedanken daran beginnt mein Herz wild zu pochen.

»Bitte bring mich zum Meer, ja?« Ich sehe ihn flehend an und Sol fährt sich durch die verstrubbelten blonden Haare.

»Da wollten sie alle zuerst hin«, sagt er und ergreift meine Hand. »Komm, Maya. Dann kann ich dir auch gleich meinen Delfin Seth vorstellen.«

Wir verbringen die meiste Zeit am Meer und in der Villa direkt am Strand, die Sol eigens für mich erschaffen hat. Sol bringt mir etwas bei, was er Surfen nennt. Nicht nur einmal muss Seth mich zurück an den Strand schleppen und zieht mich dabei jedes Mal amüsiert auf. Das Schwimmen mit dem Delfin macht mir am meisten Spaß. Ich genieße die warme Sonne auf meiner Haut und selbst das Salz und den vielen Sand, der am Ende des Tages an mir klebt. Wenn ich mich abends geduscht habe, fühle ich mich rundherum wohl. Meine Haut hat einen ganz besonderen Duft, ich glaube, es kommt von der Sonne. Sie hat mir eine leichte Bräune beschert, was ich bei meiner hellen Haut und den roten Haaren nie für möglich gehalten hätte. Im Vergleich zu Sol bin ich natürlich immer noch weiß, aber ich freue mich trotzdem über den leicht dunkleren Teint. Er lässt mich gesund aussehen. Wenn ich in den Spiegel schaue, dann sehe ich eine entspannte Maya. Sie wirkt gesund und strotzt vor Kraft.

Am Abend gehe ich mit Sol am liebsten spazieren. Wir ernten Kokosnüsse, Melonen und natürlich auch Oliven und Orangen. Meine Glieder fühlen sich bei diesen abendlichen Spaziergängen wunderbar erschöpft an. Die Tage am Strand machen auf angenehme Art müde. Es ist schwer zu beschreiben, aber es gefällt mir. Hier im Sommer, wo Sol mit niemandem konkurrieren muss, ist er ganz anders. Nicht so arrogant oder vorlaut. Nein, auch er wirkt entspannt und lässt sich immer wieder etwas für mich einfallen.

An meinem letzten Abend gehe ich im kurzen Sommerkleid neben Sol durch den Olivenhain. Der Staub der trockenen Erde hat meine weißen Ballerinas ganz verdreckt, aber es stört mich nicht weiter.

»Das steht dir gut«, sagt Sol und deutet auf das weiß geblümte Kleid. »Du hast wirklich schöne Beine.« Er grinst und ich lächele zurück.

»Danke und du hast schöne Oberarme.« Einen Moment lang sehen wir uns einfach nur an, bevor wir in Gelächter ausbrechen.

»Es wäre so schön dich hier zu haben, Maya«, sagt Sol plötzlich ernst.

»Ich weiß«, nuschele ich verlegen vor mich hin und frage mich, was ich ihm damit sagen will? *Ich weiß* ... was ist das für eine Antwort? »Sol, du weißt, dass ich mir jede Jahreszeit ansehen werde. Ich kann frühestens etwas sagen, wenn die letzten Tage bei Nevis anbrechen.«

»Maya ...« Er unterbricht sich selbst und kommt näher an mich heran. Ich weiche vor ihm zurück und stoße mit dem Rücken gegen einen Olivenbaum. Sol schließt zu mir auf und ich spüre seinen heißen Körper an meinem.

»Diese roten Haare erinnern mich an Feuer«, raunt er und senkt sein Gesicht in meinen Nacken, wo sich mir alle Härchen aufgestellt haben. »Du gehörst in die Sonne, die dein inneres Feuer anfacht.«

»Ich ...«, beginne ich zu stammeln, »... ich ... Sol, bitte lass das.«

Der Sommer beginnt meinen Hals zu küssen, was mich ganz unruhig werden lässt. Es fühlt sich gut an, aber irgendwie auch falsch. Ich stoße ihn von mir.

»Lass mich«, flehe ich. »Bitte.«

Ich hätte ja mit viel gerechnet, aber nicht damit, dass er wütend wird.

»Du bist die prüdeste Frau, die mir je unter die Augen gekommen ist.« Seine Augen funkeln erbost, aber irgendwie auch enttäuscht. Ich jedenfalls bin sauer.

»Da du ja schon so viele Frauen zu Gesicht bekommen hast«, zische ich erbost und lasse ihn einfach stehen. Schnellen Schrittes mache ich mich auf den Weg zurück zum Strand, wo ich mich für den Rest der Nacht in den Sand setze. Seth beobachtet mich still vom Wasser aus. Er hat nie sonderlich viel gesprochen, sicher ist er daran gewöhnt Sol vor allem zuhören zu müssen. Im Gegensatz zu Nutty habe ich ihn nicht so gut kennengelernt, aber in dieser Nacht sehe ich Mitleid in seinen dunklen Augen.

## 7. ... DEN HERBST UND DEN WINTER

Weinreben bilden sich in meinem Haar, als Gaia mich nach meiner Sommerwoche an Jesien übergibt. Sol hat sich auf dem Weg zur Grenze mehrfach entschuldigt und ich habe versucht ihm klarzumachen, dass ich nicht mehr böse bin. Wie könnte ich auch? Die haselnussbraunen Augen von Jesien erwarten mich und lassen mein Herz vor Freude schneller schlagen. Seine roten Haare stehen ihm wirr vom Kopf ab und auf seinen Lippen liegt ein süffisantes Grinsen.

»Mein Mädchen«, sagt er und öffnet seine Arme. Zu gerne lege ich mich hinein und lehne mich an ihn. Als er seine Arme um mich schlingt, habe ich zum ersten Mal seit langem das Gefühl, durchatmen zu können.

»Du bist tatsächlich gekommen«, staunt Jesien. Ich löse mich aus seiner Umarmung und boxe ihn sanft auf den Oberarm.

»Habe ich dir doch gesagt!«

»Könnte ja sein, dass du es dir anders überlegst.« Wir sehen gemeinsam zu dem Übergang, wo Gaia und Sol bereits verschwunden sind.

»Niemals«, sage ich gedankenverloren und sehe mich um. Hier sind die Blätter an den Bäumen noch größtenteils grün, aber ich kann erkennen, dass sie am Horizont golden sind und es würde mich nicht wundern, wenn sie an Nevis' Grenze bereits auf dem Boden verstreut lägen. Nevis ...

»Ich weiß, was du denkst«, sagt Jesien mit einem Schmunzeln in der Stimme.

»Hmm«, brumme ich und frage mich, ob Nevis wohl gelegentlich zur Grenze kommt. Plötzlich legt Jesien den Arm um mich und lacht herzlich. Liebevoll und dieses Mal ganz willkommen, küsst mich ein Mann auf die Wange. Bei Jesien macht mir die Nähe nichts aus.

»Ich freue mich so für ihn«, sagt er und klingt aufrichtig dabei.

»Willst du mich wieder damit aufziehen?«, seufze ich. »Ich entscheide erst nach diesen vier Wochen.«

»Ja, ist schon klar.« Er sagt das so, als würde er mich für nicht zurechnungsfähig halten. Statt etwas dagegen zu sagen, lehne ich mich an ihn, froh endlich irgendwo zu sein, wo ich meine Seele baumeln lassen kann. Ich habe diese innere Anspannung gar nicht bemerkt. Erst jetzt, wo sie von mir abgefallen ist, spüre ich sie. Es ist, als hätte ich in den letzten zwei Wochen krampfhaft versucht offen und fröhlich zu sein. Dabei habe ich nur auf diesen Moment hingefiebert. Oder ist dies nur die erhoffte Zwischenstation zu der letzten, finalen, vor der es mir ein wenig graut? Ich beginne etwas zu frieren, obwohl ich mir extra eine Jacke übergezogen habe.

»Von der Sonne verwöhnt, hm?«, fragt Jesien ein wenig besorgt, als er bemerkt, dass ich mich kurz schüttele.

»Ja, das wird es wohl sein.« Ich sehe zum Wald hin, der immer mehr an Grün verliert, dafür aber an Gold und Rot gewinnt, umso weiter man hineingeht. Ein kleiner Wiesenpfad führt bis zum Horizont.

»Gib mir deine Hände«, sagt Jesien und ich folge seinem Wunsch. Ehe ich mich versehen kann, stehe ich vor einem Bauernhof. Um ihn herum sind lauter Apfelbäume, deren Früchte bereits in den tollsten Grün- und Rottönen schillern.

»Wie hast du das gemacht?«, frage ich den Herbst erstaunt. Das hat noch keiner der anderen so mit mir gemacht. Natürlich hatte sich hier und da mal die Gegend bei unseren Spaziergängen verändert, aber das hier war ja wie Teleportieren.

»Meine Welt, meine Regeln«, sagt Jesien und zwinkert mir zu. Ich sehe zu dem Haus. Es ist ein altes Fachwerkhaus mit Bänken und Blumenkästen davor. Etwas abseits stehen eine Saftpresse und ein riesiger Bottich, wo Trauben mit den Füßen ausgepresst werden können. Erst jetzt bemerke ich den riesigen Hang voller Wein im Hintergrund.

»Hallo Maya, herzlich willkommen!«, höre ich plötzlich eine Stimme irgendwo über mir. Ich sehe mich um und entdecke eine wunderschöne, große, braune Eule. Ihr Bauch ist vorne weiß mit schwarzen Flecken. Sie sieht ein wenig ehrfurchtgebietend aus, wie sie da so im Apfelbaum sitzt und zu mir heruntersieht.

»Mein Name ist Sowa«, stellt sie sich vor.

»Freut mich dich kennenzulernen, Sowa«, sage ich und nicke ihr zu, da ich ihr ja nicht die Hand geben kann.

»Ich hoffe, du fühlst dich bei uns wohl.« Sie sieht zu Jesien. »Wenn er sich nicht benimmt, sag es mir.«

Ich lache. »Mache ich.«

»Pff«, zischt Jesien und deutet auf sein Haus. »Komm, such dir ein Zimmer aus.« Er hält inne. »Vorausgesetzt, das Haus gefällt dir. Wenn nicht, erschaffe ich dir etwas anderes.«

»Nein«, falle ich ihm fast ins Wort. »Es ist wirklich toll hier!«

Jesien grinst stolz. »Dann komm, Maya. Ich zeige dir das Haus.«

Am Abend stehe ich mit Jesien an einem See und er zeigt mir, wie man Steine übers Wasser springen lässt. Da es kühl geworden ist, habe ich eine Strickjacke an und eine hübsche Häkelmütze auf dem Kopf. Ein wenig komme ich mir vor, als hätte mich meine Oma eingekleidet, aber Jesien bestand darauf, damit ich nicht friere.

»Du bist wirklich sehr hübsch, Maya«, sagt der Herbst, als ich mich gerade darüber freue, dass ich den Stein einmal habe springen lassen können. Jesiens Steine springen dagegen mindestens viermal.

Ich lächele ihn an. »Danke.«

»Mein kleiner Bruder hat großes Glück.«

»Nicht, Jesien. Bitte ...«

»Dein Herz gehört ihm längst, Maya«, unterbricht er mich und ich habe Schwierigkeiten, seine Miene zu deuten. »Daran ist nichts verwerflich. Es gibt Liebe auf den ersten Blick.« Jesien kehrt ein paar Blätter von zwei großen Steinen und bedeutet mir mich zu setzen. Ich lasse mich neben ihm nieder und sehe ihn abwartend an. Die Sonne malt hinter ihm den Horizont orange und lässt sein rotes Haar aufflammen.

»So war es mit Melinda.«

»Melinda? Die Auserwählte, die bei dir war?«

Er nickt und senkt den Kopf. In seinen Händen hält er ein dunkelrotes Ahornblatt und fängt an es in kleine Stücke zu rupfen. »Sie fehlt mir ... immer noch. Nach all den Jahren.«

»Das tut mir so leid, Jesien«, hauche ich und wärme meine kalten Hände aneinander. Vielleicht muss ich sie auch nur irgendwie beschäftigen, da ich nicht weiß, ob ich ihn jetzt berühren darf oder nicht.

»Ich habe sie gesehen und irgendwas in mir schrie auf. Sofort wusste ich, dass ich sie für mich gewinnen musste.« Er lacht leise. »Das war nur nicht nötig gewesen, denn wie sie mir später sagte, war es ihr genauso ergangen.«

»Wie war sie so?«

»Ein wenig wie du, Maya. Nur ... wie soll ich sagen ... lebhafter, temperamentvoller, aber ebenso nachdenklich und sanft.« Jesien sieht mich entschuldigend an und ich lächele ihm ermutigend zu. »Sie hatte braune lange Haare und ein unheimlich gewinnendes Lachen.« Er wird ganz still und atmet tief durch. »Der Tag, an dem sie starb, war der schlimmste meiner ganzen Existenz.« In den Chroniken der Hüterinnen steht, dass einst zwei Herbste lang kein gesunder Apfel gewachsen ist und Stürme viel Schaden in der Stadt angerichtet haben. War es Jesiens Trauer gewesen?

»Es dauerte fast zwei Jahre, bis ich wieder das Gefühl hatte, atmen zu können. Und viele, viele weitere Jahre, bis ich wieder lachen konnte.« Sein Gesicht wird nachdenklich. »Eigentlich war es an der darauffolgenden Wahl. Nach Melinda war eine Frau mit zu Aviv gegangen und als wir uns ein Jahrhundert später wieder versammelten, trat Nevis aus dem Schnee in die große Eingangshalle. Er schien übel gelaunt zu sein – wie immer eigentlich.« Wir lachen gemeinsam. »Es war jedenfalls kurz nachdem die neue Auserwählte uns wieder verlassen hat, um sich das Zimmer anzusehen. Sol machte ein paar unflätige Gesten mit seiner Zunge. Nevis war davon so genervt, dass er sie an seiner Hand festfrieren ließ. Sols Gesicht war einfach nur köstlich. Er versuchte mit der ausgestreckten Zunge zwischen seinem Zeige- und Mittelfinger Nevis zu verfluchen, der mit seinem typischen genervten Blick nur die Augen rollte und dann zu mir herübersah. Da hielt mich nichts mehr und ich brach zum ersten Mal seit hundert Jahren wieder in Gelächter aus.«

Ich versuche mir verzweifelt vorzustellen, was Sol mit seiner Zunge gemacht hatte, scheitere aber kläglich.

»Auch wenn Melindas Verlust furchtbar für mich war«, setzt Jesien wieder an, »so war die Zeit mit ihr jeden einzelnen Moment der Trauer wert.« Er sieht mich mit seinen braunen Augen an. Sie wirken merkwürdig ernst. »Ich wünsche mir das Gleiche für Nevis.«

Ich weiche seinem Blick aus. Wie oft soll ich ihm noch erklären, dass die Wahl noch nicht entschieden ist?

»Er will mich gar nicht. Weil er genau vor dem Angst hat, was du gerade beschrieben hast.«

Jesien sieht wieder weg und seufzt. »Ich weiß. Leider blieb mir nicht genug Zeit, um ihm den Kopf zu waschen. Ständig musste er in seine Welt. Den Planeten in Eis gepackt zu halten ist Schwerstarbeit.« Plötzlich kehrt der Humor in seine Mimik zurück. »Ein Grund mehr dafür jemanden zu Haus zu haben, mit dem man richtig ausspannen kann.« Er zwinkert mir zu und ich habe das Gefühl, einen unterschwelligen Witz verpasst zu haben. Unsicher lächele ich ihn an.

»Ach, Maya«, gluckst er daraufhin. »Deine Unwissenheit macht dich unglaublich attraktiv, weißt du das?«

»Nein, ich habe keine Ahnung, wovon du sprichst«, gebe ich ehrlich zu und Jesien legt lachend einen Arm um mich. Er zieht mich näher an sich heran. Sanft drückt er meinen Kopf an seine Schulter und bettet dann sein Kinn auf mein Haar.

»Waren die anderen nett zu dir?«, will er, plötzlich wieder ernst, wissen.

»Ja, wieso?«, frage ich verwundert und inhaliere seinen warmen, erdigen Geruch. Der Herbst riecht nach frisch gefallenen Blättern.

»Sol kann manchmal sehr aufdringlich sein und Aviv ... stille Wasser sind eben tief.«

»Es gab ... Annäherungsversuche«, gebe ich zu. »Aber nichts Schlimmes.«

»Gut«, sagt Jesien. »Anders hätte ich es auch nicht erwartet.«

»Du?«, murmele ich. »Was würdest du machen, wenn ich mich für dich und das hier entscheide?« Ich kuschele mich näher an ihn heran.

»Ich gestehe, dass ich das mit einem weinenden und einem lachenden Auge sehen würde. Einerseits wünsche ich Nevis Erlösung aus seiner Einsamkeit. Andererseits mag ich dich und deine Gesellschaft sehr gerne.« Er reibt mir liebevoll über den Oberarm. »Wieso fragst du, Maya?«

»Nur so.«

»Du darfst dich von Nevis' Abweisungen nicht beeindrucken lassen, hörst du?« Jesien lässt mich los und sieht mir in die Augen. »Bitte versprich mir, dass du versuchst hinter seinen Schutzwall zu sehen.«

»Dafür bräuchte ich eine Röntgenbrille.«

Jesiens Mundwinkel zucken. »Versprich mir es zu versuchen, ja?«

Ich nicke. Ihm kann ich nichts abschlagen.

»Wo gehen wir hin?«, frage ich Jesien am nächsten Tag.

»Lass dich überraschen.« Der Herbst sieht mich an und grinst. Ein wenig blinzelt er gegen die tiefstehende Sonne an, die sein Haar aufflammen lässt. Die Natur um uns herum wird zunehmend karger und ich beginne zu ahnen, wo er mich hinführt. Zum Winterübergang.

»Was wollen wir dort?«

»Du glaubst also zu wissen, wo wir hingehen?«

»Zu Nevis' Grenze«, rate ich und sehe in Jesiens braune Augen. Sie funkeln amüsiert auf.

»Ach, ich kann so schlecht Geheimnisse für mich behalten«, brummt er verärgert über sich selber. »Ja.«

»Und? Was machen wir dort?«

»Einfach nur hinübersehen.«

»Aha.« Mehr fällt mir dazu nicht ein.

Jesien seufzt. »Ich hoffe für meinen Bruder, dass er das nicht vermasselt und dir die nächste Woche nicht zur Hölle macht.«

Zwischen den kargen Ästen und Tannen um mich herum kann ich die hohe Trennwand der beiden Welten erkennen. Auch wenn sie durchsichtig ist, hat sie doch dieses merkwürdige Schimmern. Wir treten aus dem Waldstück heraus und ich starre hinüber in das Land, vor dem ich mich am meisten fürchte. In welches ich mich aber auch zu sehnen scheine. Ich kann meine Augen gar nicht davon lösen. Ganz vorne liegt nur ein wenig Schnee auf den Baumspitzen, aber am Horizont ist alles weiß. Jesien kehrt ein paar verwelkte Blätter von einem umgefallenen Baum und bedeutet mir mich zu setzen. Ich lasse mich neben ihm nieder.

»Und? Was fühlst du?«

»Ich bin aufgeregt.« Mein Herz pocht wie wild und meine Augen suchen die Gegend nach Nevis ab.

»Er kommt so gut wie nie zur Grenze«, sagt Jesien. »Ich habe schon oft hier gesessen.«

Ich fühle mich ertappt und ... ergebe mich innerlich. »Was ist das nur, Jesien? Wieso zieht es mich so zu ihm?«

Der Herbst atmet erleichtert durch. »Endlich. Ein Einsehen!«

Ich sehe ihn abwartend an.

»Liebe ist höhere Gewalt, Maya.« Er betrachtet lächelnd seine Hände. »Nicht einmal Mutter beherrscht sie. Liebe ist zügellos, ungestüm und sehr eigenwillig. Zu versuchen sie zu erklären wäre Blasphemie. Eine Macht, die nicht einmal eine Göttin zu lenken versteht, sollte man niemals unterschätzen oder sich ihr gar verwehren.«

Wie sehr wünsche ich mir in diesem Moment einen Blick auf Nevis zu erhaschen. Bald werde ich zu ihm gehen. Dann gehört er für ein paar Tage mir alleine. Die Gänsehaut auf meinen Armen ist dicker als Leder.

Als der Tag gekommen ist, an dem Jesien mich an Nevis übergibt, bin ich mehr als nur aufgeregt. Und unendlich traurig. Der Gedanke, Jesien zu verlassen, bereitet mir im gleichen Maße Unbehagen wie die Aufregung, Nevis wiederzusehen Freude.

»Komm, mein Mädchen«, sagt der Herbst mit sanfter Stimme. Die Tage bei ihm waren so wunderbar. Wir haben viel gelacht, sind oft spazieren gegangen und ich habe ihm bei der Weinherstellung geholfen. Das Traubenzertreten hat mir dabei am meisten Spaß gemacht. Ich war nachher so voller rotem Saft, dass ich ausgesehen haben muss, als hätte ich ein Tier geschlachtet und nicht Trauben ausgedrückt.

Jesien zieht mich an sich heran und drückt mir einen Kuss auf die Stirn.

»Würdest du meinem Bruder nicht so viel bedeuten, ich würde dich für mich haben wollen.«

»Vielleicht komme ich ja zu dir«, sage ich mit belegter Stimme.

»Sag das nicht, Maya«, flüstert Jesien und hebt mit einer Hand mein Kinn an. Seine braunen Augen sind voller Trauer. »Kümmere dich um Nevis. Für mich.« Damit drückt er mir ganz sanft und zart einen warmen Kuss auf die Nasenspitze. Einen Moment lang sehen wir uns an und Jesien lächelt. »Mutter wartet sicher schon.« Er legt einen Arm um mich und ehe ich mich versehe, stehen wir bei Gaia. Im Arm hält sie einen weiten weißen Mantel. Er ist dick gefüttert und bodenlang. Sie hält ihn mir hin und ich hülle mich darin ein. Erst jetzt traue ich mich durch die flimmernde Grenze zu sehen, doch Nevis ist nicht da.

»Ich schätze«, beginnt Gaia, »er hat nicht damit gerechnet, dass du wirklich kommst.« Ihre bunten Augen scheinen mich zu durchleuchten. »Sei ihm nicht böse, du bist die Erste.«

»Nein, ich bin nicht böse«, stammele ich nervös und reibe mir die Hände.

»Ich gehe ihn holen.« Damit verschwindet die Göttin und lässt mich mit Jesien alleine.

»Er kommt gleich«, sagt dieser und grinst. »Maya?«

»Ja?«

»Vergiss nicht zu atmen.«

Ich lache. »Nein, versprochen.«

»Versprichst du mir noch etwas?« Sein Gesicht wirkt ernst.

»Was denn?«

»Kommst du ab und zu zur Grenze?«

Ich kann nicht anders und muss lächeln. »Ja, wann?«

»Nevis wird es wissen, wenn ich an seiner Grenze bin.«

Ich nicke. »Auch wenn noch nichts entschieden ist.«

Jesien sieht über mich hinweg und grinst jungenhaft. Wie elektrisiert wird mir klar, dass Nevis da sein muss. Direkt hinter mir und dieser merkwürdigen Wand. Langsam drehe ich mich um und mache mich darauf gefasst, wütend angefunkelt zu werden. Doch alles, was ich in Nevis' blassem Gesicht sehen kann, ist Erstaunen. Mit einem Räuspern macht Gaia auf sich aufmerksam. Sie öffnet einen Weg durch die Trennwand und sieht von mir zu Nevis. Panisch drehe ich mich wieder zu Jesien um und falle ihm noch einmal um den Hals.

»Mach es gut, mein Mädchen«, sagt er und streichelt über meine Haare, wobei etwas Schnee von ihnen herunterrieselt. Ich gehöre nun offiziell Nevis. So sehr mich der Gedanke auch freut, so sehr schmerzt der Abschied von Jesien und ich kann die Tränen in meinen Augen nicht verbergen. Sie rollen über meine Wangen und scheinen Jesien tief zu berühren. Er streicht mit seinen Daumen über meine Wangen und runzelt besorgt die Stirn.

»Leb wohl, Maya.«

Da ich nicht weiß, was ich sagen soll, stelle ich mich auf die Zehenspitzen und gebe ihm einen Kuss auf die Wange. Bevor ich noch weinend zusammenbreche, eile ich an der Göttin vorbei in den Winter, wo Eiskristallaugen sich in mich hineinbohren.

Ich bekomme nicht mit, wie Gaia verschwindet, und auch Jesien ist für den Moment vergessen. Immer noch ungläubig starrt mir der Winter ins Gesicht.

»Was willst du hier, Maya?«, fragt er schließlich.

»Dich kennenlernen.«

»Wieso?«

»Weil diese Wahl für mich nun mal so funktioniert.«

Nun kehrt die von mir erwartete Wut in ihn ein. Er schnaubt, anscheinend, um sich selbst zu beruhigen, und sieht sich um.

»Ich habe viel zu tun, Maya«, sagt er. »Ich habe nicht damit gerechnet, dass du wirklich kommst.«

»Kann ich dir nicht verübeln.«

Er fährt sich durch das weiße Haar. »Ich bringe dich zu Iria. Leider muss ich dann sofort wieder weg.«

»Schon gut, dann kann ich mich in Ruhe in meinem neuen Zuhause umsehen.«

Nevis wirkt unglücklich über mein Erscheinen und das nagt ein wenig an mir. Hätte ich vielleicht doch seinen Wunsch respektieren sollen? Nun fühle ich mich wirklich wie der Fremdkörper, der ich in Gaias Welt zu sein scheine. Und in diesem Moment wandelt sich die Welt plötzlich um mich herum und weil Nevis mich dabei nicht wie Jesien festgehalten hat, gerate ich ins Schwanken. Der Winter kann mich gerade noch auffangen, bevor ich im tiefen Schnee liege. Meine Füße beginnen sofort zu frieren und die klirrend kalte Luft an meinen Wangen bringt sie schmerzhaft zum Glühen. Wir stehen oben auf einem Berg und der Wind pfeift unerbittlich an meinen Ohren vorbei. Aber das alles interessiert mich in dem Moment nicht. Die plötzliche Nähe zu Nevis lässt mich erstarren. Wir sehen einander in die Augen und ich habe das Gefühl, dass alles um uns aufhört zu existieren. Doch der Schein trügt.

»Komm«, ruft Nevis plötzlich gegen den kalten, heulenden Wind an. Ich drehe mich um und entdecke eine Berghütte aus dunklem Holz und mit einem prächtigen Satteldach. Vor der Tür sitzt Iria und erhebt sich, als sie uns sieht. Schneeflocken peitschen gemeinsam mit dem Wind an mir vorbei und nehmen mir ein wenig die Sicht. Ich weiß nicht, wie hoch wir sind und was am Fuße des Berges ist. Zu dicht ist der Schneesturm.

»Bring sie rein!«, höre ich eine sanfte, weibliche Stimme. »Göttin ... Nevis, du hast sie halb erfrieren lassen!«

Ich sehe zu Iria und ihre Augen ruhen voller Sorge auf mir. Nevis öffnet die Tür und Wärme strömt mir entgegen. Es irritiert mich, da der Winter doch keine Hitze erträgt.

»Was habe ich dir gesagt? Sie ist gekommen«, sagt die Wölfin, nachdem Nevis die Tür geschlossen hat. »Hallo Maya, ich bin Iria.«

»Es freut mich endlich mit dir reden zu können, Iria«, sage ich und weiß nicht so recht, was ich mit meinem Mantel voller Schnee machen soll. Nevis scheint das zu bemerken und nimmt ihn mir ab, ohne ein Wort dabei zu sagen.

»Ich habe dafür gesorgt, dass es hier warm ist, als Gaia kam, um Nevis zu holen«, erklärt die Wölfin die Temperatur im Haus. »Komm doch rein ins Wohnzimmer und wärme dich auf.«

»Ich muss wieder weg, Iria«, sagt Nevis' eiskalte Stimme hinter mir. »Zeig ihr bitte alles.« Damit ist er auch schon verschwunden, denn als ich mich zu ihm umwende, ist dort nur noch die geschlossene Tür zu sehen.

»Ich wollte ihn gerade bitten dir noch einen Tee zu machen«, seufzt die Wölfin und sieht mich entschuldigend an.

»Schon gut, zeig mir das Haus und die Küche. Dann mache ich ihn mir selbst.« Verlegen sehe ich mich um. Es hat ein wenig Ähnlichkeit mit Avivs Haus. Alles ist eher dunkel gehalten und die Möbel sind aus Holz.

»Du musst ihm verzeihen. Deine Welt in Eis gepackt zu halten ist keine leichte Aufgabe. Macht er einen Fehler und ein altes Virus taut auf, bevor es gestorben ist, könnte das böse Folgen für die Menschheit haben.« Die Wölfin macht eine Pause. »Oder der restliche gefährliche Dreck, der bisher nicht viel Kraft verloren hat.«

Iria zeigt mir das ganze Haus und mein bequemes Gästezimmer, welches Nevis wohl neu für mich erschaffen hat, nachdem seine Mutter ihn zur Grenze gerufen hat. Darin ist ein großes, weiches Bett mit dicker Steppdecke, ein eigener Kamin und ein großes Bücherregal, samt dazugehörigem Schreibtisch. Alles in diesem Haus ist gemütlich gehalten. Das Sofa im Wohnzimmer ist einfach nur riesig und weich. Man kann sich richtig hineinfallen lassen. Iria springt herauf und rollt sich bequem zusammen. Ich setze mich mit meiner Tasse Tee vorsichtig neben sie und nehme einen Schluck. Danach stelle ich den Becher neben den Plätzchen auf dem kleinen Holztisch vor mir ab.

»Ich freue mich so, dass du hier bist«, sagt Iria. »Ich mache mir um Nevis langsam Sorgen.«

»Er scheint nicht so sehr davon angetan zu sein, dass ich hier bin.«

»Lass dich von dem Stoffel nicht verunsichern, Maya. Er ist sehr einsam und die Rettung eures Planeten kostet ihn sehr viel Kraft. Du bringst ihn durcheinander und das kann er sich nicht leisten.«

»Ich habe mich nie getraut die anderen zu fragen, aber wo ist er denn jetzt? Auf der Erde?«

»Nein«, sagt Iria und es klingt, als würde sie lachen. »Keiner der Jahreszeiten hat die echte Erde je betreten.« Sie scheint zu überlegen, wie sie es mir erklären soll. »Nun, es gibt einen Ort, von dem aus er – wie soll ich es erklären? Ja, von dem er es irgendwie steuern kann. Es ist so eine Art *Nehmen aus dieser Welt* und *Schicken in deine.*« Sie legt den Kopf schief. »Schwer zu verstehen, oder?«

»Man sollte göttliches Handeln ohnehin nicht hinterfragen«, gluckse ich und nehme noch einen Schluck Tee. Die Tasse poltert unheimlich laut auf dem Unterteller, als ich sie wieder abstelle. Ich bin so nervös, dass es mir nicht möglich ist elegant zu trinken. Iria beobachtet mich ganz genau, sieht aber entspannt aus.

»Wird es Nevis hier nicht zu warm sein?«, frage ich, weil mir nichts Besseres einfällt.

»Der kann in seinem Zimmer das Fenster aufmachen«, antwortet Iria vollkommen trocken, so dass ich ein wenig lachen muss. Ich betrachte ihr schneeweißes Fell und ihre Wolfsaugen, die mich genau zu analysieren scheinen.

»Es ist schön hier mal Besuch zu haben.«

»Das glaube ich gerne. Ich gebe mein Bestes, um ein angenehmer Gast zu sein.« Ich nehme mir ein Plätzchen und halte eine Hand darunter, als ich davon abbeiße. Es schmeckt köstlich. Kleine Schokoladenstückchen befreien sich in meinem Mund aus der Keksmasse und zerschmelzen herrlich süß auf meiner Zunge.

»Nevis liebt diese Plätzchen.«

»Er isst sehr gerne süß, hm?«, brumme ich, nachdem ich geschluckt habe. Die Wölfin nickt, was irgendwie eigenartig bei einem Tier aussieht.

»Vielleicht sollte ich ihm meinen Marzipan-Grießbrei mit Pflaumen machen. Das Rezept habe ich von meiner Mutter und es ist köstlich.«

»Sein Gesicht möchte ich sehen, wenn er nach Hause kommt und du für ihn gekocht hast.« Irias Schwanz wedelt aufgeregt von einer zur anderen Seite.

»Meinst du, er möchte das nicht?«, frage ich verunsichert.

»Ich weiß es nicht. Er kennt das nicht.«

»Dass jemand für ihn kocht?«

»Dass jemand für ihn sorgt.«

Ich weiß nicht, warum, aber die Antwort verursacht bei mir eine Gänsehaut. Jeder sollte mal die Fürsorge eines anderen genossen haben. Ich entscheide einfach das Risiko einzugehen und erhebe mich.

»Also ... kochen wir für Nevis«, sage ich und Iria springt aufgeregt auf.

»Ich leiste dir Gesellschaft.«

»Das duftet einfach himmlisch«, schwärmt die Wölfin zwei Stunden später, als ich einen großen Teller voll Marzipan-Grießbrei auf die Anrichte der kleinen, gemütlichen Küche stelle. Liebevoll dekoriere ich ihn mit ein paar süßen Pflaumen, die ich in einer Vorratskammer in Gläsern eingemacht gefunden habe.

»Möchtest du auch etwas?«, frage ich und gebe zu, dass ich vor Stolz fast platze.

»Nein, danke. Ich bin eher der Fleischtyp.« Die Wölfin lässt ihre Zunge heraushängen und sieht dabei aus, als würde sie lachen. Ich jedenfalls tue es.

»Aber es wird kalt sein, bis Nevis zu Hause ist«, sagt sie schließlich.

»Das ist nicht schlimm. Es schmeckt kalt sogar noch besser.« Zufrieden betrachte ich mein Werk, als ich Schritte herannahen höre.

»Da hat sich aber jemand beeilt«, murmelt die Wölfin amüsiert. Die Tür zur Küche öffnet sich und Nevis' weißer Haarschopf kommt zum Vorschein. Er sieht sich um und scheint dem Duft zu folgen.

»Was riecht hier so gut?«, fragt er irritiert und kommt herein.

»Maya hat dir ein Mittagessen gekocht«, plappert Iria drauflos und ich sehe, wie ihr Schwanz wieder aufgeregt hin und her schlägt.

»Setz dich doch«, bitte ich Nevis und deute auf den kleinen dunklen Holztisch mit den vier Stühlen. Der Winter sieht mich unsicher an, folgt jedoch meinem Wunsch. Ich nehme den Teller mit Grießbrei und stelle ihn mit zittrigen Händen vor ihm ab.

»Ich nehme mir auch schnell was und esse mit dir«, sage ich, bevor er die Gelegenheit bekommt etwas zu sagen. Im Augenwinkel sehe ich, wie Iria auf einen der freien Stühle springt, während ich mit einer Kelle etwas aus dem Topf in einen Teller fülle. Ich höre, wie der Stuhl über den Boden kratzt, und Nevis steht plötzlich ganz nah neben mir. Wir sehen uns an und ich merke, wie ich ganz rot im Gesicht werde.

»Löffel«, flüstert er fast. Ich kann ihn nur anstarren. »Maya, du stehst vor der Besteckschublade.«

»Oh!«, rufe ich und weiche zur Seite. Zitternd vor Aufregung und Nevis' Nähe beobachte ich, wie er die Schublade rauszieht und zwei Löffel herausnimmt. Seine weißen Haare fallen ihm dabei ins Gesicht und verdecken seine Augen.

»Musst du nachher noch mal weg?«, fragt Iria und ich bin ihr unendlich dankbar für die Unterbrechung.

»Ja, ich wollte eigentlich nur kurz nachsehen, ob bei euch alles in Ordnung ist.« Nevis geht zurück zu seinem Platz und legt mir den zweiten Löffel auf den Platz zu seiner rechten Seite. Nicht ihm gegenüber. Neben sich. Mit einem Lächeln auf den Lippen setze ich mich auf den Stuhl und bekomme gar nicht mit, dass Nevis bereits probiert hat.

»Mmmh!«, brummt er zufrieden und schluckt. »Maya, das ist köstlich.«

Ich lächele ihn stolz an und sehe gerade noch, dass sich eine Eisschicht über seine Augen legt.

»Du solltest allerdings nicht mehr für mich kochen«, sagt er plötzlich bitterernst und legt seinen Löffel neben den Teller.

»Iss, Nevis«, knurrt Iria. »Sie hat sich viel Mühe gegeben.«

»Ich habe gar keinen Hunger.«

Irias Knurren wird lauter.

»Ich stelle es weg«, sage ich und springe auf. »Du ... du kannst es ja ... heute Abend noch essen.« Meine Stimme wird brüchig, als ich nach seinem Teller greifen will. Bevor ich ihn ihm abnehmen kann, legt er seine warmen Hände auf meine. Wie können sie so warm sein, wo er doch so kalt ist?

»Lass ... bitte.« Er sieht mich entschuldigend an. Das Eis in seinen Augen ist ein wenig geschmolzen und lässt das klare, helle Blau hindurchscheinen. »Ich werde mit dir essen. Setz dich bitte.«

Iria beruhigt sich wieder und sieht mich abwartend an. Ich schwanke irgendwo zwischen mich setzen und essen oder weglaufen und weinen. Nach einer gefühlten Ewigkeit entscheide ich mich für den Grießbrei und nehme meinen Löffel in die Hand. Auch Nevis beginnt zu essen, ohne dabei ein weiteres Wort zu sagen. Schweigend verbringen wir die Mahlzeit. Nicht mal Iria traut sich etwas zu sagen. Ich schätze, jeder von uns hat Angst, dass diese zerbrechliche Situation kippt und alles außer Kontrolle gerät. Nachdem wir fertig sind, erhebe ich mich und will die Teller abräumen.

»Das mache ich«, sagt Nevis und nimmt mir das dreckige Geschirr ab. Er sieht mir kurz in die Augen, weicht meinem Blick dann aber wieder aus. »Danke, Maya.«

»Gern«, murmele ich vor mich hin. Ich sehe zu Iria, deren Gesicht Bände spricht. Sie will mit mir reden, aber wartet noch, bis Nevis verschwindet. Hinter mir stellt dieser den Wasserhahn an und beginnt unsere Teller zu spülen.

»Was wollen wir zwei heute Nachmittag machen, während Nevis arbeitet?«, fragt die Wölfin schließlich.

»Puh«, stöhne ich. »Ich weiß nicht. Was macht ihr denn so, wenn ihr Zeit habt?«

Iria sieht an mir vorbei zu Nevis.

»Das zeige ich dir morgen«, brummt dieser gezwungen. »Draußen ist der Schneesturm gerade von Nöten. Ich darf ihn jetzt nicht einfach einstellen.«

»Hm, okay«, sage ich. »Ich würde jetzt gerne ein wenig in mein Zimmer gehen, wenn euch das recht ist.«

»Klar, nur zu.« Iria klingt ein wenig knurrig, aber ich bin mir ziemlich sicher, dass das nicht mir gilt. Deswegen erhebe ich mich und lächele ihr noch einmal zu, bevor ich hinaus in den Flur gehe und tief durchatme, nachdem die Tür hinter mir ins Schloss gefallen ist. Wie soll ich hier eine ganze Woche überleben? Die anderen haben wenigstens Interesse an mir gezeigt. Aber Nevis? Er gibt mir das Gefühl eine notwendige Last zu sein. Mit bitterem Geschmack im Mund entscheide ich mich es ihm so einfach wie möglich zu machen. Er will mich nicht und ich werde mich nicht aufdrängen. Wasser steht bereits in meinen Augen, als ich endlich mein Zimmer wiedergefunden habe. Nur langsam lässt der Druck nach und ich sinke an Ort und Stelle zusammen.

Am Abend scharrt es an meiner Tür. Ich habe mich den ganzen Nachmittag damit beschäftigt, die Kleidung zu begutachten, die mir Gaia für den Winter hat zukommen lassen. Sorgsam habe ich sie in den Schrank geräumt und dabei jedes Teil genauestens betrachtet. Danach habe ich lange aus dem Fenster gesehen und die Schneeflocken in ihrem Kampf mit dem Wind beobachtet. Das war sehr hypnotisch und beruhigend gewesen. Dennoch ... meine Gedanken sind nie von Nevis abgedriftet. Wie soll ich diese Woche hier nur überleben?

Es scharrt erneut an der Tür.

»Komm rein, Iria«, rufe ich und gehe in die Mitte des Zimmers, um sie in Empfang zu nehmen. Erst als sich die Tür öffnet und Iria zurück auf ihre vier Pfoten fällt, wird mir klar, dass Türenöffnen für einen Wolf nicht unbedingt die einfachste Übung ist.

»Oh verzeih, Iria. Ich vergaß, dass du ...«

»Schon gut«, unterbricht sie mich und kommt herein. Mit einer Hinterpfote stößt sie die Tür wieder zu. »Nevis ist zurück.«

»Oh ... äh, schön«, stammele ich und streiche über meinen mit Schnee bedeckten Zopf. Ich frage mich wie schon so oft, wieso der Schnee in der Wärme des Hauses nicht schmilzt. Nervös gehe ich rückwärts und setze mich auf das Bett. Iria folgt mir und springt neben mich.

»Was ist los, Maya?«, fragt sie mit liebevoller Stimme und legt ihren Kopf auf meinen Schoß. Ich kann nicht anders und streichele über ihr weiches weißes Fell.

»Nevis will mich gar nicht hier haben«, teile ich meine Sorge mit der Wölfin. Sie sieht zu mir auf, ohne ihren Kopf zu heben.

»Du weißt, dass das nicht wahr ist. Nevis mag dich mehr, als ihm lieb ist, und er hat Angst, dass er sich zu sehr an dich gewöhnt. Er will nicht verletzt werden, wenn du für immer gehst.«

»Ja, aber was soll ich dagegen tun?« Hilflos seufze ich und Iria nimmt ihren Kopf hoch, um mir in die Augen zu sehen.

»Bleib bei uns.«

»Das will er nicht. Das hat er mir schon gesagt.«

»Dann hat er gelogen«, zischt Iria. »Er will sich selbst vor einem gebrochenen Herzen schützen. Dass dies bereits unausweichlich ist, will er nicht einsehen.«

»Wie meinst du das?«, frage ich verwirrt.

»Wenn du einen seiner Brüder erwählst, wirst du ihm das Herz damit brechen. Glaube mir.«

»Iria?« Meine Stimme klingt so müde, wie ich mich fühle.

»Ja?«

»Was soll ich deiner Meinung nach tun?«

»Ihm nach dieser unendlich langen Zeit hundert glückliche Jahre schenken.« Iria legt den Kopf schief. »Ich mache mir wirklich Sorgen um ihn, Maya.«

»Jesien auch.«

»Der Herbst ist ein anständiger Kerl.« Irias Stimme klingt ein wenig gezwungen. »Du magst ihn sehr, oder?« Ich begreife dass sie Angst hat, ich könnte ihn anstatt ihres Nevis' erwählen.

»Ja, er ist ein guter Freund geworden.«

»Aber dein Herz schlägt für Nevis, oder?«, hakt sie nach. »Ich habe deine Blicke bei der Göttin gesehen.«

»Ich kann es mir nicht erklären. Irgendwie zieht er mich magisch an und das obwohl er mich so sehr abweist.«

»Na, darauf können wir aufbauen.« Die Wölfin klingt amüsiert. »Was du damals in Gaias Garten zu ihm gesagt hast«, sagt sie plötzlich wieder ernst, »beschäftigt ihn immer noch.

Deine Umarmung, die Stellen, an denen du ihn berührt hast. Er hegt und pflegt sie in seiner Erinnerung.«

»Wie soll ich nur zu ihm durchdringen, Iria?«

»Wir lassen uns was einfallen, ja?«

Ich nicke und seufze frustriert und hilflos. »Und jetzt?«

»Jetzt gehen wir zusammen zu ihm ins Wohnzimmer.«

»Na gut.« Wackelig erhebe ich mich und Iria springt neben mir vom Bett. Es tut gut, wieder mit einer Frau zu reden, auch wenn sie in einem Wolfspelz steckt.

Nevis steht im Wohnzimmer und sieht bedrückt aus. Als er mich sieht, versucht er sich an einem Lächeln, was aber irgendwie misslingt.

»Maya«, sagt er und ich warte auf mehr, doch er sieht mich nur durchdringend an. Seine Augen sind offen, keine Eisschicht verschließt sie vor mir. »Ich ...«, fasst er sich schließlich ein Herz und spricht weiter, »ich wollte dir sagen, dass es mir leidtut, wie ich mich heute Mittag verhalten habe.«

»Schon gut, nichts passiert«, sage ich schnell, um das leidliche Thema loszuwerden, doch er sieht das anders.

»Ich bin einfach keine Gesellschaft gewohnt.« Er fährt sich durch die weißen Haare und sieht mich entschuldigend an, während ein paar seiner Strähnen wieder in seine Stirn zurückfallen.

»Das verstehe ich, Nevis.« Ich lächele ihm aufmunternd zu und reiße mich innerlich zusammen, um ruhig zu bleiben. Wieso bringt mich dieser Mann mit den traurigen Augen nur so durcheinander? Kann man sich wirklich auf den ersten Blick und ohne jede Vernunft verlieben?

»Ich habe mir etwas überlegt«, sagt Nevis plötzlich und reißt mich aus meinen Gedanken. »Ich möchte dir etwas zeigen.« Damit kommt er auf mich zu und hält mir seine Hände hin. Ich ergreife sie, doch bevor ich mir das Gefühl seiner Haut auf meiner einprägen kann, haben wir auch schon den Ort gewechselt. Noch ganz benommen sehe ich mich um. Wir sind in einer Art Eishöhle und ich beginne sofort zu zittern. Durch die bläulich schimmernden Wände fällt gerade so viel Licht, dass es reicht, um sich hier zurechtzufinden. Nevis lässt mich ruckartig los und geht schnellen Schrittes in die Mitte der frostigen Höhle. Vor meinen Füßen liegt plötzlich ein warmer Mantel. Ich betrachte ihn einen Moment lang verdattert, hebe ihn dann aber auf und ziehe ihn an. Er hätte ihn mir auch geben können, schießt es mir durch den Kopf. Mit gerunzelter Stirn gehe ich zu ihm. Er steht vor einer großen eisigen Platte, die auf einer Empore liegt. Verwirrt sehe ich erst ihn an und dann auf die Eisscheibe vor uns. Das ist doch ...

»Über dieses Portal«, er deutet auf die Platte, »schicke ich das, was ich hier erschaffen habe, auf die Erde.«

Ich starre mit offenem Mund auf das, was ich dort sehe. Das ... diese riesigen Häuser ... wie in der Vergangenheit! Sie sind verfallen und ... tiefgefroren. Und sind das da etwa Autos, die sich da vollkommen zerstört aufeinandertürmen? Wenn ich mir den ganzen Schnee und den Frost wegdenke, dann ersteht vor meinen Augen ein Bild wie in den uralten Filmen, die ich mir auf der Erde so gerne mit Iria angesehen habe. Als die Menschen noch über den ganzen Planeten verteilt lebten, Flugzeuge am Himmel flogen und man in riesigen Häusern, die sich bis in die Wolken erstreckten, wohnte. Nevis legt eine Faust auf die Platte und streckt an mir vorbei einen Arm aus. Ich folge ihm mit den Augen und bemerke erst jetzt, dass die

Höhle dort einen verwinkelten Ausgang besitzt. Der Nebel, den mein Atem beim erstaunten Ausatmen in der Kälte bildet, nimmt mir kurz die Sicht. Ich schlinge den Mantel enger um mich und ziehe die Nase hoch. Nevis wirkt hochkonzentriert, als ganz plötzlich ein Wirbel aus Schnee und Wind in die Höhle weht. Obwohl er mich nicht trifft, sondern direkt in Nevis' Hand einfährt, spüre ich doch das kalte Peitschen in meinem Gesicht. Erstaunt schreie ich kurz auf, als ich sehe, dass sich der Schneesturm auch durch Nevis' Augen bohrt. In ihnen toben weiße Eiskristalle, bis Nevis die Faust auf der Platte aufmacht und den Schneesturm aus seinem Körper auf die Erde entlässt. Schnell rücke ich näher an das Portal und schaue hinein. Durch die eben noch starr und ruhig daliegende Stadt fegt und tobt jetzt ein heftiger Schneesturm, der das Eis sich überall fest zusammenziehen lässt. Nevis' Hand verlässt die Platte und ich sehe zu ihm hoch.

»Danke, dass du mir das gezeigt hast«, sage ich.

»Das war eigentlich nicht, was ich dir zeigen wollte«, sagt er und ein Mundwinkel hebt sich zu einem zaghaften Lächeln. »Aber ich schließe daraus, dass meine Brüder ihre Arbeit lieber außen vor gelassen und es dir nicht gezeigt haben.«

»Nein, sie haben nur versucht es zu erklären«, sage ich. »Ich habe irgendwie gedacht, dass es für mich verboten sei, das zu sehen.« Hatte das nicht auch einer der Jahreszeiten zu mir gesagt? Mutter Göttin, ich werde vergesslich.

Nevis wendet sich der Eisplatte vor uns zu. »Ich weiß nicht, ob es verboten war, dir das zu zeigen, aber das Nächste ist es definitiv.« Er beginnt über die Platte zu wischen. Konzentriert sehen seine Augen darauf und ich verliere mich einen Moment lang in seiner Mimik. Als er mich jedoch abwartend ansieht, sehe ich erneut auf das Portal.

»Der Orden«, rufe ich und meine Stimme versagt. Das Heimweh in mir gibt mir den Mut, die Eisplatte zu berühren, doch bei meiner Berührung flackert das Bild nur kurz.

»Warte«, sagt Nevis und schiebt meine Hände sanft runter. »Du darfst es nicht berühren. Du bist in dieser Welt ...«

»Ein Störfaktor, ich weiß«, unterbreche ich ihn. »Entschuldige.« Dann kommt mir eine Idee. »Könntest du ein klein wenig mehr südlich gehen? Dort ist eine kleine Lichtung im Wald, wo ich oft mit Iria zusammen gebetet und geredet habe.« Hoffnung liegt in meiner Stimme. Hoffnung darauf meine Iria zu sehen. Einen kurzen Blick auf sie zu werfen, doch Nevis sieht mich nur nachdenklich an.

»Nun gut«, sagt er schließlich und ich beobachte, wie seine schönen Hände über das Portal streichen.

»Stopp!«, rufe ich, als ich die Lichtung erkenne. Mein Herz setzt einen Schlag aus. Dort kniet eine blonde Frau in der Abenddämmerung. »Iria«, hauche ich und ein Schluchzen tritt ungewollt aus meiner Kehle.

»Maya, alles okay?«, höre ich Nevis ungewohnt sanft fragen, doch ich kann die Augen nicht von Iria lassen.

»Sie ... sie macht sich bestimmt Sorgen um mich«, sage ich und halte mir eine Hand vor den Mund, weil ich es durch das Weinen nicht schaffe ihn zu schließen. Schluchzend überlege ich ... »Sie hat noch nichts von mir gehört ... sie wird wissen, dass ich bei dir bin.« Ich sehe auf und erschrecke kurz über Nevis' Gesichtsausdruck. Er mustert mich besorgt und seine Eisaugen sind komplett geschmolzen. Ein klares Blau ist zu erkennen. Dann verändert sich etwas in ihnen und Entschlossenheit tritt an die Stelle der Ratlosigkeit, die sie eben noch beherrscht hat. Nevis legt wieder seine Hand auf die Eisplatte und verdeckt damit Iria einen Moment. Abwartend sehe ich auf das Portal und die Hand des Winters. Als er sie wieder wegnimmt, ist Iria aufgestanden und steht mit erhobenen Armen in einem winzigen Schneegestöber, welches nur über ihr stattfindet. Sie sieht nach oben und ich sehe das erste Mal, seit ich von zu Hause weggegangen bin, wieder ihr Gesicht. Ich kann sehen, wie sie lachend und aus ganzer Seele etwas ruft. Meinen Namen. Ihre Lippen formen eindeutig *Maya*!

»Sie ruft nach mir«, sage ich. Nevis' Hand liegt wieder über dem Portal, dann hebt er sie an und scheint etwas zu schreiben. Über Iria schneit es nicht mehr, aber vor ihren Füßen erscheint aus weißen Eiskristallen geschrieben das Wort: Ja. Weinend bricht meine beste Freundin davor zusammen und streicht über die Buchstaben. Auch ich beginne wieder zu schluchzen und es vermischt sich mit dem Lachen auf meinen Lippen.

»Könntest du ihr noch etwas schreiben?«, frage ich und sehe Nevis an. Er seufzt und runzelt die Stirn. Ich verstehe, dass er den Bogen ohnehin schon weit überspannt hat, aber ich muss es einfach versuchen.

»4435,4«, flehe ich.

»4435 Komma 4?«, wiederholt er und sieht verwirrt aus.

»Ja, Seite 4435 im Buch der Hüterinnen, Zeile 4: Es geht mir gut, ich bin glücklich.« Es stimmt zwar nicht wirklich, aber ich will Iria nicht unnötig beunruhigen. »Es gehört zur Ausbildung einer Hüterin, für ein Jahr zu schweigen und nur zur Göttin zu sprechen. Auch Schreiben ist untersagt. Jede Art der Unterhaltung. In der Zeit haben Iria und ich gelernt uns anders zu behelfen, um uns zumindest die einfachsten Dinge mitzuteilen. Die Zeile ist aus einem alten Bericht einer Hüterin. Ich weiß schon gar nicht mehr genau, worum es darin ging.«

Nevis lächelt ein wenig über meine Erklärung, dann hebt er jedoch den Finger und malt Iria die Zahlen vor die Füße. Sie liest sie und hebt ihre Fingerspitzen an den Mund. Ich glaube, sie küsst sie, denn danach hebt sie sie gen Himmel und lächelt.

»Sie hat es verstanden«, schlussfolgert Nevis und lässt mit einem einzigen Wischen seiner linken Hand den Schnee vor Iria verschwinden und gleichzeitig erlischt auch das Bild auf der Eisplatte. »Tut mir leid, Maya. Mehr kann ich dir nicht bieten.«

»Ich danke dir so sehr«, hauche ich, während sich immer noch Tränen von meinen Wimpern lösen und eine heiße Spur über meine eiskalten Wangen hinunterbrennen. Zu schade, dass Mutter nicht bei Iria gewesen ist. Noch bevor ich mich besinnen kann, falle ich Nevis um den Hals und umarme ihn. Der Winter erstarrt. Ich bemerke zuerst gar nicht, dass ich etwas falsch gemacht habe, erst als er mich von sich stößt und der Ort unter meinen Füßen so schnell wechselt, dass ich hinfalle, begreife ich, dass ich das nicht hätte tun sollen. Der Länge nach schlage ich in Nevis' Wohnzimmer neben seiner Wölfin Iria auf.

»Maya«, ruft diese besorgt und kommt mit ihrer Schnauze ganz nah an mein Gesicht. »Hast du dir wehgetan? Was ist passiert?« Sie sieht zu Nevis und ich folge ihrem Blick. Der Winter hat sich von uns weggedreht und rauft sich mit beiden Händen die Haare.

»Verdammt«, flucht er. »Entschuldige, ich war zu schnell. Hast du dich verletzt?«

»Was ist los?«, will Iria immer noch wissen. Ich setze mich vorsichtig auf und mache eine innerliche Bestandsaufnahme meiner Knochen. Es scheint alles noch am richtigen Platz zu sitzen und intakt zu sein. Nevis dreht sich plötzlich hastig um und kniet sich mit besorgtem Gesicht neben mich. Seine Haare stehen ihm zu Berge und sein Blick fährt über meinen Körper.

»Tut mir leid«, sagt er gepresst und sieht mich mit seinen zugefrorenen Augen an. »Ich bin den Umgang mit Menschen nicht gewohnt.« Er bietet mir seine Hand an, um mir aufzuhelfen, doch ich rücke etwas von ihm ab. Ich fühle mich verletzt und das Letzte was ich jetzt will, ist wieder eine Entschuldigung von ihm. Wie kann er nur von jetzt auf gleich so anders werden?

»Maya, bitte verzeih«, fleht er. Ich sehe zu ihm, seine Hand ist noch immer ausgestreckt, doch er spricht nicht weiter. Er wirkt hin- und hergerissen, total aufgewühlt und das schmelzende Eis in seinen Augen zeigt mir, dass er verletzt ist. Seufzend ergreife ich seine Hand und lasse mich von ihm auf die Beine ziehen.

»Deine Umarmung kam so überraschend und ich …«, sagt er noch, dann passiert etwas, womit ich nicht gerechnet habe. Nevis zieht mich an sich und verschließt meinen Mund mit seinen Lippen. Mein ganzer Körper kribbelt von kleinen Schauern wie tausend kleine Eiskristalle auf der Haut. Seine Brust hebt sich kräftig und schnell gegen meine, als er mich noch fester an sich drückt. Meine Beine versagen und auch er gibt der Anziehungskraft des Bodens nach. Gemeinsam sinken wir nach unten. Mit mir verschlungen liegt Nevis schließlich auf mir. Er atmet nun so heftig, dass es ihm kaum noch möglich ist mich weiterzuküssen. Mein Körper vibriert vor Hitze und Sehnsucht nach ihm, ich kann ihn gar nicht fest genug an mich pressen. Doch Nevis löst sich plötzlich ganz verkrampft von mir. Sein Atem rast und seine Augen wirken gehetzt und panisch … oder nein, es ist etwas anderes, was da in ihnen brennt. Ich weiß nicht, was es ist, aber es lässt mich mein Verlangen nach ihm noch heftiger spüren. Als ich gerade denke, dass mir gleich der Atem versagt, ist er verschwunden. Zitternd sehe ich mich um. Ich bin alleine.

Das Erste, was mir in den Sinn kommt, ist: *Flucht.* Ich renne in mein Zimmer, verschließe die Tür hinter mir und rolle mich auf dem Bett zusammen. Die Gedanken rasen nur so durch meinen Kopf, ungeordnet, wirr. Nichts hat einen Zusammenhang und jede neue Regung wird sofort von einer anderen unterbrochen. Ich höre Iria draußen heulen und an der Tür kratzen, doch ich ignoriere sie. Irgendwann gibt sie auf und überlässt mich meinen Gedanken. Was ist das nur mit Nevis? Wieso lasse ich mir das von ihm gefallen? Da ist etwas in mir. Etwas Fremdes, Neues, was ich vorher noch nie gespürt habe, und dieses Etwas sehnt sich mit einer Intensität nach Nevis, dass es wehtut. Verzweifelt versuche ich es zu begreifen … versuche das Gefühl zuzuordnen. Es ist sehr stark, ohne Zweifel, doch es will sich einfach nicht beschreiben lassen. Keine meiner mentalen Schubladen ist passend für dieses Gefühl. Es ist zu groß und zu mächtig, um sich in eine hineinpressen zu lassen.

# 8. DIE ENTSCHEIDUNG

Es hagelt die ganze Nacht. Ich schlafe zu dem Geräusch ein und wache mit dem Trommeln an meinem Fenster wieder auf. Es ist noch stockdunkel draußen und mein Gefühl sagt mir, dass der Morgen noch einige Stunden entfernt ist. Ich setze mich auf und ziehe die Beine an. Gedankenverloren streiche ich über meine Lippen, die immer noch das Echo von Nevis' kalt-brennendem Kuss auf sich tragen. Wieso möchte ich noch bei ihm bleiben? Dieser ziehende Wunsch in meinem Bauch und in meiner Brust ist vollkommen widersinnig. Nevis behandelt mich nicht gut. Bei Jesien wäre ich viel besser aufgehoben. Seufzend lege ich meinen Kopf auf den Knien ab, als es an der Tür klopft. Da Iria nur mit den Pfoten scharren kann, ziehe ich sofort alarmiert die Decke hoch. Das kann nur Nevis sein.

»Ja?«, krächze ich mit vom Schlaf belegter Stimme. Die Tür öffnet sich leise und Nevis' hellblaue Augen sehen mich fragend an. Schon von weitem kann ich erkennen, dass sie von Kälte frei sind.

»Darf ich reinkommen?«, fragt er flüsternd. Ich nicke und deute auf das Fußende meines Bettes. Nevis ist barfuß und trägt nur eine dunkle Hose und ein weißes T-Shirt. Er setzt sich auf den Platz, den ich ihm angeboten habe, und sieht mich an. Die dicke Eisschicht in seinen Augen scheint aufgetaut und der frostige Griff um sein Herz geschmolzen zu sein. So, wie er mich jetzt ansieht, habe ich das Gefühl, bis tief in seine Seele schauen zu können. In mir beginnt alles zu kribbeln.

»Kommst du jetzt, um mich darum zu bitten zu gehen?«, frage ich vorsichtig.

Er seufzt. »Nein.« Nevis starrt seine Hände an. »Kannst du mir verzeihen?«

Ich lege meinen Kopf schief. »Was soll ich dir verzeihen?« Dass er mich geküsst hat oder dass er einfach aufgehört hat? Verwirrt runzele ich meine Stirn. Nevis erhebt sich und geht zum Fenster. Lange Zeit sieht er in die Dunkelheit und lauscht dem Trommeln des Hagels.

»Ist Hagel nicht eher etwas für deine Brüder?«, frage ich, um die Stille zu brechen. Außerdem fürchte ich, dass Nevis' Augen wieder zufrieren und die Angst sein Herz wieder in ihren Klammergriff nimmt.

»Ich versuche es morgen etwas wärmer zu machen. Für dich. Die Luft weiter oben ist aber noch sehr kalt, deshalb der Hagel.« Er dreht sich mir zu und lächelt einen kleinen Moment. Seine Augen sind noch frei, was für ein Hüpfen in meinem Brustkorb sorgt.

»Wärmer? Wieso?«, frage ich neugierig.

»Winter ist nicht immer gleich Schnee. Ich würde morgen gerne mit dir ein wenig spazieren gehen, ohne dass ich dir gleich Skier unter die Füße schnallen muss.« Er wirkt einen Moment unsicher. »Würde dir das gefallen?«

»Ja, ja«, schießt es aus mir heraus. »Sehr gerne. Ich meine, ja, das würde mir gefallen.«

Nevis sieht mich an. Er starrt nicht, nein, es ist mehr ein Abwägen. Ich erwidere seinen Blick und warte.

»Was ist das nur?«, flüstert er so leise, dass ich es kaum hören kann.

»Was?« Meine Stimme ist mehr ein Krächzen als alles andere. Nevis kommt näher heran und kniet sich neben mich auf das Bett. Sein Gewicht drückt die Matratze leicht herunter, so dass ich fast gegen ihn falle.

»Wieso zieht es mich so sehr zu dir?«

Unsere Blicke sind ineinander verhakt. Da ich keine Antwort weiß, schlucke ich nur den Kloß in meinem Hals herunter und versuche meine zitternden Hände zwischen meinen Beinen zu verstecken.

»Wieso kann ich nicht aufhören an dich zu denken?«

Das Blau in seinen Augen hat die Farbe von einem klaren, sonnigen Winterhimmel und er duftet nach frisch gefallenem Schnee. An mehr kann ich nicht denken, während ich die Züge seines Gesichts studiere. Im Licht des Mondes sieht er viel sanfter aus. Nicht so verbittert und verkrampft.

»Alles in mir schreit danach dich zu berühren«, flüstert er, mittlerweile so nah, dass sein Atem meine Wangen kitzelt.

»Dann mach es«, höre ich mich sagen und zucke innerlich zusammen. Am Himmel in Nevis' Augen entstehen kleine, eisige Wolken.

»Du glaubst nicht, wie gerne ich das tun würde.«

»Aber?«

Sein Gesicht verändert sich. Ich kann nicht genau sagen, was es ist, aber als seine Stimme erklingt, zieht sich mein Herz zusammen.

»Du kannst nicht für immer bei mir bleiben.«

»Aber ich bin jetzt hier«, erinnere ich ihn sanft. Die eisigen Wolken in seinen Augen schmelzen. Das Tauwasser fließt direkt in seine Lider und er weicht vor mir zurück, dreht seinen Kopf erneut zum Fenster.

Wir schweigen für lange Zeit und es dämmert bereits, als mir klar wird, dass ich eingeschlafen sein muss. Ich hebe meinen Kopf und stelle enttäuscht fest, dass Nevis nicht mehr da ist. Wie konnte ich nur einschlafen? Ich reibe meine Augen und drehe mich auf den Rücken, doch irgendetwas stimmt nicht. Von meiner linken Seite geht eine fremde Wärme aus. Ich blinzele und sehe hinüber. Da liegt Nevis und schläft. Selbst in diesem eigentlich entspannten Zustand sieht man die Bitterkeit in seinen Gesichtszügen. Ich betrachte die schneeweißen Haare, die wie ein Vorhang vor seinen geschlossenen Augen hängen, doch es dauert nicht lange und er schlägt sie auf. Müde und vielleicht auch ein wenig verwirrt reibt er sich über das Gesicht und streicht die Haare aus dem Weg.

»Guten Morgen«, flüstere ich. »Ich habe noch nie mit einem Mann in einem Bett geschlafen.«

Mein Bekenntnis scheint ihn ein wenig zu amüsieren, denn er lächelt kurz, bevor sein Gesicht die übliche Ernsthaftigkeit annimmt.

»Wie kommt es, dass du hier eingeschlafen bist?«, frage ich neugierig nach. Der Winter setzt sich auf und fährt sich erneut über Gesicht und Haare.

»Ich dachte, ihr Halbgötter müsst nicht unbedingt schlafen?«

»Manchmal schon«, sagt Nevis, das Gesicht von mir weggedreht. »Ich vielleicht öfter als meine Brüder.«

»Hm«, brumme ich zustimmend. »Du hast ja auch mehr zu tun als sie.« Irgendwie fühle ich mich schuldig. »Hätte ich gewusst, dass du so erschöpft warst, hätte ich dich schlafen geschickt.«

»Das war nicht der Grund, Maya«, seufzt er und dreht sich mir endlich zu. Der Winter wirkt noch müde und seine Augen sind offen und verletzlich. Es ist erstaunlich, wie tief man ihm in die Seele blicken kann, wenn das dicke Packeis sie nicht zufriert. Macht er es deshalb? Ist er so unterkühlt, damit man nicht zu nah an ihn herankommt? Ich sehe ihn abwartend an.

»Es war so still«, sagt er beinahe tonlos. Plötzlich strafft er die Schultern und steht auf.

»Nevis?«, bringe ich noch so gerade heraus, bevor er zur Tür geht. Er bleibt im Rahmen stehen, mit dem Rücken zu mir.

»Iss etwas, bevor wir losgehen.« Damit verschwindet er und mir ist plötzlich eiskalt. Ich vermisse die Wärme seines Körpers neben mir.

Ein ungutes Gefühl brodelt in meinem Bauch, als ich mit Nevis an einem Fluss entlanggehe, der dicke Eisschollen mit sich reißt. Der Weg vor uns ist fast schneefrei, doch hin und wieder glatt und deshalb starre ich auf meine Füße hinab und passe auf, wo ich hintrete. Ein eisiger Wind streift mir über das Gesicht und ich bin froh, dass ich eine dicke Wollmütze, Schal und Handschuhe angezogen habe. Ein langer Mantel schützt den Rest meines Körpers.

»Ich kann das nicht mehr, Maya«, sagt Nevis unverhofft.

»Was meinst du?«, frage ich und sehe kurz zu ihm auf, bevor ich wieder aufpasse, wo ich hintrete.

»Du musst gehen.«

Ich bleibe stehen und sehe ihn an. Er merkt, dass ich nicht mehr folge, und dreht sich zu mir um.

»Ich möchte, dass du Mutter rufst und deine Entscheidung triffst.«

»Und wenn ich dich wähle?«, frage ich grimmig.

»Das wirst du nicht«, antwortet er und scheint sich dessen sehr sicher zu sein. »Ehrlich gesagt möchte ich gar nicht wissen, wen du erwählen wirst, aber das wird sich nicht verhindern lassen.«

»Wieso soll ich jetzt schon gehen, Nevis? Nach allem, was gestern passiert ist.« Ich sehe ihm in die frostigen Augen, die keinerlei Emotion zulassen.

»Weil ich dich nicht mehr hier haben möchte.«

»Lüge«, hauche ich entsetzt von seiner Aussage, doch er sieht mich nur eiskalt an und verzieht keine Miene. »Wieso küsst du mich dann? Wieso schläfst du neben mir, wenn du mich doch so unbedingt loswerden willst?«

»Du kennst die Gründe, Maya.«

»Die sind Schwachsinn! Wenn du Angst davor hast mich zu verlieren, wird es nicht besser, wenn du mich von dir stößt.« Meine Stimme wird immer lauter. »Wie wird es dir denn gehen, wenn ich jetzt gehe?«

»Sicherlich nicht so schlecht wie nach hundert Jahren.«

Ich wünschte, wir hätten Iria mitgenommen, aber er hat ja gewusst, was er mit mir besprechen will und sie vorsichtshalber daheim gelassen.

»Weißt du was, Nevis?«, zische ich gekränkt und verletzt. »Ich will dich gar nicht.«

Der Winter öffnet seinen Mund und will etwas sagen, doch er schließt ihn wieder und schluckt. Mehr Regung kann ich nicht erkennen.

»Gaia?«, rufe ich in die klirrend kalte Luft. »Mutter, bitte hole mich ab. Ich will meine Entscheidung treffen.« Nichts passiert. »Göttin?«

Hinter mir knirscht das Eis und ich drehe mich um. Vor mir steht die Mutter aller Dinge und sieht mich mit ihren Regenbogenaugen an. Sie trägt ein Kleid, welches so weiß ist wie der Schnee, der am Wegesrand liegt.

»Bist du sicher?«, fragt sie. »Es ist nicht üblich die Zeit zu unterbrechen. Jedem meiner Söhne stehen diese Tage zu, sobald sie angebrochen sind.« Wir sehen beide zu Nevis, welcher nickt.

»Ja, sie soll gehen«, presst er hervor.

»Bring mich hier weg, Mutter«, flehe ich und fühle mich dabei so verloren wie noch nie zuvor. Ich hätte mich gerne noch von Iria verabschiedet, aber ehe ich mich versehe, stehe ich in der großen Eingangshalle von Gaias Haus. Auf der Treppe vor mir stehen die vier Jahreszeiten und sehen mich gespannt an. Außer Nevis. Der Winter weicht meinem Blick aus.

»Jetzt schon?«, gluckst Sol amüsiert und verschränkt die Arme vor seiner sonnengebräunten Brust. »War es zu kalt?«

»Irgendwie schon«, presse ich wütend hervor. »Das lag aber nicht am Schnee.«

Jesien schaut alarmiert von mir zu Nevis. »Hat er sich danebenbenommen?«, fragt er schließlich, bevor er wieder mir seine Aufmerksamkeit schenkt. Die braunen Augen des Herbsts flehen mich förmlich an keinen Fehler zu machen.

»Du hast deine Wahl bereits getroffen«, stellt Gaia fest. Mit zitternden Händen drehe ich mich zu ihr. Die Blumen auf ihrem Kopf erinnern mich an meinen Zopf. Ich ziehe ihn über eine meiner Schultern und stelle fest, dass er nun vollkommen schmucklos ist.

»Ja«, antworte ich gedankenverloren. Ich hebe meinen Kopf und sehe in Nevis' hellblaue Eisaugen. Sie erwidern meinen Blick so kalt, dass ich den Frost förmlich auf meiner Haut spüren kann. »Es gibt nur einen, zu dem ich gehen kann.«

»Das ist so nicht richtig«, höre ich Aviv sagen. »Du kannst zu jedem von uns.« Er klingt nervös und unsicher.

»Dann triff jetzt deine Wahl«, flüstert mir die Göttin ins Ohr und legt eine Hand auf meine Schulter. Eine Blume wächst über ihren Arm auf mich hinunter und legt sich wie eine Kette um meinen Hals.

»Maya«, warnt mich Jesien und ich sehe zu ihm. »Überlege es dir gut.« Seine Augen sind riesig und sehen immer wieder kurz zu seinem kleinen Bruder hinüber, welcher vollkommen desinteressiert zur Seite blickt.

»Das habe ich«, antworte ich ihm und versuche meine Stimme zu festigen. »Ich wähle ...«

Gaias Griff auf meiner Schulter verstärkt sich und alle scheinen die Luft anzuhalten. Man hört nichts außer dem leisen Vibrieren der lebendigen Wände um uns herum.

»Jesien«, bringe ich hervor. »Ich wähle den Herbst.«

# TEIL 2

# 1. DEN TOD IM NACKEN

»Nein, Maya«, ruft Jesien und wendet sich Nevis zu. Er will ihn am Arm berühren, doch der Winter stößt ihn weg und verschwindet, ohne etwas zu sagen. Leider habe ich zu spät zu ihm hinübergesehen und so kann ich nur noch einen letzten Blick auf seinen Hinterkopf werfen. Das reicht aber auch vollkommen für die Erkenntnis aus, dass ich soeben mein Leben weggeschmissen habe.

»Gut gemacht, Bruder«, brummt Sol und stößt Jesien freundlich mit der Schulter an. »Leb wohl, Maya.« Damit verschwindet auch der Sommer. Aviv bleibt noch einen Moment stehen und sieht niedergeschlagen aus.

»Ich wünsche dir alles Gute, Maya.« Er sieht zu Jesien. »Bis zum nächsten Mal.«

»Leb wohl«, will ich ihm noch nachrufen, doch ich weiß nicht, ob er es noch mitbekommen würde. In meinem Bauch breitet sich Unwohlsein aus. Was habe ich nur getan?

»Maya ... wieso?« Jesien scheint sprachlos zu sein. Mit fragend aufgerissenen Augen sieht er mich kopfschüttelnd an. Gaias Hand verlässt meine Schulter.

»Ich setze die Hüterinnen von deiner Wahl in Kenntnis«, sagt sie und wendet sich an Jesien. »Bringe deine Frau nach Hause, Sohn. Ich wünsche euch beiden eine schöne Zeit.«

»Werde ich dich wiedersehen, Mutter?«, frage ich panisch. Sie lächelt mich freundlich an.

»Wenn deine Zeit gekommen ist, werde ich dich holen.«

Ich schlucke und lasse mir von der Göttin einen Kuss auf die Stirn geben. Dafür muss ich mich ziemlich weit hinunterbeugen, doch Gaias Hände an meinen Wangen führen mich sanft zu ihren Lippen.

»*Die Liebe, die man oft ein Kind drum nennt. Weil ihre Wahl sich kindisch oft verrennt.* William Shakespeare«, sind ihre letzten Worte an mich, bevor sie verschwindet und mich mit Jesien alleinlässt.

»Was tust du nur? Maya!«, schimpft dieser sanft und ergreift meine Hände. »Göttin, wie bekommen wir das nur wieder geradegerückt?« Vorsichtig will er mich zur Treppe ziehen, doch ich stehe dort wie angewurzelt. Vollkommen unter Schock. Nevis! In mir schreit alles nach ihm. Ich will ihn sehen, mit ihm sprechen ... doch meine Wahl ist getroffen. Das Kleid, welches ich plötzlich trage, bezeugt dies. Es ist weit geschnitten, wie eines der Ballkleider aus den alten Filmen der Menschen. Sein dunkelcremefarbener Stoff ist seidig und glatt. Es hat keine Träger, aber eine Schärpe aus weinroten Blättern verläuft quer über meine Brust. In meinen Haaren hat sich eine Weinrebe verflochten und lässt mich aussehen wie das, was ich nun bin: Die Frau des Herbstes.

»Komm, du dummes Ding«, sagt Jesien liebevoll und zieht etwas fester an mir, so dass ich mich loslösen kann und ihm in meine neue Heimat folge. Was meine Mutter und Iria wohl von meiner Wahl halten werden?

»Wieso musste er sich so danebenbenehmen?«, seufzt Jesien am Abend, nachdem ich ihm von meiner kurzen Zeit bei Nevis berichtet habe. »Unglaublich, dieser sture Bock!«

Ich habe mir etwas Bequemes angezogen und sitze mit ihm auf dem Sofa. Ein heißer und wohlduftender Apfeltee wärmt meine zittrigen Hände durch die Tasse.

»Er hat sich das alles selbst zuzuschreiben. Für dich tut es mir nur leid.« Braune Augen sehen mich mitleidig an.

»Schon gut, du wirst mir sicherlich ein schönes Leben bereiten, oder?« Der Knoten in meinem Magen trägt einen Namen: Nevis. Nur er kann ihn auflösen, also werde ich ihn wohl mein Leben lang mit mir herumtragen.

»Ich spüre ihn an der Grenze unserer Länder«, sagt Jesien und ignoriert meine Frage.

»Was?« Ich bin sofort alarmiert und springe fast hoch.

»Beruhige dich, Maya. Du kannst durch Mutters Abtrennung nicht mit ihm sprechen.«

Mir würde es schon reichen ihn zu sehen, aber das traue ich mich nicht zu sagen, also sinke ich enttäuscht wieder zusammen. Ich bin an allem selbst schuld. Wieso habe ich mich nicht einfach für ihn entschieden? Weil er mich dann hundert Jahre lang mit Ablehnung gestraft hätte, nur um nachher nicht an meinem Verlust zu leiden, erinnert mich ein kleines Flüstern im Hinterkopf und ich stimme ihm kopfnickend zu.

»Hier werde ich es besser haben«, denke ich laut, doch Jesien sieht mich zweifelnd an.

»Mag sein, ja«, sagt er und kräuselt seine Stirn. Ein paar seiner roten Haare stehen ihm wirr vom Kopf ab. »Verzeih mir, aber es ist Nevis, dem meine größte Sorge gilt. Ich hatte fest damit gerechnet, dass du ihn in den Griff bekommst, und nun … wer weiß, wann die nächste Auserwählte kommt, die ihn interessiert.« Der Herbst seufzt und zieht seine Beine an. Nachdenklich beginnt er mit dem Saum seiner Socken zu spielen. Ich stecke meine Nase in die Tasse mit Tee und lasse mir das Gesicht vom duftenden Dampf wärmen. Seit meiner Entscheidung friere ich am ganzen Körper, ohne dass mir wirklich kalt ist.

Ich werde hier glücklich sein, rede ich mir selbst gut zu, Jesien ist ein guter Freund und wird mich immer gut behandeln. Es ist eindeutig zu viel Vernunft in meiner Überlegung und zu wenig Herz. Ich schließe meine Augen und spüre Nevis' Lippen auf meinen ... die Wärme seines Körpers neben mir.

Ich habe mich falsch entschieden.

Jesiens Arme legen sich zärtlich um mich. Sein Kopf kommt nah an meinen heran. »Soll ich dich zu ihm an die Grenze bringen?«, fragt er und ich nicke. »Dann zieh dir eine Jacke und eine Mütze an. An der Wintergrenze ist es kälter als hier.«

»Ja ... ja«, stammele ich leise und stelle die Tasse auf dem kleinen Tisch vor mir ab. »Ich bin sofort zurück.«

Als wir bei Nevis ankommen, lehnt er mit gesenktem Kopf gegen die unsichtbare Mauer und scheint mit aller Gewalt gegen sie zu schlagen. Er bemerkt uns zuerst nicht, so dass ich bereits vor ihm stehe, als er aufsieht und erschrocken zurückzuckt. Die Wand schimmert und schillert, weshalb ich ihn nicht genau erkennen kann, jedoch sehe ich, wie er erneut gegen unsere Trennwand schlägt. Auf meiner Seite hört man nicht mal ein leises Klopfen. Jesien tritt an meine Seite und schüttelt seinen Kopf. Nevis sieht ihn kurz an. Er wirkt wütend. Auf sich selbst. Als er seine Aufmerksamkeit wieder mir schenkt, verändert sich seine Mimik jedoch wieder. Durch diese flirrende Wand ist es schwer zu sagen, aber ich glaube, dass ich sehen kann, wie seine Augen mich um Verzeihung bitten. Langsam legt er eine Hand auf die magische

Barriere und sieht von mir zu ihr hinunter und wieder zurück. Ich lege meine auf die andere Seite und lasse meinen Kopf sinken, weil mir plötzlich die Kraft dafür fehlt, ihn aufrecht zu halten.

Ich kann nicht mit ihm reden. Nie wieder. Aber wir können uns sehen und das tun wir. Jeden Morgen und jeden Abend sitzen wir uns für einige Zeit an der Grenze gegenüber. Wir treffen uns immer an der gleichen Stelle. Immer liegt meine Hand auf seiner. Jesien bringt mich zu ihm, wenn er ihn an seiner Grenze spürt, und lässt uns dann alleine. Die ersten Wochen sieht mir Nevis noch in die Augen und fleht mit ihnen um Verzeihung, doch mittlerweile hebt er nicht einmal mehr den Kopf. Er sitzt seitlich an die schimmernde Wand gelehnt, eine Handfläche für mich offen. Seinen Kopf lässt er hängen, so dass ich nur bedingt in sein Gesicht sehen kann. Manchmal begleitet ihn Iria und sitzt an seiner Seite. An einem Morgen erscheint Nevis nicht. Auch nicht am Abend oder die Tage danach. Der Drang, ihn sehen zu müssen, treibt mich umher und lässt mich nur schlafen, wenn ich körperlich nicht mehr anders kann. Jesiens Eule Sowa beobachtet mich besorgt, als ich durch den Apfelhain wandere und immer wieder den Tag meiner Wahl abspiele. Die Stimme, die sich gegen Nevis ausgesprochen hatte, ist verschwunden und zurückgeblieben sind nur Schuldgefühle.

»Vielleicht hat er sich damit abgefunden«, sagt Sowa plötzlich über mir. »Du denkst doch an Nevis, oder?«

Ich sehe die Eule in der Krone eines Apfelbaums sitzen. Müde lächele ich sie an und zucke mit den Schultern.

»Ich weiß nicht«, seufze ich kraftlos. »Ich kann nur an seine Augen denken. Die Einsamkeit in ihnen und …« Es schüttelt mich und ich kann nicht weitersprechen. Was habe ich nur getan? Durch kindische Sturheit habe ich mir die Chance auf ... ja, auf was? Habe ich mir tatsächlich die Chance auf Liebe verdorben? Hätte ich bei Nevis Liebe finden können? Wäre er überhaupt dazu fähig, so verbohrt, wie er ist? Ich bleibe stehen und raufe mein Haar, das ich nun seit Wochen offen trage. Diese Fragen habe ich mir schon hundert Mal gestellt und ich werde nie eine Antwort kommen.

»Das alles ist Jesien gegenüber so unfair«, denke ich laut.

»Mach dir keine Gedanken«, beruhigt mich Sowa. »Jesien hätte dich, so gern er dich auch hat, auch lieber bei Nevis gesehen. Er versteht, warum es dir nicht gut geht.«

»Das tut er, ja«, erklingt die Stimme des Herbstes. Meines Mannes. Ich drehe mich um und erblicke seinen roten Haarschopf und die freundlich funkelnden Augen darunter. Er beißt herzhaft in einen Apfel und sieht im goldenen Licht der Abendsonne unglaublich gut aus.

»Es sieht so aus, als würdest du diese Nacht wieder keinen Schlaf finden, hm?«, fragt er und streichelt mir sanft über den Kopf.

»Doch«, sage ich entschlossen. »Ich werde jetzt mit dieser Trübsalblaserei aufhören und nach vorne sehen. Es ist nicht mehr zu ändern und ehrlich gesagt bist du mehr, als ich mir jemals erhofft hatte.«

»Aber ich bin nicht der Junge aus dem Schnee mit den eisblauen Husky-Augen und den weißen Haaren«, gluckst er und zwinkert mir zu.

»Ich frage mich ohnehin, warum ich ihn so vermisse. Er hat mich nicht gut behandelt.« Erschöpft lehne ich mich gegen den

Baum, auf dem die Eule sitzt, und sehe durch den Hain zu der untergehenden Sonne. Der Anblick ist so traumhaft schön, dass mich eine Gänsehaut überzieht.

»Weil du dich auf den ersten Blick in ihn verliebt hast – und er sich in dich«, sagt Jesien und lehnt sich ebenfalls an den Baumstamm.

»Ach, du mit deinem Gerede von der Liebe«, seufze ich. Der Herbst lacht leise.

»Wollen wir an der Grenze spazieren gehen, damit Nevis meine Anwesenheit spürt? Vielleicht kommt er dieses Mal«, schlägt er vor und ich zucke innerlich. Die Versuchung ist groß, aber ...

»Ich will nach vorne sehen!«, erinnere ich ihn, auch wenn selbst ein Tauber die Unsicherheit in meiner Stimme gehört hätte.

»Na, komm schon«, sagt Jesien, ergreift meine Hände und ehe ich mich versehe, stehe ich an der Stelle, die wochenlang mein einziger Trost gewesen ist. Der Knoten, den ich *Nevis* getauft habe, schnürt mir den Hals zu.

»Ob er kommen wird? Wir waren schon lange nicht mehr hier«, plappere ich nervös und gehe zu der Stelle, an der ich immer vor ihm gesessen habe. Jesien folgt mir zum ersten Mal bis dorthin und lässt sich neben mir nieder.

»Wir werden sehen«, seufzt er und sucht mit seinen braunen Augen den Horizont ab. Auf Nevis' Seite ist jedoch kaum etwas zu erkennen, denn seit seinem Verschwinden tobt dort ein gewaltiger Schneesturm. Der einzige Grund, weshalb ich über diese magische Barriere froh bin.

»Mein kleiner Bruder leidet«, stellt Jesien fest und presst seine Lippen zu einer schmalen Linie, doch dann scheint etwas seine

Aufmerksamkeit auf sich zu ziehen. »Was ist das denn?« Er rückt näher an mich und die schimmernde Wand heran. Vorsichtig deutet er auf eine Stelle, an der das Funkeln ein anderes Muster hat. Es wirkt durchbrochen und irgendwie dünn. Ich trete näher und plötzlich wird mir etwas klar.

»Dort hat meine Hand immer gelegen«, sage ich und Jesiens Blick schießt förmlich zu mir herüber.

»Du bist eine Störung«, grübelt er laut. »Diese Welt ist nicht für Menschen gemacht. Dadurch, dass du diese Barriere berührst, machst du sie kaputt.«

Ich starre den Herbst an, der einen Finger auf seine Lippen legt und mir mit der anderen Hand bedeutet ruhig zu bleiben.

»Hör zu«, flüstert er. »Wir stehen hier normalerweise nicht unter Mutters Beobachtung, aber ich weiß nicht, wie regelmäßig sie diesen Grenzzauber überprüft.«

»Du meinst, ich könnte die Wand zerstören, indem ich sie berühre?«

»Wenn du es oft und lange genug machst, ja.« Jesien sieht mir tief in die Augen und scheint herausfinden zu wollen, ob ich so mutig bin.

»Ja«, antworte ich auf die unausgesprochene Frage. »Ich probiere es.«

»Aber, Maya«, lenkt er ein, »selbst wenn du es schaffen solltest eine Öffnung entstehen zu lassen, durch die du hindurchpasst, so bist du dann in Nevis' Welt mutterseelenallein.« Jesien sieht in den Schneesturm. »Du könntest sterben, bevor du bei ihm bist.«

»Wird er meine Anwesenheit nicht spüren?«

»Nein, du bist kein Teil unserer Welten.«

Ich sehe hinüber.

Ich muss es tun ... oder ich würde es ewig bereuen.

Jesien bringt mich morgens zur Grenze und holt mich abends ab. So läuft das tagein, tagaus. Wochen, Monate ... ich weiß es schon nicht mehr. Gefühlt könnte ich sogar schon Jahre hier sein.

Zwischendurch bringt Jesien mir Essen und Trinken. Wir sprechen nicht offen darüber, was wir vorhaben. Niemals. Sollte Gaia auftauchen, weil sie die Störung spürt, habe ich nur wegen meiner falschen Entscheidung getrauert. Irgendwie ist das auch nicht gelogen. Meine Gedanken drehen sich nur noch darum, Nevis wiedersehen zu können und die Dinge zu tun, die ich in meiner Zeit im Winter nicht habe genießen können. Seinen Duft zu inhalieren, seiner Stimme zu lauschen ... ihn zu berühren.

Die Tage, die ich mit der Aufgabe verbringe, kommen mir unendlich vor und es müssen wahrhaftig Monate ins Land gegangen sein. Jede Stunde, jede Minute war zäh und geprägt von unstillbarer Sehnsucht.

Es ist Abend und meine Augen drohen zuzufallen, als der Widerstand meiner Hand plötzlich fort ist und ich das Gleichgewicht verliere und nach vorne kippe. Mein Arm langt durch die Wand auf Nevis' Seite herüber. Schnell ziehe ich ihn heraus und springe auf. Ich bin wieder hellwach und überlege fieberhaft, ob ich es wagen kann an dem Loch zu zerren. Mein Herz schlägt wie wild und meine Hände zittern vor Aufregung.

»Nein«, sage ich zu mir selbst. »Noch nicht.« Zuerst brauche ich warme Kleidung und etwas zu essen und zu trinken, bevor ich das Loch öffnen und hindurchgehen kann. Aber was ist, wenn Gaia die Störung bemerkt, bevor Jesien mich abholt und ich meine Sachen zusammenpacken kann?

»Verdammt, wir sollten uns beeilen«, sagt die ruhige Stimme des Herbstes neben mir. Ich danke dem Schicksal, dass es die Barriere zu einer Zeit durchbrochen hat, in der Jesien mich holen kommt.

»Ja«, hauche ich atemlos. Die Aufregung und das viele Sitzen in den letzten Wochen und Monaten haben meine Kondition etwas geschwächt. Jesien packt mich und schon stehen wir in meinem Zimmer. Ich zerre warme Kleidung aus dem Schrank und beginne sofort mich umzuziehen.

»Ich hoffe, du bist nicht allzu müde«, sagt Jesien und dreht sich um. Er geht zur Tür und bleibt kurz stehen. »Ich packe dir Essen und Trinken ein.«

»Danke«, sage ich hastig und halte dann inne. Mir wird klar, dass ich nun Jesien verlassen muss, und ich fühle mich an meine Abreise im Orden erinnert, wo ich meine beste Freundin Iria zurückgelassen habe. Ich schüttele den Gedanken ab und beginne mir einen Zopf zu flechten.

»Ich habe alles«, sagt Jesien und sieht gehetzt aus. »Bist du so weit?«

»Ja, denke schon«, antworte ich und ziehe mir die Kapuze meines langen Mantels über meine warme Wollmütze. Darunter trage ich eine Strumpfhose, eine gefütterte lange Hose, zwei Pullover und hochgeschnürte Stiefel.

»Komm, mein Mädchen.« Jesien nimmt mich in seine Arme und schon stehen wir wieder an der Grenze.

»Ich hoffe, du findest ihn schnell«, sagt er und mustert besorgt mein Gesicht, bevor er sich daranmacht das Loch zu vergrößern.

Ich helfe ihm von der anderen Seite. Die Barriere gibt tatsächlich nach und lässt sich Stück für Stück abtragen. Es ist ein wenig, als würde man an einem Eisblock kratzen, nur ohne Kälte. Gemeinsam schaffen wir es ein Loch zu öffnen, durch das ich gerade so hindurchkomme, doch es hat länger gedauert als gedacht. Der Morgen graut bereits, als wir damit fertig sind. Ich nehme den Rucksack und werfe ihn durch das Loch, dann drehe ich mich zu Jesien und sehe in seine braunen Augen. Angst beherrscht seine Mimik und er zieht mich fest an sich.

»Pass bitte auf dich auf«, flüstert er in meinen Nacken. »Versprich es mir!«

»Das mache ich, versprochen.« Meine Stimme zittert.

»In meiner Welt kannst du weder krank werden noch sterben. Aber ich weiß nicht, ob das nach deiner Wahl auch für den Winter gilt.« Jesien sieht mich nervös lächelnd an. »Tritt Nevis für mich in den Hintern.« Damit lässt er mich los und ich erwidere sein Lächeln zaghaft.

»Jetzt aber flott, Mädchen!«, sagt Jesien und schiebt mich zu dem Loch. Ich schlüpfe mit dem Oberkörper hindurch und lasse mich auf der anderen Seite in den klirrend kalten Schnee fallen. Mit Mühe winde ich meine Beine durch die Öffnung und schnappe mir dann meinen Rucksack. Der Wind pfeift heftig und ich ziehe mir schnell meinen Schal über die Nase, so dass nur noch meine Augen unbedeckt sind. Jesien winkt mir zu und verschwindet augenblicklich. Ich möchte weinen, aber dafür bleibt mir keine Zeit. Entschlossen drehe ich mich herum und sehe in das weiße Nichts vor mir. Ich zittere am ganzen Körper und entscheide mich schnell loszulaufen, um vielleicht so die Kälte aus meinen Knochen zu vertreiben.

Müde und erschöpft arbeite ich mich einige Zeit von einem Baum zum anderen vor. Ich versuche mir die Stämme als Fixpunkte zu nehmen, aber wegen des heftigen Schneesturms um mich herum kann ich nicht genau sagen, ob ich nicht doch im Kreis gehe. Ich weiß nur eins: Aufgeben kann ich nicht. Weder möchte ich hier erfrieren noch kann ich die Chance verstreichen lassen, Nevis wenigstens einmal in den Arm zu nehmen, bevor Gaia uns wieder trennt. Also taste ich mich weiter blind durch den Wald, denn die peitschende Kälte um mich herum verhindert, dass ich meine Augen länger als wenige Sekunde offen halten kann. Meine Beine versinken bis zu den Waden im Schnee, was das Vorankommen sehr erschwert. Die Kälte hat bereits einen Weg durch meine Stiefel gefunden und ich beginne einen Zeh nach dem anderen nicht mehr zu spüren. Erschöpft lehne ich mich gegen einen Baum und versuche mein Gesicht so gut es geht vom Sturm wegzudrehen, was sich als fast unmöglich herausstellt. Trotz des schwachen Tageslichts ist es nicht wirklich heller geworden. Ich schließe meine Augen und ziehe meinen Schal über das ganze Gesicht. Mein Atem wärmt meine kalten Wangen ein wenig und ich lausche einen Moment lang dem pfeifenden Wind, der gnadenlos an meiner Kleidung zerrt. Mit letzter Kraft setze ich meinen Rucksack ab und hoffe inständig, dass nicht alles an Essen und Trinken bereits gefroren ist. Zu meinem Glück hat Jesien mitgedacht und etwas heißen Tee in eine Thermoskanne gefüllt. Ich ziehe meinen Schal herunter und nehme einen Schluck. Er ist nicht mal mehr lauwarm, aber zumindest noch flüssig. Schnell drehe ich die Kanne wieder zu und nehme einen Apfel heraus. Er ist eiskalt und ich versuche ihn an meinem Mund ein wenig zu wärmen, bevor ich hineinbeiße. Meine Zähne schmerzen von der Kälte, aber ich zwinge mich zu kauen und noch drei weitere Bisse zu mir zu nehmen. Danach nehme ich noch einen Schluck Tee und verstaue alles wieder in meinem Rucksack, den ich fest an meinen Bauch presse. Meinen Schal wieder vor dem Gesicht, schließe ich einen Moment lang die Augen.

Als ich sie wieder öffne, fühle ich mich wie erstarrt. Meine Arme und Beine ändern ihre Position nur widerwillig und es dauert lange, bis ich es auf die Beine schaffe. Mir ist kalt, jeder Zentimeter meines Körpers schmerzt und ich beginne mich zu fragen, warum ich mir das antue. Lange kann ich nicht geschlafen haben, denn ein kurzer Blick über meinen Schal verrät mir, dass die Sonne noch nicht mal ganz oben am Himmel steht. Eins weiß ich jetzt jedoch: Still verharren könnte mein Tod sein. Deswegen reiße ich mich zusammen und gehe weiter, die Zähne vor Schmerzen fest zusammengebissen. Ich schließe meine Augen wieder und versuche mir Nevis' Gesicht auszumalen, aber die Kälte und die Hilflosigkeit, die eine Tür für Panik in mir öffnen, verhindern jede Aufmunterung. Ich habe keine Ahnung, wo ich bin. Ich weiß nicht mal, ob ich in die richtige Richtung gehe, aber im Moment wäre ich auch froh die Grenze wiederzusehen. Jede Art von Orientierung käme mir gelegen. Ich stolpere und rappele mich an einem Baum wieder auf. Mit wild pochendem Herzen halte ich mich daran fest, denn plötzlich wird der Wind noch heftiger. Allerdings ändert er die Richtung. Panisch klammere ich mich an den Baumstamm. Es fühlt sich an, als würde jemand die Luft absaugen. Meine Lunge schmerzt und ich versuche mich daran zu erinnern ruhig zu atmen. Dann ist es mit einem Mal vorbei und alles ist still. Ich sehe mich um und erkenne die kahlen Bäume um mich herum. Nur ganz wenig Schnee rieselt vom Himmel und ich weiß, dass jetzt die Gelegenheit ist, um voranzukommen und mich hoffentlich irgendwie zu orientieren. Ich entschließe mich weiter der Sonne zu folgen und gelange nach einigen Stunden des Wanderns vollkommen ausgelaugt zum Fuß eines Berges. Ob hier oben Nevis' Hütte steht? Ich lasse mich auf einen großen Stein sinken und nehme noch etwas Tee zu mir. Der Apfel ist mittlerweile ungenießbar geworden, aber ich finde in meinem Rucksack noch eine weitere Kanne mit Suppe. Im Gegensatz zum Tee ist diese sogar noch etwas warm. Seufzend versuche ich meine Zehen zu bewegen, aber ich spüre sie nicht mehr. Tränen brennen in meinen Augen. Hastig wische ich sie mir ab, aus Angst, dass sie direkt an meinen Lidern gefrieren könnten.

»Wo bin ich nur?«, flüstere ich. Müdigkeit und körperliche Erschöpfung liegen schwer auf mir und ich stehe ganz kurz davor laut nach Gaia zu rufen. Aber dann kitzelt es auf meinen Lippen. Die Erinnerung an Nevis' Kuss breitet sich auf ihnen aus und wärmt mich von innen. Mein Herz beginnt aufgeregt zu flattern und treibt mich an aufzustehen und weiterzulaufen. Ich rappele mich auf, doch dann lenkt ein Geräusch meine Aufmerksamkeit auf sich. Ist das ein Wolfsheulen?

»Iria?«, rufe ich. »Iria, bist du das?«

»Maya!«, höre ich weit entfernt eine weibliche Stimme. Meine Ohren dröhnen vor Anstrengung und der nächtliche Schneesturm echot noch immer in ihnen.

»Iria?«, rufe ich erneut, als ich plötzlich die Gestalt der Wölfin ausmachen kann. Sie springt zwischen Bäumen hervor und eilt auf mich zu.

»Der Göttin sei Dank!«, ruft sie aus und tippelt nervös auf der Stelle. »Bleib hier, Maya. Nevis sucht am anderen Ende, ich hole ihn!«

»Er sucht nach mir?«, frage ich verwirrt. »Woher weiß er, dass ich hier bin?« Hat Gaia uns bereits erwischt?

»Nevis stellte fest, dass in seiner Welt von irgendwoher zu warme Luft kam. Wir lokalisierten das Loch und als wir es sahen, war uns klar, dass du hier irgendwo sein musst.«

Ich lasse mich langsam zu Boden sinken und kann die Tränen nicht mehr zurückhalten. Iria kommt auf mich zu und leckt mir mit ihrer warmen Zunge über das Gesicht.

»Rühr dich nicht vom Fleck, hörst du?«

Ich nicke erschöpft.

»Als Nevis' Tiergeist kann ich mich schneller zu ihm bewegen, es dauert nur ein paar Minuten«, verspricht mir die Wölfin und verschwindet. Mein Oberkörper sinkt nach vorne und ich versuche mich auf meinen Atem zu konzentrieren. Ich habe es geschafft. Gleich werde ich Nevis sehen. Mein Gesicht brennt, weil meine gefrorenen Wangen von heißen Tränen bedeckt werden. Verzweifelt versuche ich meinen Mantel noch enger um mich zu ziehen, als ein Paar Schuhe vor meinen Augen erscheint. Ich hebe meinen Kopf und sehe direkt in Nevis' schönes Gesicht. Das Letzte, was ich mitbekomme, ist, dass er mich in seine Arme zieht.

»Verzeih mir, Maya«, höre ich jemanden in die Schwärze, die mich umgibt, hineinflüstern. Die Stimme ist so liebevoll und sanft, dass ich ihr alles vergeben würde. Alles.

Wärme, überall wohlige Wärme. Sanft und weich berührt etwas meine Stirn. Lippen. Arme schlingen sich fester um mich und ziehen mich näher an die Wärmequelle heran. Ich bin im Himmel. Das hier muss Gaias Schoß sein.

»Ich sage immer noch, dass es verrückt ist«, höre ich eine Frau seufzen.

»Wir haben keine andere Wahl, Iria.« Ein Mann antwortet ihr und er klingt verzweifelt. »Ich lasse sie nicht wieder gehen.« Jemand drückt mich an sich und warmer Atem streicht über meinen Kopf. »Den Fehler mache ich nicht noch einmal.«

»Du würdest sterblich sein.«

»Nichts wünsche ich mir mehr und das weißt du.«

»Ich bin an deiner Seite, egal wie du entscheidest, Nevis«, antwortet Iria mit ruhiger Stimme. »Aber glaubst du, dass deine Mutter dir das einfach so durchgehen lässt?«

»Sie wird keine andere Wahl haben.«

»Und Maya? Setzen wir mal voraus, wir schaffen es bei Nacht durch Gaias Garten und finden das Portal, von dem du nur zu wissen glaubst, wo es ist. Was dann? Wir haben keine Ahnung, wo es uns herauslässt. Was ist, wenn wir im tobenden Meer landen? Oder in einem der schlimm verseuchten Gebiete der Erde? Ganz zu schweigen von den Wächtern, denen ich wirklich nicht begegnen will. Weder bei Tag noch bei Nacht. Wir könnten mitten in einer der alten Städte landen und sofort an der Strahlung sterben. Denkst du, Maya möchte das? Oder hat gar die Kraft dafür nach den Strapazen der letzten Stunden? Und glaubst du wirklich, deine Mutter wird deine Aufgabe übernehmen?«

»Denkst du, ich weiß das alles nicht, Iria?« Nevis seufzt. »Aber was ist die Alternative? Maya geht zurück zu Jesien und stirbt in neunundneunzig Jahren und ich ertrage weiterhin die Unsterblichkeit, bis sie mich ganz um den Verstand gebracht hat? In dem Fall muss Mutter auch übernehmen. So oder so, ich ertrage es nicht mehr.«

»Maya wird sterben, Nevis. Sie ist eben sterblich! Aber du solltest sie entscheiden lassen, was sie mit der Zeit, die ihr gegeben ist, anfangen möchte, bevor du solche Pläne schmiedest. Du hast sie nicht gut behandelt, vielleicht hat sie Zweifel, ob du so ein Opfer wert bist.«

»Sie hat sich nach Monaten, in denen ich sie nicht an der Grenze besucht habe, durch den Schneesturm gekämpft, um zu mir zu kommen«, knurrt der Winter. »Mehr Beweis brauche ich nicht.« Es herrscht eine Weile Stille, bevor Nevis weiterspricht. Er klingt gepresst. »Ich war so ein Idiot.«

»Auf mich wolltest du ja nicht hören«, seufzt Iria und ich schlage langsam die Augen auf. Mein Kopf brummt und die Informationen, die soeben auf mich eingestürmt sind, machen es nicht gerade besser. Ich sehe zu Nevis und will ihm so viel sagen, doch alles ist wie weggeblasen, als unsere Blicke sich ineinander verhaken.

»Ich lasse euch alleine«, höre ich Iria sagen und vernehme kurz darauf das Knarren einer Tür.

»Maya«, haucht Nevis und streicht mir mit einer Hand über die Wangen. Die Berührung seiner Haut auf meiner lässt mich erschauern. Wie sehr habe ich mich die letzten Monate danach gesehnt? Wie oft habe ich es mir vorgestellt? Ich schließe meine Augen und ziehe ihn an mich. Unsere Lippen treffen aufeinander und entfachen ein Feuer in meinem Inneren. Mein Körper beginnt zu prickeln. Eine Art Panik, nur irgendwie positiv, durchfährt mich. Nevis … endlich Nevis spüren. Am liebsten würde ich ihn mit Haut und Haaren verschlingen und mit ihm zu einem zerschmelzen. Wie zwei Ertrinkende hängen wir aneinander und ich kann seine angestaute Sehnsucht durch unseren Kuss spüren. Es ist, als klagten mir seine Lippen ihr Leid der Einsamkeit. Doch Nevis schiebt mich von sich und augenblicklich macht sich echte Panik in mir breit. Nicht schon wieder. Er kann mich doch nicht nach all den Monaten voller Sehnsucht einfach so von sich stoßen.

»Maya«, beginnt er wieder. »Warte kurz.«

Ich sehe in seine Augen, die mich förmlich verschlingen. Ihr helles Blau ist zwar kühl, aber zärtlich und flüssig. Keine Eisbarrieren zu sehen.

»Die Zeit spielt gegen uns, Maya. Ich weiß nicht, wie oft Mutter nach dem Rechten sieht. Bitte sag mir, was deine Pläne sind.« Er hält meine Hände in seinen und ich spüre, dass sie leicht zittern. »Bitte sag mir, dass das nicht alles ist. Sag mir, dass du nicht vorhast, wieder zu Jesien zurückzugehen.«

»Ich habe keine Ahnung«, gebe ich ehrlich zu. »Mein Plan war nur zu dir zu kommen. Weiter habe ich nicht gedacht, denn ich hielt es schon für fast unmöglich überhaupt bis zu dir durchzudringen.«

Seine Hände umfassen jetzt mein Gesicht und er lehnt seine Stirn kurz gegen meine, bevor er mich mit einer Mischung aus Ernsthaftigkeit und Nervosität ansieht. »Willst du zu Jesien zurück?«

»Nein«, schießt es aus mir heraus, bevor ich nachgedacht habe. »Ich will dich nie wieder loslassen.«

Nevis schließt die Augen und schluckt. »Wenn wir zusammenbleiben wollen, dann gibt es nur einen Weg. Die Alternative wäre, dass du so lange hier wohnst, bis Mutter dein Fehlen bei Jesien bemerkt. Das könnte Jahre dauern oder aber schon in der nächsten Sekunde geschehen.«

Ich schüttele heftig meinen Kopf. »Ich will richtig mit dir zusammenbleiben. Was müssen wir tun?«

»Es ist gefährlich«, flüstert Nevis und ergreift wieder meine Hände. »Wir müssen auf die Erde flüchten.«

Die Erde? Mutter und Iria ... »Wie?«, rufe ich überrascht aus.

»Weißt du noch, dass ich etwas in Mutters Garten gesucht habe?«

Ich nicke.

»Jenseits des Gartens befindet sich ein Portal zur Erde, ich vermute, es ist im Kirschbaum. Es ist definitiv da, das weiß ich. Die Frage ist nur, wo.«

Meine Augen werden groß.

»Bei Tag gelangen wir jedoch nicht dorthin, denn der Ausgang ist mit Pflanzen bewachsen. Mutter würde es sofort merken, wenn wir sie herausreißen. Nein, unsere einzige Gelegenheit ist ein kurzes Zeitfenster zwischen Nacht und Morgendämmerung, wenn es nicht mehr so gefährlich dort ist, aber die Pflanzen noch jung sind. Wir können allerdings nicht auf dieses Zeitfenster warten, sondern müssen es abschätzen und sobald wir in Gaias Haus sind, sofort nach draußen gelangen und loslaufen, egal wie es im Garten aussieht. Wenn wir eine Minute zu früh sind, herrscht dort noch der Tod. Ein paar Minuten zu spät und die Pflanzen verhindern unser Entkommen.« Seine Augen mustern mich, fragen, ob ich Angst habe. Tapfer nicke ich ihm zu. Wir waren schon einmal nachts im Garten. Das schaffen wir wieder.

»Wenn wir so weit kommen, gibt es jedoch schon das nächste Problem. Das Portal. Wir müssen es finden und dann habe ich keine Ahnung, wo es uns auswirft. Wir könnten in der sicheren Zone landen und uns schnell zum Orden begeben. Dieser Ort ist heilig und Gaia darf uns dort nichts anhaben.«

»Wir würden bei Iria und meiner Mutter leben?«, frage ich und höre mein Herz aufgeregt in mir schlagen.

»Ja«, sagt Nevis und nickt, doch seine Miene deutet an, dass es ein großes Aber geben wird. »Aber«, beginnt er wie erwartet, »wir könnten auch in der Eiszone landen, die gut achtundneunzig Prozent des ganzen Erdumfangs ausmacht. Das Grenzland zwischen der sicheren Zone und dem ewigen Eis wäre noch in Ordnung, aber der Großteil der restlichen Welt ist eine riesige Gefahr. Glaub mir, dank meiner Aufgabe, die Welt gefroren zu halten, kenne ich sie recht gut. Aber es ist nicht nur die alte Welt, die über unseren Köpfen zusammenfallen könnte ... alte Häuser und Bauten deiner Vorfahren, nein, dort befinden sich auch Gaias Wächter.«

»Wächter?«, frage ich verwirrt. Davon habe ich noch nie gehört.

»Wesen, die dazu erschaffen wurden, Menschen von der gefährlichen Zone fernzuhalten. Dämonen, die alles töten, was lebt.«

»Wieso sollte die Mutter so etwas erschaffen?« Die Angst hat mich gepackt. Ich ziehe meinen Zopf über die Schulter und fange an nervös damit zu spielen.

»Menschen sind sehr widerstandsfähig und schaffen Leben an den widrigsten Orten. Auf diese Art möchte Mutter euch und die Erde schützen, damit alles in Ruhe heilen kann. Womit wir zum nächsten Problem kommen.«

»Und das wäre?« Waren es nicht schon genug?

»Je nachdem, wie weit wir von der sicheren Zone entfernt landen, könnte es Wochen dauern, bis wir dort ankommen. Ich weiß nicht, wie schnell Mutter mein Fehlen bemerkt und meine Aufgaben übernimmt. Auf der Erde sind wir beide vor Tod und Krankheiten nicht mehr gefeit. Das Gift der menschlichen Vergangenheit könnte aus dem Eis kriechen und uns umbringen.«

Ich schlage eine Hand vor den Mund.

»Mal abgesehen von Kälte und Hunger.« Nevis seufzt, als er sieht, wie verängstigt ich bin.

»Du würdest für mich sterblich werden?«, vermute ich, da er, was Tod und Krankheiten angeht, auch von sich gesprochen hat.

»Ja«, haucht er und streicht mir über den Kopf. Seine Hand vergräbt sich in meinen Haaren. »Ich will nie wieder ohne dich sein.« Wir sehen uns an und ich benetze vorsichtig meine Lippen. »Es tut mir so leid, Maya. Ich habe leider erst nach deiner Wahl verstanden, dass es zu dem Zeitpunkt bereits zu spät war, um mich vor dem Kummer deines Verlustes zu schützen.«

»Und ich war stur wie ein Kind und hätte es besser wissen müssen.«

Nevis' Mund trifft auf meinen und ich genieße die zärtliche Wärme seiner Lippen und das aufkommende Verlangen, das mich durchfließt.

»Was ist deine Wahl?«, fragt er, nachdem er ruckartig von mir zurückgewichen ist.

»Lass uns Sachen packen, für den Fall, dass wir in der Eiszone landen«, sage ich und schlucke. Nevis strahlt mich glücklich an. Es ist das erste Mal, dass ich ihn so gelöst sehe.

»Danke, Maya«, sagt er und die Hand in meinem Haar greift fester zu.

»Meinst du, die Göttin wird sehr wütend sein?«

»Ich weiß es ehrlich gesagt nicht.« Er hat so unglaublich blaue Augen … wie einer dieser Schneehunde aus den Büchern.

Ungewissheit, wo wir nur hinsehen. Aber wir müssen es probieren und durch die Möglichkeit Iria und meine Mutter wiederzusehen, habe ich nun doppelt Mut für diese Reise.

»Lass uns hoffen, dass wir auf der Marmortreppe nicht sofort Mutter in die Arme laufen«, sagt Nevis und zurrt den letzten Rucksack zu.

»Es gibt da Dinge, vor denen ich mehr Angst habe«, seufzt Iria und sieht zu mir. Ich versuche sie anzulächeln, doch auch ich zittere am ganzen Körper.

»Ich hoffe, wir landen zumindest im Grenzgebiet«, sage ich, denn ich mache mir mehr Sorgen um die Gefahren auf der Erde. Auch der Garten ist mir nicht geheuer, aber in dem Punkt vertraue ich auf Nevis und seinen Frost.

»Wir haben noch ein paar Stunden bis zum Morgengrauen«, grübelt Nevis laut, »ich glaube, ich gehe noch einmal alles mit klirrender Kälte überziehen. Wer weiß, wofür es gut ist.« Er sieht zu mir und packt mich sanft an den Oberarmen. »Kommst du klar?«

Ich sehe zu Iria und nicke.

»Wenn Mutter kommen sollte, dann …« Er stockt. »Dann bestehe bitte darauf, dass ich mich von dir verabschieden darf, ja?«

»Ich werde mich weigern, ohne einen Abschied von dir zu gehen«, versichere ich ihm, woraufhin er seine Lippen auf meine legt. Werde ich mich je an dieses Gefühl gewöhnen? Dieses Prickeln und die Sehnsucht nach mehr, die sich wie eine Welle aufbaut und über mich hinüberschwappt, um mich mit sich zu reißen. Ich will ihn nicht gehen lassen, doch er hat Recht. Sollten wir in der Eiszone landen, was sehr wahrscheinlich ist, dann ist es besser, dass das Gift der Vergangenheit fest im Eis eingeschlossen ist. Nevis verschwindet ohne ein weiteres Wort, aber der letzte Ausdruck in seinem Gesicht sagt alles. Auch sein Verschwinden löst die Anspannung in der Luft nicht auf. Nervös beginne ich auf und ab zu laufen, während Iria still sitzen bleibt und mir nachsieht.

»Du bist sehr mutig, Maya«, sagt sie. »Das erwartet man gar nicht von einem Mädchen, das so aufgewachsen ist wie du.«

Ich kaue an einem Fingernagel und brumme nachdenklich. In der Kleidung, die Nevis mir erschaffen hat, kann ich mich nur schwerlich bewegen. Ich habe so viele Lagen Stoff auf mir, dass ich mich doppelt so breit fühle. Nevis wollte, dass ich sie sofort anziehe, für den Fall, dass wir überstürzt aufbrechen müssen. Die Angst, dass Gaia jeden Moment hier auftauchen könnte, ist fast noch größer als die, auf unserer Flucht zu sterben. Der Gedanke, ohne Nevis zu sein, erscheint mir unerträglich.

»Alles okay?«, fragt Iria. »Bist du dir sicher, dass du das tun möchtest?«

»Es gibt keinen anderen Weg«, antworte ich, ohne sie anzusehen.

»Es gibt immer einen anderen Weg.«

»Dieses Mal nicht. Nicht wenn ich weiß, dass ein Leben mit Nevis, meiner Mutter und meiner Iria auf mich wartet.«

»Ich verstehe.« Danach sagt die Wölfin nichts mehr.

Irgendwann setze ich mich und versuche ruhig zu atmen. Ich will nicht mehr warten, sondern am liebsten sofort los. Die Minuten ziehen sich wie Stunden und als Nevis endlich zurückkommt, fällt mir ein Stein vom Herzen. Er zieht mich sofort in seine Arme und küsst meinen Scheitel.

»In einer Stunde können wir los«, flüstert er und ich klammere mich fester an ihn. »Bist du bereit?«

»Ja.« Von mir aus könnte es sofort losgehen.

»Maya?« Er schiebt mich sanft von sich, so dass ich ihn ansehen kann. »Als du Jesien gewählt hast, dachte ich, ich müsste sterben. So einen Schmerz habe ich noch nie zuvor gespürt. Ich war so ein Dummkopf, als ich glaubte, dass ich es überwinden würde dich an einen meiner Brüder zu verlieren. Ich hätte es im ersten Moment wissen müssen, als ich dich gesehen habe.«

»Jetzt bin ich bei dir«, flüstere ich und kann mich gar nicht an seinem schönen blassen Gesicht sattsehen.

»Was ist diese Macht in mir?«, haucht er, meinen Lippen ganz nah, während seine Augen tief in meine sehen. Ich kann jede ihrer Bewegungen sehen und die feinen Fäden, die sich durch seine hellblaue Iris ziehen. Seine Pupillen weiten sich ein klein wenig. »Ich habe das Gefühl, ohne dich nicht mehr atmen zu können. Wieso, Maya? Wir kennen uns doch kaum.«

»Es ist eine Art Anziehungskraft«, sage ich. »Ich spüre es auch.«

Verunsichert weicht Nevis von mir zurück und hinterlässt dabei Kälte in meinen Armen. Er sieht sich um und wendet sich Iria zu, die uns mit schief gelegtem Kopf beobachtet.

»Ich sehe noch einmal unsere Sachen durch, ob wir auch alles haben.« Damit verschwindet Nevis, obwohl die Rucksäcke im selben Zimmer stehen.

»Seine Gefühle machen ihn nervös«, sagt Iria. »Nevis ist innere Kälte gewohnt. Immerhin ist er der Winter. Die Wärme, die er dank dir empfindet, macht ihn unruhig, doch er erliegt ihr immer mehr.«

Ich nicke ihr zu. Man kann wohl von einem Wesen, das eine Ewigkeit in Einsamkeit verbracht hat, nicht verlangen, dass es gleich den Hebel umlegen kann. Aber immerhin sieht Nevis jetzt ein, dass wir wie ein zerbrochenes Schmuckstück sind, dass nur zusammen ein Ganzes entsteht.

Nevis nimmt meine Hand. Sein Händedruck ist fest und warm, während ich vor Aufregung zittere. Der leichtere unserer beiden Rucksäcke ist fest um mich geschnallt und ich überprüfe mit meiner freien Hand noch einmal den Sitz des Bauchgurts. Mein Herz schlägt mir bis zum Hals und mein Atem geht stoßweise gegen meinen umgebundenen Schal. Ich warte darauf, dass Nevis das Zeichen zum Losrennen gibt.

»Direkt zur Tür und hinaus«, erinnert er mich. »Dann springst du mir in die Arme und ich trage dich durch den Garten. Versuche so wenig wie möglich zu atmen und halte den Schal vor dein Gesicht, mit ein wenig Glück spürt Gaia deine Anwesenheit dann nicht. Iria? Du bleibst direkt hinter mir, verstanden?«

»Verstanden.«

»Wenn wir am Portal sind, gehen wir ohne zu zögern hindurch. Ich werde versuchen uns zu lenken, sofern es mir möglich ist die Energie zu steuern. Mit Glück landen wir in der sicheren Zone oder im Grenzgebiet.«

Ich höre nur noch meinen Atem und ein Rauschen in meinen Ohren.

»Schließ die Augen, wenn wir im Garten sind«, flüstert Nevis und ich nicke. Sein Gesicht ist genau wie meins verhüllt, doch die Frostaugen geben mir den Mut, den ich benötige. »Los!«, ruft er und ich spüre, wie mich ein starker Sog umfasst. Die Marmortreppe in Gaias Haus erscheint im gleichen Moment, in dem wir Nevis' Hütte verlassen haben, und fast wäre ich hinuntergefallen, hätten Nevis' Griff und mein schwerer Rucksack mich nicht im Gleichgewicht gehalten. Ich eile die Stufen hinunter und sehe, dass die Haustür sich bereits öffnet. Gaias Heim weiß, wo wir hinwollen, sie auch? Ich sehe nicht zurück, sondern stürme nach Nevis durch die Tür und springe in seine bereits auf mich wartenden Arme. Zitternd presse ich mein vom Schal fast ganz verdecktes Gesicht in seine Halsbeuge und schließe die Augen, als ich das Zischen seines Eises auf dem Magmafluss höre. Nevis' Lauf fühlt sich sicher und geübt an. Er gerät weder ins Straucheln noch stolpert er.

»Da hinten!«, höre ich Iria rufen. Wie gerne würde ich meine Augen öffnen.

»Der Sonnenaufgang«, ruft Nevis zurück. »Wir müssen schneller werden!«

Das Zischen des Frosts wird weniger und ich vermute, dass das Magma verschwunden ist und der Boden nur noch glüht. Schließlich bleibt Nevis abrupt stehen und setzt mich ab.

»Du kannst jetzt selber laufen«, sagt er und ich sehe mich um. Es dämmert und Nebelschwaden liegen in der Luft. »SCHNELL!« Nevis deutet auf ein Tor in gut zweihundert Metern Entfernung. Bei Tage würde man es wohl vor lauter Pflanzen nicht sehen. Wir rennen weiter und weil Nevis mich nicht mehr tragen muss, sind wir schneller. Das gusseiserne Tor baut sich vor uns auf. Es ist riesig und an den Seiten beginnen sich bereits die ersten robusten Efeuranken zu schlängeln.

»Schnell, öffne es!«, ruft Iria Nevis aus seinen Gedanken wach. Der Winter schüttelt sich kurz und zieht dann an dem schweren Eisen, welches sich ächzend und quietschend öffnet.

»Geht durch!«, fordert er Iria und mich auf und wir folgen seiner Anweisung. Doch kaum sind wir auf der anderen Seite, zerrt das Efeu am Tor und reißt es Nevis förmlich aus der Hand. Eisen knallt auf Eisen und Schlingpflanzen machen sich daran es zu verschnüren.

»NEIN!«, kreische ich panisch. »Nevis!«

Iria knurrt nervös neben mir, doch Nevis sieht sich bereits um und greift dann in die Stäbe. Ehe ich mich versehe, nutzt er das Efeu und die Schlingpflanzen dazu, an dem großen Tor hinaufzuklettern. Als er oben die Beine darüberlegt, atme ich erleichtert durch. Mit einem katzenhaften Sprung landet Nevis neben mir. Sein Atem geht heftig und er scheint einen Kloß im Hals zu haben.

»Weiter!«, erinnert uns Iria, die nervös auf der Stelle tritt.

»Das war verdammt knapp«, sage ich und ergreife Nevis' Hand.

»Wir schaffen das«, gibt er nach Luft schnappend zurück. Wir gehen nun über eine Felsklippe, wo hier und da Blumen zu sprießen beginnen. Vor uns steht der gewaltige Kirschblütenbaum in seiner vollen rosafarbenen Pracht. Die Nacht hat ihm noch nie etwas anhaben können und es erscheint mir majestätisch, wie die Sonne hinter den Klippen neben ihm auftaucht. Plötzlich bleibt Iria jedoch stehen. Ihr Fell sträubt sich und sie beginnt zu knurren.

»Wächter!«, kommt es zwischen ihren gefletschten Zähnen hervor.

»Hier?«, fragt Nevis.

»Ja.«

»Verdammt«, knurrt nun auch der Winter und schiebt mich hinter sich. »Das Portal ist also wirklich hier und bei Nacht nicht ungeschützt.«

»Geht, ich kümmere mich darum«, ruft die Wölfin.

»Nein, Iria«, zischt Nevis. »Wir lassen dich hier nicht zurück.«

»Ihr müsst! Wir sind nicht so weit gekommen, um jetzt umzukehren.«

Ein markerschütterndes Kreischen ertönt, das mir das Blut in den Adern gefrieren lässt. Nevis' Griff an meiner Seite wird augenblicklich fester.

»Nein, Iria, nicht ohne dich!«

»LAUFT!«, schreit sie in dem Moment, in dem sich eine eigenartige schwarze Kreatur um den riesigen Kirschblütenbaum schlängelt. Es scheint, als bestünde sie aus lauter Armen und Beinen, die wie Gummi an der Rinde kleben und sich merkwürdig zuckend voranbewegen. Das Wesen schreit noch einmal und ich kann mit aufgerissenen Augen einen Kopf und seinen Mund ausmachen. Ich bin augenblicklich wie gelähmt vor Angst. Iria setzt zum Sprung an und Nevis zieht mich weg. Wir rennen um den Baum, was bei den Wurzeln, die den Boden darum herum aufgebrochen haben, nicht so einfach ist. Meinen Blick richte ich bewusst nicht auf den Abhang neben mir. Ich spüre ein Vibrieren in meinem Bauch und als ich meine Augen von dem schwarzen Wesen, das über den Boden auf Iria zufließt, abwenden kann, sehe ich ein dunkelblaues Portal vor mir. Es sieht aus, als bestünde es aus schwebendem Wasser und ich habe keine Ahnung, wie meine tauben Beine mich hierhergetragen haben.

»Iria«, haucht Nevis und seine Stimme ist voller Qualen. Ich sehe auf und entdecke, dass der Wächter sie in seine Klauen bekommen hat. Die Art, wie Irias Kopf von ihrem Körper baumelt, lässt keinen Zweifel daran, dass sie ihr Leben ausgehaucht hat. Noch bevor ich die erste Träne weinen kann, fühle ich etwas glibberig Warmes um mich herum. Ich will schreien, weil ich zunächst das Wesen vermute, aber dann sehe ich die Erde vor mir … und sie kommt schnell näher.

# 2. ECHO DER VERGANGENHEIT

Meine Füße landen auf einer endlos scheinenden Eisfläche, mitten im Nichts. Ich zittere am ganzen Körper und sehe dieses furchtbare Ding immer noch vor mir, wie es … Iria … Die Galle steigt in mir hoch, doch ich reiße mich zusammen, denn neben mir sackt Nevis zu Boden.

»Ich konnte mich nicht konzentrieren …«, flüstert er beinahe tonlos. »Ich weiß nicht, wo wir sind.«

»Schon gut«, beruhige ich ihn und lege meine Arme so gut es geht um seine Schulter. »Willst du den Rucksack einen Moment ablegen?«

Er schüttelt den Kopf. »Wir müssen weiter.«

»Nein«, protestiere ich und versuche nicht zu weinen. »Wir nehmen uns jetzt einen Moment.«

»Sie hat den Wächter gespürt«, sagt Nevis und starrt mit aufgerissenen Augen ins Nichts. »Gleiche Frequenz … die Tiergeister und die Wächter.«

»Schscht«, mache ich, schiebe seinen Schal herunter und streiche über seine Wangen.

»Ich weiß nicht mal, ob er uns überhaupt bemerkt hat, so fixiert, wie er auf sie gewesen ist.« Nevis sieht mich kurz an. Sein Blick verfolgt die Träne, die mir über die Wange in den Schal läuft. »Er weiß nicht, wo wir sind.«

Ich schlucke und nicke. Meine Stirn muss vor lauter Sorge voller Falten sein, denn Nevis streicht kraftlos mit einer behandschuhten Hand darüber.

»Wird er Gaia berichten, dass wir geflüchtet sind?«

Nevis zuckt mit den Schultern. »Wenn er uns gesehen hat, vielleicht. Ich weiß nicht, ob diese Dinger überhaupt irgendeine Art von Kommunikation beherrschen, aber eins ist sicher: Wenn Mutter uns hier erwischt, haben wir keine Chance.« Erst jetzt bemerke ich, dass Nevis am ganzen Körper zittert. Ob vor Angst und Trauer oder weil er zum ersten Mal unter der Kälte leidet, weiß ich nicht.

»Wo sind wir? Im Grenzland?«

»Nein, ganz sicher nicht.« Die Mutlosigkeit in Nevis' Stimme klemmt mir die Luft ab. Er erhebt sich und sieht sich um. »Das hier ist jedenfalls ein riesiger See.«

Ich sehe hinunter zu meinen Füßen. Das Wasser ist so dick zugefroren, dass unter der Eisschicht nichts zu erkennen ist. Allerdings gilt das nicht nur für den See. Ein Blick in Nevis' Augen zeigt mir, dass auch er eine Wand aus Frost hochgezogen hat.

»Sehen wir zu, dass wir hier herunterkommen«, sagt er und marschiert einfach los. »Wenn wir in eine der alten Städte gelangen, werde ich vielleicht wissen, wo wir sind. Immerhin habe ich hier jeden Millimeter schon mehrmals eingefroren.«

Ich folge ihm, ohne etwas zu sagen, mit den Gedanken immer noch bei Iria. Es ist meine Schuld. Iria starb meinetwegen und Nevis weiß es. Ohne mich hätten wir uns nie auf den Weg hierher gemacht. Traurig schliddere ich hinter Nevis über den See. Mehrmals gerate ich ins Wanken, doch Nevis bleibt nicht stehen, um mir zu helfen oder mich an die Hand zu nehmen. Er ist in seinen eigenen Gedanken versunken. Die Tränen fließen still in meinen Schal, den ich mir ganz fest bis über die Nase gezogen habe.

»Schau, da!«, ruft Nevis vor mir und ich hebe meinen Blick. Vor uns liegt ein Stück Land. Ich erkenne es daran, dass es nicht glatt und eben ist, wie der gefrorene See unter meinen Füßen. Nevis betritt es als Erster und als ich ihm folge, sehe ich die vielen kleinen Inseln vor uns. Hinter ihnen liegt ein größeres Stück Land und ganz in der Ferne meine ich eine Art Gebäude zu erkennen … oder nein, da ragt nur etwas empor, aber was?

»Ich weiß, wo wir sind«, sagt Nevis und seine Stimme gibt keinen Aufschluss darüber, was er von unserem Standort hält. »Wir sind auf dem Vänern und das hier ist … oder *war* viel mehr einmal die Insel Torsö.«

»Ist es weit in die sichere Zone?«, bringe ich heraus und versuche meiner Stimme einen festen Klang zu geben, doch es gelingt mir nicht wirklich.

»Es ist zumindest nicht unmöglich von hier aus dorthinzukommen. Das Grenzgebiet dürften wir in etwa vier bis fünf Tagesmärschen erreichen. Die sichere Zone in sechs.« Der Winter seufzt. »Wusstest du, dass man deine Heimat früher Schweden nannte?«

Ich nicke.

»Zumindest sind wir im richtigen Land.« Damit geht der Winter weiter und auch ich überrede meine Beine einen Fuß vor den anderen zu setzen. Die Arme fest vor meiner Brust verschlungen laufe ich hinter Nevis her und versuche mich darauf zu konzentrieren, nicht auszurutschen oder zu stolpern. Nevis schlägt eine leicht andere Richtung ein und wir entfernen uns wieder von dem Stückchen Land. Nach ein paar Metern sehe ich mich noch einmal um und erkenne, dass das, was ich eben für ein Gebäude gehalten hatte, eine alte Straße ist, die wohl einst auf Betonpfählen über den See zur Insel geführt hat. Nun stehen davon aber nur noch Bruchstücke.

»Wir sollten sehen, dass wir schleunigst von dem See herunterkommen«, meint Nevis und ändert noch einmal leicht seine Richtung. »Hier können wir uns nirgendwo verstecken.«

Bei dem Gedanken an den Wächter wird mir ganz mulmig und ich spüre wieder die Galle in meinem Hals brennen. Ich weiß nicht, wie lange ich sie noch herunterkämpfen kann. Die klirrende Kälte hilft mir jedoch dabei, denn ich habe das Gefühl, dass jeder Muskel in meinem Körper mit Zittern beschäftigt ist. Da bleibt keine Zeit, um sich zu übergeben. Nevis bleibt plötzlich stehen und auch ich stoppe. Will er schon wieder die Richtung ändern? Weiß er wirklich, wo wir sind? Oder ist er einfach nur verwirrt?

»Was ist?«, frage ich leise. »Hast du was gesehen?«

Statt zu antworten, fällt Nevis plötzlich auf die Knie und schreit so schmerzerfüllt, dass ein Stoß Adrenalin mir die Kraft gibt zu ihm zu eilen. Halb rutschend, halb laufend schließe ich auf und lasse mich neben ihn fallen.

»Nevis?«, frage ich nervös. Er sieht auf und seine Augen stehen voller Tränen. Ich reiße meinen Schal herunter und dann seinen, um meine Lippen auf seine zu pressen. Mit meinen Händen umfasse ich seinen Kopf, als ich mich von ihm löse.

»Es tut mir so leid«, wimmere ich. »Sie starb wegen mir.«

»Sag das nicht«, antwortet er mit bebender Stimme. »Sie starb für mich, Maya. Damit ich eine Chance habe, endlich zu leben.« Er nimmt meine Hände in seine und drückt einen Kuss auf meine Handschuhe. »Mit dir.«

Ich weine eine Weile mit ihm gemeinsam. Um uns herum liegt der gefrorene See und das Echo der Vergangenheit ist so erdrückend leise, dass ich das Gefühl habe, zu Boden gepresst zu werden. Zu viele Menschen haben hier ihr Leben verloren. Ein Ort, wie geschaffen zum Betrauern der Toten.

»Lass uns einen Unterschlupf suchen und uns für heute ausruhen«, schlage ich vor. Die letzten Tage und die Kälte stecken mir in den Knochen und Nevis sieht gar nicht gut aus. Zu meinem Schrecken nickt er auch ergeben, ohne den geringsten Widerstand zu leisten. Wir helfen uns gegenseitig auf die Beine.

»Das Grenzgebiet liegt dort«, sagt er und deutet in die Richtung, die er zuerst eingeschlagen hatte. »Aber wir sollten erst einmal auf schnellstem Wege vom See herunterkommen.«

»Ja, finde ich auch.«

Nevis hält mir dieses Mal seinen Arm hin und ich hake mich bei ihm unter. Aneinandergepresst gehen wir den zuletzt eingeschlagenen Weg Richtung Ufer weiter.

»Wir können von Glück sagen, dass wir nicht im Meer oder in einem radioaktiv verstrahlten Gebiet gelandet sind«, sagt Nevis, nachdem er einen Fuß auf die gefrorene Erde gesetzt hat. Ich folge ihm und sehe noch einmal zurück über den See. Was mir jetzt erst auffällt, ist, dass es nirgendwo Bäume oder Pflanzen gibt. Hier draußen hat nichts überlebt. In der Ferne vor mir kann ich nur hier und da die Reste von zerfallenen Bauten und Wracks der Fortbewegungsmittel der Menschen erkennen.

»Moment mal«, grübelt Nevis. »Ich glaube, ich weiß, wo wir uns verstecken und ausruhen können.« Er sieht sich um und deutet dann in eine Richtung, in der keinerlei Ruinen zu stehen scheinen. Die Sicht ist ein wenig durch fallenden Schnee getrübt, weshalb ich vermutlich nicht sonderlich weit sehen kann. Es ist schwer für mich einzuschätzen, da diese Gegend so fremdartig wirkt. Kaum zu glauben, dass es hier einmal grün und voller Leben gewesen ist. Nevis zieht mich sanft mit sich und ich laufe neben ihm her. Wegen der Kälte sprechen wir nicht, aber ich merke, dass er immer mehr zu zittern beginnt. Die Erschöpfung nagt an mir und ich habe das Gefühl, bald nicht mehr laufen zu können, aber irgendetwas treibt mich an, hält mich aufrecht. Nach einiger Zeit meine ich am Horizont etwas zu erkennen. Der Schneefall ist heftiger geworden und zwingt mich jetzt immer öfter die Augen zu schließen.

»Da ist es!«, ruft Nevis aus und deutet auf dieses längliche Ding, was ich im Schneegestöber vor uns erkannt habe. »Ich habe es mir durch mein Portal oft angesehen.«

»Was ist das?«, frage ich.

»Ein Flugzeug«, erklärt Nevis. »Das einzige, das noch halbwegs als solches zu erkennen ist.«

»Ein Flugzeug«, wiederhole ich erstaunt und beschleunige meinen Schritt. Ich kenne sie nur aus alten Filmen, doch niemals hätte ich mir ihre wahre Größe ausmalen können. Je näher wir kommen, desto erstaunter bin ich.

»Als die Luftverschmutzung immer schlimmer wurde, blieben die Flugzeuge am Boden. Die meisten sind durch Fluten, Bombardierungen oder schlimme Erdbeben zerstört worden. Andere wiederum sind zerschellt. Aber dieses hier …« Nevis berührt vorsichtig den gefrorenen Rumpf des Ungetüms vor uns. Man kann schwach erkennen, dass es mal einen blauen Strich auf der Seite gehabt haben muss. Ein Schriftzug ist noch zu erahnen, allerdings sind nicht alle Buchstaben lesbar. Nur: Sc…ina…ian…Airl.. es. Mein Blick bleibt jedoch an einem der riesigen runden Dinger hängen. Das Flugzeug hat zwei davon unter dem langen Flügel.

»Turbinen«, erklärt Nevis.

»Unglaublich«, flüstere ich vor mich hin.

»Komm, das Wrack ist auf der anderen Seite aufgerissen, dort kommen wir hinein. Vielleicht gibt es da drin irgendwo eine Ecke, wo wir uns niederlassen können.« Nevis' Augen sehen mich forschend an. Ich glaube, er hat mir meine Erschöpfung angemerkt, weshalb ich nicke. Wir gehen vorne an der spitzen Nase des Flugzeugs vorbei und ich kann genau erkennen, wo es vor Hunderten von Jahren aufgeschlagen ist. Das Metall ist dort deutlich eingedellt. Die andere Seite des Rumpfes schockt mich jedoch sehr. Ein Loch klafft dort mittendrin und zieht sich gut über die Hälfte der Länge hin. Ein Fluss von vollkommen zerstörten Sitzen und anderen Dingen, die ich nicht identifizieren kann, ergießt sich aus dem Riss wie Blut aus einer Wunde.

»Ich weiß«, sagt Nevis. »Aber es bietet wenigstens etwas Sichtschutz.« Damit klettert er auf einen Berg von Schrott und hält mir eine Hand hin. Ich ergreife sie und kämpfe mich mit ihm gemeinsam über das Gerümpel in den Innenteil hinein.

»Es ist erstaunlich, wie gut du dich hier auskennst«, sage ich, während ich über einen großen grauen Kasten mit Rädern klettere.

»Was denkst du, wer das alles hier eingefroren hat?«

Ich kann meinen Weg nicht aus den Augen lassen, damit ich nicht hinfalle, und nehme dankbar immer wieder Nevis' Hand, wenn er sie mir hinhält.

»Sobald wir in der Grenzzone sind, wirst du uns lenken müssen.«

»Ich werde mein Bestes geben«, sage ich. »Allerdings kenne ich mich dort auch nicht aus. Hoffen wir, dass wir auf Grenzer treffen.«

»Grenzer?«, fragt Nevis.

»Gaia erlaubt uns das Grenzgebiet für einige Dinge zu nutzen. Anbau von robusten Pflanzen zum Beispiel oder die Jagd. Grenzer sind Menschen, die die Erlaubnis haben, die sichere Zone zu verlassen.«

Nevis nickt und hilft mir über einen umgekippten Sitz. Endlich sind wir innerhalb des Flugzeugbauchs, doch auch hier ist natürlich alles gefroren und stellenweise spiegelglatt. Nevis führt mich weiter und schließlich gelangen wir in eine Art Zwischenraum.

»Hinter der Tür ist das Cockpit, wo die Piloten saßen.« Nevis hilft mir meinen Rucksack abzunehmen und lässt dann seinen vorsichtig von den Schultern rutschen. »Hier durfte nur die Crew rein«, erklärt er weiter und ich sehe mich um. Der Boden und die Wände sind mit einer Frostschicht überzogen und alles wirkt sehr metallisch und unnatürlich. Nicht gerade ein Ort zum Wohlfühlen, aber ich verstehe Nevis' Gründe, warum er mich hierhergebracht hat. Wir sind vor allen Blicken und dem Schneesturm geschützt und ich brauche dringend eine Pause, um auszuruhen. Nevis rollt ein paar dünne Matten auf dem Boden aus und zieht dann Schlafsäcke aus meinem Rucksack. Er drapiert sie darüber und bedeutet mir mich in einen hineinzulegen. Ich folge seiner Aufforderung, doch der Schlafsack hat so viele Schichten und extra eine Art Kapuze für den Kopf, dass er mir zu Hilfe kommen muss.

»Schlaf etwas«, sagt er und gibt mir einen Kuss auf jedes meiner Augen. Mehr ist von mir nicht mehr frei. »Ich glaube, du hast das letzte Mal so richtig bei Jesien geschlafen.«

»Und du?«, nuschele ich durch die vielen Schichten Stoff, die mich umgeben. Innen im Schlafsack beginnt es tatsächlich warm zu werden.

»Ich kann nicht schlafen«, flüstert Nevis und sieht mich mit traurigen Augen an. Im Himmelblau seiner Augen sind dunkle Regenwolken aufgezogen.

»Ich würde dich so gerne im Arm halten.«

»Und es gäbe keinen Ort, wo ich jetzt lieber wäre als in deinen Armen, aber du brauchst jetzt etwas Schlaf und die Kälte arbeitet gegen uns.« Ein hilfloses Lächeln umspielt seine Augen, welches mein Herz aber nur noch mehr bricht. »Schließ deine Augen, Maya. Ich bewache deinen Schlaf.«

»Sicher?«

»Ja.« Er seufzt und ich meine seine Zähne klappern zu hören. »Ich hätte nie gedacht, dass sich Kälte so furchtbar anfühlen kann.«

Ich lache leise, weil ausgerechnet der Winter das sagt, doch ich bin zu müde, um etwas zu erwidern, und die sich langsam aufbauende Wärme im Schlafsack erledigt alles Übrige.

Als ich wieder wach werde, ist es stockfinster um mich herum. Doch ich spüre sofort, dass ich nicht alleine bin. Nevis' Kopf liegt so nah es die Schlafsäcke zulassen an meinem. Ich kann seinen regelmäßigen Atem hören und dränge mich ihm noch etwas entgegen. Erneut schließe ich die Augen.

»Maya?«, höre ich Nevis meinen Namen rufen. »Komm, wach auf, wir müssen weiter.«

»Was?«, murmele ich verwirrt und öffne meine Augen.

»Setz dich auf und trink etwas«, befiehlt Nevis mit sanfter Stimme. Ich sehe ihn an und bemerke seine rot geränderten Augen und sein unnatürlich blasses Gesicht.

»Alles okay?«, frage ich und schäle mich mit Nevis' Hilfe aus dem Schlafsack. »Du siehst gar nicht gut aus.«

»Ja … ja«, stammelt er und fährt sich mit dem Arm über die Augen. »Miese Nacht und mein Körper fühlt sich vollkommen fremd an.«

»Möchtest du darüber reden, was passiert ist?«, setze ich vorsichtig an und lege abwartend den Kopf schief. Nevis schüttelt den Kopf.

»Wenn wir da sind … vielleicht.« Damit reicht er mir einen dampfenden Becher mit Tee. Offensichtlich besitzt Nevis bessere Behälter zum Warmhalten als Jesien. Wobei in der Kälte alles dampfen würde, was wärmer als klirrend kalt ist.

»Iria hat mir so oft das Leben gerettet«, stammelt Nevis leise vor sich hin und ich frage mich kurz, ob ich ihn richtig verstanden habe. Wie konnte sie ihm das Leben retten? Als Halbgott in Gaias Reich war er unsterblich.

»Ich war das alles so oft müde«, spricht er weiter. Ich traue mich nicht etwas zu sagen, aus Angst, ihn zu unterbrechen.

»Keine Kraft … kein Antrieb zum Weitermachen. Ich war verloren, doch sie rettete mich jeden Tag aufs Neue. Rief mich zum Weitermachen auf und hielt die Hoffnung zumindest am Knistern.« Nevis dreht sich von mir weg. »Ich höre sie immer noch *Halt durch* in mein Ohr flüstern.« Seine Stimme bricht und ich stelle meine Tasse weg, um meine Arme um seine Schultern zu legen. Mehr sagt er jedoch nicht und ich dränge ihn nicht dazu. Irgendwann steht er auf und wir packen gemeinsam unsere Sachen ein. Nachdem er mir mit dem Rucksack geholfen hat, schultert er seinen und schließt die dazugehörigen Bauchgurte. Ich ergreife seine Hände und sehe ihm tief in die Augen.

»Ich gehe jetzt mit dir in die Zukunft«, presse ich beinahe tonlos hervor. »Es gibt immer Hoffnung.«

Nevis beugt sich vor und gibt mir einen Kuss. Seine Lippen sind genau wie meine eisig und aufgesprungen, weshalb wir nach dem kurzen Kuss beide unsere Gesichtsbedeckung wieder hochziehen.

»Es wird wärmer werden«, sagt Nevis. »Je näher wir dem Grenzgebiet kommen.«

»Dann lass uns schnell laufen«, antworte ich und versuche mit meinen Augen zu lachen. Es scheint zu funktionieren, denn Nevis' Augen nehmen den gleichen Ausdruck an. Er hält mir die Hand hin und gemeinsam klettern wir aus dem Flugzeugwrack. Ich hoffe, dass wir für die kommende Nacht wieder einen so sicheren Schlafplatz finden und dass wir tagsüber unentdeckt bleiben. Meine Hauptgedanken sind jedoch bei Nevis, während ich ihm durch die frostigen Ruinen der menschlichen Vergangenheit folge. War seine Verzweiflung und Einsamkeit noch schlimmer, als ich bereits vermutet habe?

Gegen Mittag suche ich mir eine kleine Ruine, in der ich verschwinde, um meine Notdurft zu verrichten. Kein Spaß bei der eisigen Kälte.

»Jetzt ist mein Hinterteil schockgefroren«, sage ich zu Nevis, der in einigen Metern Abstand gewartet hat.

»Hast du Hunger?«, fragt er.

»Ja und wie«, gestehe ich. Um ehrlich zu sein, hängt mir der Magen bis in die Knie, aber ich weiß, dass wir nicht allzu viel dabeihaben und ich wollte Nevis nicht mit solchen Dingen nerven.

»Schau mal in deine Innentaschen«, sagt Nevis und macht das Gleiche bei sich. Verwirrt folge ich seiner Aufforderung und finde darin ein Paar Riegel aus aneinandergepressten Körnern und Flocken. Ich nehme einen heraus und ziehe schnell alles wieder fest zu.

»Müsliriegel«, sagt Nevis und seine Stimme klingt sogar ein wenig amüsiert. »Deine Körperwärme hat sie davor bewahrt, dass sie das gleiche Schicksal wie dein Hinterteil ereilt.«

Ich ziehe meinen Gesichtsschutz herunter und beiße hinein, schmecke jedoch nicht sonderlich viel. Irgendwie ist es staubtrocken, aber der Hunger treibt es hinein.

»Du könntest etwas begeisterter gucken«, meint Nevis und stößt mich sanft mit der Schulter an.

»Schmeckt wie Papier«, sage ich und verziehe das Gesicht.

»Dem Orden muss es gut gehen, dass ihr Papier esst.« Nevis zwinkert mir zu und beißt in seinen Riegel.

»Okay, es schmeckt, wie ich mir vorstelle, dass Papier schmeckt«, korrigiere ich mich und nehme noch einen Bissen. Papier habe ich natürlich noch nie probiert, denn die Herstellung ist mühsam und Verschwendung ist ohnehin etwas, das die Göttin nicht duldet und somit im Orden auch nicht praktiziert wird. Wir suchen uns einen Platz, wo wir uns auf ein paar Steinen niederlassen, und verdrücken unsere Müsliriegel. Danach reicht Nevis mir noch etwas Tee.

»Trauriger Anblick, oder?«, fragt der Winter, als er mich dabei erwischt, wie meine Augen die Umgebung absuchen.

»Es ist mehr die Angst davor, dass ein Wächter auftaucht«, sage ich ehrlich.

»Hier sind überall Ruinen, wenn sich einer nähert, verstecken wir uns.« Nevis' Stimme klingt rau und kraftlos. Gegen die Wächter ist er genauso machtlos wie ich.

»Wenn er uns nicht zuerst sieht«, seufze ich. Wir schweigen eine Weile, bis ich bemerke, dass Nevis mich ansieht.

»Maya?«

»Ja?«

»Danke.«

»Wofür?«, frage ich verwirrt.

»Deine Worte von eben.«

»Ich meinte jedes davon ernst.«

Nevis steht auf und kommt auf mich zu. Er kniet sich vor mich und sieht mir tief in die Augen. »Merkwürdig, oder?«

»Was genau?« Im Moment ist mein ganzes Leben merkwürdig.

»Im Grunde kennen wir uns kaum und doch habe ich das Gefühl, dass du zu mir gehörst. Wie mein Herz, mein Kopf, meine Arme und Beine. Wie die Kälte und die Wärme in mir … wie meine Seele.«

Ich bin vollkommen sprachlos und starre ihn nur an.

»Ich frage mich, ob das …«

»Ob was?«, stammele ich, weil er nicht weiterspricht. Nevis schüttelt den Kopf und erhebt sich wieder.

»Nichts«, murmelt er und reicht mir seine Hand. »Weiter?«

»Weiter«, antworte ich und aus irgendeinem Grund schlägt mein Herz wie verrückt. Nevis hakt mich bei sich unter und gemeinsam gehen wir weiter durch diese tote, weiß verschleierte Welt.

»Wenn es nur nicht so kalt wäre«, sagt Nevis durch seinen Gesichtsschutz.

»Dann was?«, frage ich.

»Dann könnte ich ewig so mit dir weiterlaufen.«

Ich sehe ihn ungläubig an, aber ich fürchte, durch meine Vermummung kann er das nicht erkennen.

»Noch nie im Leben habe ich etwas so sehr vermisst wie dich. Die letzten Monate waren länger als mein ganzes Leben.« Nevis bleibt abrupt stehen. »Ich hätte es vom ersten Moment an wissen müssen, Maya.«

»Schon gut«, versuche ich ihn ein wenig zu beruhigen, denn seine Augen wirken aufgeregt.

»Dein Anblick hat mich total aufgewühlt und Dinge mit mir gemacht, die ich bis heute nicht verstehe. Und es wurde mit jedem Mal schlimmer. Ich habe versucht dich nicht anzusehen, aber es gelang mir nicht immer. Nachts habe ich wach gelegen, mit dir vor meinen Augen, aber es war nie genug. Keine Vorstellung, nicht mal der schönste Traum von dir, hätte gereicht, um meine Gedanken zu beruhigen. Der Wunsch nach mehr brannte fast schon schmerzhaft in mir. Das hat mir Angst gemacht.«

»Du hast *mir* manchmal Angst gemacht«, gestehe ich.

»Das tut mir so unendlich leid.« Nevis legt seine behandschuhte Hand zärtlich auf mein verdecktes Gesicht. »Ich war so ein Narr.«

Ein unmenschliches Kreischen in der Ferne reißt uns aus unseren Gedanken und auseinander.

»Es wird unsere Fußspuren im Schnee gefunden haben.« Nevis sieht sich hastig um und auch ich suche die Gegend nach einer Möglichkeit zum Verstecken ab. Als ich nichts finde und an die Fußspuren unter unseren Füßen denke, nimmt die Panik in mir überhand. Nevis packt mich am Arm. Gemeinsam laufen wir los. Es ist unglaublich, wie viel Kraft einem das Adrenalin in die Muskeln pumpt, wenn es um das Leben geht. Nicht mal die dicke Kleidung oder der schwere Rucksack können mich davon abhalten. Nevis schlägt plötzlich eine andere Richtung ein. Ich frage nicht, sondern laufe still neben ihm her. Ein erneutes Kreischen ertönt und es klingt immer noch weit weg, aber in jedem Fall doch zu nah.

»Da!«, zischt Nevis und ich folge seiner Hand mit meinem Blick. Vor uns kommt erneut ein zugefrorener See in Sicht. Ich verstehe und nicke ihm zu. Dort hinterlassen wir keine Fußspuren. Andererseits können wir uns dort aber auch nirgendwo verstecken. Schlitternd kommen wir auf dem See an und Nevis führt mich quer darüber. Auf der anderen Seite des Sees bleibt er plötzlich stehen.

»Leg dich hin!«, befiehlt er mir leise. »Ich schaufele Schnee über dich.«

Ängstlich sehe ich ihn an.

»Vertraue mir, Maya.«

Ich mache, was er gesagt hat, und lasse mich von ihm mit Schnee bedecken. Für mich dauert das alles viel zu lange und ich frage mich, was er vorhat. Will er sich auch eingraben? Wird der Wächter die Spuren davon nicht sehen? Es bleibt mir nichts anderes übrig, als still zu liegen und ihm zu vertrauen. Als dann wenige Minuten später ein spitzer Schrei in unserer Nähe ertönt, wage ich nicht mal mehr zu atmen. Mein Kopf spielt mir immer wieder Irias Tod vor und bringt mein Herz fast zum Zerspringen. Ein merkwürdiges Keuchen erklingt in meiner unmittelbaren Nähe. Instinktiv weiß ich, dass das Wesen neben mir steht. Als dann ein leichtes Gewicht über mich gleitet, schreie ich fast vor Angst auf. Es ist direkt über mir. Tränen laufen aus meinen Augen und ein dicker Kloß steckt in meiner Kehle fest. Noch nie in meinem Leben habe ich so viel Angst gehabt. Das Wesen muss nur wenige Sekunden auf mir gestanden haben, aber es kommt mir wie eine Ewigkeit vor, als es endlich von mir heruntergeht. Danach herrscht nur noch Stille für eine lange Zeit. Es ist Nevis, der mich aus meinem eisigen Grab befreit. Weinend falle ich in seine Arme. Er ist wie ich noch überall mit Schnee bedeckt.

»Es ist über mich drübergelaufen«, schluchze ich, woraufhin er mich noch fester drückt. »Lass mich nie wieder alleine.«

»Nie wieder«, verspricht er und ich glaube ihm.

Als die Sonne am Horizont zu verschwinden droht, suchen wir Schutz unter einem alten Wellblechdach, welches durch den Frost erstaunlich gut erhalten geblieben ist. Nevis bittet mich trotzdem davon fernzubleiben, weil es wohl aus giftigen Materialien besteht.

»Keine Sorge, die Nacht über hält mein Frost noch«, beruhigt er mich.

»Ich meine zu spüren, dass es wärmer wird«, sage ich. »Es ist zwar nur ein wenig, aber es wird wärmer.«

»Ja«, antwortet Nevis nachdenklich und kuschelt sich ganz eng neben mich in seinem Schlafsack. Ich kann nicht aufhören an unsere Fußspuren zu denken, die den Wächter zu uns führen könnten. Zum Glück hat es vorhin zu schneien begonnen und jedes Zeugnis davon, dass wir hier sind, wird langsam verdeckt.

»Geht es?«, fragt Nevis besorgt. Sicher sprechen meine Augen Bände.

»Ich kann es nicht erwarten das Grenzland zu erreichen«, antworte ich flüsternd.

»Ich auch.« Nevis stutzt. »Was werden die anderen Frauen im Orden sagen, wenn du dort mit mir auftauchst?«

»Uff, keine Ahnung«, gebe ich ehrlich zu. »Du bist Gaias Sohn, sie werden dir sicherlich mit einer Mischung aus Ehrfurcht und Verwirrung entgegentreten.«

»Eben, ich bin der Sohn ihrer geliebten Göttin. Der, der ebendiese betrogen und hintergangen hat und mit der Auserwählten geflohen ist, um hinter menschlichen Mauern Schutz zu suchen.«

»Hast du Angst, dass sie uns diesen nicht gewähren?«, rate ich und Nevis nickt. Seine Sorge ist nicht unberechtigt. Die Frauen in meinem Orden sind Gaia alle treu ergeben, sie widmen der Göttin ihr ganzes Leben.

»Und Gaia kann uns im Orden nichts anhaben?«, frage ich weiter, ehe mir Nevis eine Antwort auf die erste Frage geben kann.

»Ja zu beidem«, sagt er schließlich. »Ich habe Angst, dass sie uns den Schutz verwehren, wenn sie merken, dass Mutter wütend, aber machtlos ist.«

»Meine Mutter müsste im Rang aufgestiegen sein«, denke ich laut nach. »Sie wird uns Gaia nicht ausliefern.«

»Dann hoffe ich, dass sie für uns eintritt«, seufzt Nevis.

»Das wird sie«, versichere ich ihm aus ganzem Herzen. »Sie hätte es zwar nie öffentlich zugegeben, aber ich glaube, sie war schon von vorneherein mit der ganzen Wahl nicht zufrieden. Sie wollte mich nicht an Gaia verlieren.«

»Das klingt gut«, höre ich Nevis in seinen Schlafsack murmeln. Außerhalb unseres kleinen, mehr oder weniger selbst zusammengebauten Schutzes beginnt ein Schneesturm sein Unwesen zu treiben und ich heiße ihn herzlich willkommen.

»Wer macht jetzt eigentlich den Schneesturm, wo du doch nicht da bist?«

»Das ist alles noch mein Werk. Ich habe das Wetter sozusagen vorprogrammiert. Dieser Schneesturm zieht noch gut zwei Tage über das ehemalige Europa.«

»Stimmt es eigentlich, dass sich die Kontinente der Erde während Gaias Rettung vor tausend Jahren verschoben haben?«, frage ich neugierig.

»Ja, Nordamerika ist Asien sehr nahe gerückt. Es ist noch Meer dazwischen, aber das könnte man mit guter Kondition durchschwimmen. Australien ist gegen Afrika geprallt, Südamerika ist dem Beispiel gefolgt. Da war aber schon fast kein Leben mehr auf dem Planeten. Es musste sein, denn so ist es einfacher, das Land gefroren zu halten.«

Ich schlucke, weil ich mir das alles vorzustellen versuche. In den Aufzeichnungen des Ordens existieren nur die alten Weltkarten. Niemand weiß genau, wie es heute aussieht, da die Erde bis auf unsere kleine Zone kaum bewohnbar ist. Was sich aber in unseren Büchern finden lässt, sind Berichte von schrecklichen Erdbeben und Überschwemmungen in den frühen Jahren der neuen Zeit.

Ich sehe zu Nevis und bemerke, dass er eingeschlafen ist. Wie gerne würde ich mich jetzt in seine Arme kuscheln, aber die Kälte hält mich in meinem Schlafsack gefangen und so bleibt mir nur zu hoffen, dass sich das im Orden ändern wird. Mein Körper schreit förmlich nach seiner Nähe und Wärme, aber ich schließe tapfer die Augen und versuche an nichts zu denken. Doch ein Kreischen in sehr weiter Ferne hält mich für den Rest der Nacht wach.

Zwei Tage später bin ich so müde und erschöpft, dass meine Augen mir ständig Streiche spielen. Immer wieder verschwimmt alles, ich meine Schatten zu sehen, wo keine sind, und mir fallen sogar beim

Laufen die Augen zu. Aber auch Nevis ist am Ende seiner für ihn so begrenzten menschlichen Kräfte, weshalb wir beide mehr voranstolpern als gehen. Dann jedoch bleibt Nevis plötzlich stehen und deutet in die Richtung vor uns. Ich sehe hoch und es dauert einen langen Moment, bis ich verstehe, was er mir zeigen will.

»Eine Tanne«, sage ich erstaunt. »Nevis, eine Tanne!«

»Ja«, antwortet er und gibt ein kleines glückliches Lachen von sich, sinkt dabei jedoch erschöpft auf die Knie. »Das Grenzgebiet.«

*Noch ungefähr ein Tagesmarsch,* schießt es mir durch den Kopf, während ich mich neben Nevis hocke.

»Haben wir es aus der Reichweite der Wächter geschafft?«, frage ich.

»Ja, so nah kommen sie nicht an das Gebiet der Menschen.«

Glücklich falle ich Nevis in die Arme.

»Morgen Abend schlafen wir im Warmen«, verspricht er mir und der Gedanke hilft uns beiden auf die Beine.

»Lass uns zu der Tanne gehen und rasten«, schlage ich vor, worauf Nevis zustimmend brummt. Mit letzter Kraft laufen wir geradewegs auf den etwas kargen Baum zu, der tapfer zwischen matschigem Schnee steht. Nevis packt die Matten aus, die wir immer als Unterlage für unsere Schlafsäcke benutzen, und wir lassen uns darauf nieder. Aneinander und an den Stamm gelehnt, verdrücken wir beide einen weiteren Müsliriegel. Es ist mein letzter, doch Nevis reicht mir noch einen aus seinem Vorrat.

»Und du?«, frage ich. »Hast du noch einen?«

»Ja«, antwortet er mit merkwürdigem Unterton und ich bin mir sicher, dass es gelogen ist, aber der Hunger in mir zwingt mich das Geschenk anzunehmen und in meiner Jacke für morgen oder heute Abend fest an meinen Körper zu drücken.

»Magst du mir etwas von den Frauen erzählen, bei denen du aufgewachsen bist?«, sagt Nevis und lehnt seinen Kopf seitlich an meinen.

»Nun«, beginne ich, »da ist meine Mutter, die immer sehr darauf geachtet hat, dass ich überall ordentlich und freundlich aufgetreten bin. Ich war ihr Ein und Alles. Ich glaube, dass mein Vater, auch wenn ich ihn nie kennengelernt habe, ihr sehr am Herzen gelegen hat. Mama hat die gleichen roten Haare wie ich, aber sie ist vom Wesen her ganz anders. Während ich Stille genießen kann, macht sie es oftmals nervös und wenn ich in Menschenmengen am liebsten abgetaucht bin, ist sie hervorgestochen.«

Nevis gibt ein leises Lachen von sich.

»Und dann ist da Iria. Wir sind durch dick und dünn gegangen, haben zusammen unsere Ausbildung gemeistert und standen uns so nah, dass wir uns über unsere Augen unterhalten konnten.« Ich schweige einen Moment, um vorsichtig zu erfühlen, ob die Erwähnung des Namens der Wölfin etwas in Nevis berührt. Er zuckt kurz und schlingt die Arme um sich und ich entscheide mich schnell das Thema zu wechseln.

»Neben mir hat ein Mädchen namens Mishandra gewohnt.« Beim Gedanken an sie ziehen sich meine Mundwinkel nach unten. »Göttin, die wird dich nicht in Ruhe lassen.«

»Wie meinst du das?«, hakt Nevis nach.

»Sie wollte schon immer in allem die Beste sein. Die Schönste, die Klügste, die, um die sich alles dreht«, erzähle ich und mahle dabei mit den Zähnen. »Was glaubst du, wie die sich geärgert hat, als deine Mutter mich auserwählte! Und jetzt schleppe ich eine der begehrten Trophäen auch noch in den Orden. Die wird sich an dich ranwerfen.« Meine Zähne fangen an zu knirschen.

»Maya Jasmine Morgentau«, beginne ich mich selbst für die besitzergreifenden und unangebrachten Gefühle zu rügen, »nicht an Mishandra denken!«

Nevis setzt sich auf und dreht sich mir zu. Seine Augen funkeln mich hell und freundlich an. Etwas, was man bei Nevis zu selten sieht.

»Dein voller Name ist Maya Jasmine Morgentau?«, fragt er.

»Ja, wieso?«

»Nichts«, nuschelt er ein wenig verträumt und legt den Kopf schief. »Das klingt einfach bezaubernd.«

Werde ich rot?

»Danke«, stammele ich. »Ähm ... ach ja, da ist natürlich noch Elaria. Sie ist unser Oberhaupt ... oder war es zumindest, als ich ging.« Ich sehe Nevis an und warte darauf, dass er mich über sie ausfragt, immerhin wird sie entscheiden, ob wir bleiben können oder nicht, aber der Winter starrt mich immer noch an.

»Maya?«

»Ja?«

»Ist das Liebe?«

Mir fehlen die Worte.

»Ich habe noch nie auf diese Art geliebt. Fühlt sich das so an?«

Ich möchte ihm sagen, dass auch ich unerfahren bin, aber ein Kloß im Hals lässt meine Stimme versagen.

»Ich liebe dich«, flüstert Nevis an meinem Gesicht und nickt dann nachdenklich. »Ja, es fühlt sich richtig an das zu sagen.«

Mein ganzer Körper kribbelt plötzlich wieder voller Leben. Jede Müdigkeit ist vergessen.

»Ich glaube, ich liebe dich, Maya.«

»Ja«, bringe ich nur hervor. Kann man sich noch dümmer anstellen?

# 3. ANKUNFT IM UNGEWISSEN

Der Schnee wird weniger und hier und da schafft es die eine oder andere Pflanze ans matt scheinende Sonnenlicht. Meine Arme und Beine tun weh und mein Rücken bringt mich fast um.

»Können wir hier die Nacht über rasten?«, frage ich und Nevis bleibt stehen. Er ist einen Schritt vor mir gegangen und sinkt jetzt augenblicklich zu Boden.

»Ich kann auch nicht mehr«, seufzt er und lehnt sich gegen seinen Rucksack.

»Alles in Ordnung?«, frage ich besorgt, denn Nevis sieht nicht gut aus. Sein Gesicht ist kreidebleich und seine Augen wirken unruhig.

»Ich brauche nur eine Pause. Bei mir dreht sich alles.«

»Wann hast du das letzte Mal etwas getrunken?«, frage ich und setze mich zu ihm.

»Ich weiß nicht«, grübelt Nevis.

»Dann trink bitte etwas. Dein Körper braucht jetzt regelmäßig Flüssigkeit.«

Er folgt meiner Aufforderung und nach ein paar Minuten sieht er nicht mehr ganz so schlecht aus.

»Heute Nacht werde ich von meinem Bett im Orden träumen«, sage ich, während ich die Schlafsäcke ausrolle. Müde lächelnd sehe ich zu Nevis, der mich mit einem eigenartigen Gesichtsausdruck mustert. »Stimmt was nicht?«, frage ich verwirrt.

»Ich habe mich nur gerade gefragt, wo ich schlafen werde.«

»Na bei mir«, platzt es aus mir heraus, bevor ich nachgedacht habe. Hier draußen ist das Schlafen neben Nevis etwas anderes. Hier bietet es Wärme und Schutz ... aber im Orden? Wird meine Mutter das überhaupt dulden? Oder Elaria? Nevis legt den Kopf schief.

»Ich würde es mir wünschen.«

Gänsehaut überzieht meinen ganzen Körper. Mein Herz flattert wie ein gefangener Vogel in meinem Brustkorb, während ich versuche meine Mimik zu kontrollieren.

»Aber ich befürchte«, fährt Nevis fort, »dass man uns trennen wird. Immerhin bist du Jesiens Frau.«

»Nicht im Herzen«, hauche ich beinahe tonlos, worauf Nevis' Blick ganz weich wird. Eine Weile sehen wir uns an, dann reißt Nevis mich aus den Gedanken, indem er anfängt seine Jacke auszuziehen.

»Ich glaube, ein Pullover weniger geht schon«, kommentiert er sein Tun und sieht kurz zum Himmel. Ich kann nur dasitzen und auf Nevis' wohlgeformten Oberkörper starren. Schon nach kurzer Zeit muss ich schlucken und versuche die Macht, die mich zu ihm hinüberzieht, zu bekämpfen. Die Vorstellung seiner Körperwärme auf meiner Haut macht mich schier verrückt.

»Mein Herz gehört dir«, kommt es direkt aus meinem Kopf nach draußen. Nevis hält inne, den ausgezogenen Pullover in der Hand. Seine weißen Winterhaare stehen ihm wirr vom Kopf ab, während er mich aus eisig blauen Augen mustert.

»Du treibst mich in den Wahnsinn«, raunt er und kommt dann zu mir herüber. Er klettert über mich, so dass meine Beine zwischen seinen sind. Sanft umschließt er meinen Kopf mit seinen Händen und zieht ihn zu sich hoch. Als seine Lippen auf meine treffen, entfährt mir ein leises, hungriges Stöhnen. Keuchend lässt Nevis daraufhin von mir ab.

»Ich begehre dich mit jeder Faser meines Körpers«, gesteht er.

»Entschuldigung?«, ruft plötzlich jemand und wir zucken beide zusammen. Nevis setzt sich rasch neben mich und zerrt sich seine Jacke über. Aus der Ferne kommt ein Mann mittleren Alters auf uns zu. Er trägt eine braune Hose, hohe schwarze Stiefel und eine grüne Jacke. Um seinen Oberkörper hängt eine große braune Tasche. Ein Jäger, der im Grenzgebiet jagen darf. Als er näher kommt, bleibt er unvermittelt stehen.

»Was im Namen der Göttin macht ihr zwei hier draußen?«, fragt er mit strenger Stimme.

»Mein Name ist Maya Jasmine Morgentau«, rufe ich. »Und das ist Gaias Sohn Nevis.«

»Kinder, Kinder«, gluckst der Grenzer. »Veräppeln könnt ihr jemand anderes und Mädchen ... du solltest doch wissen, dass Maya zu Jesien gegangen ist.« Er deutet auf mich. »Dein Zopf ... du bist eine Hüterin. Göttin, ich kann ja verstehen, dass ihr jungen Dinger ohne Männer in den heiligen Hallen irre werdet, aber müsst ihr so weit rauslaufen?«

»Ich sage die Wahrheit«, antworte ich und betrachte meinen Zopf, der seit der letzten Nacht über meiner Schulter liegt und weit aus der Kapuze hinaushängt.

»Kommt schon«, sagt der Jäger lachend. »Ich bringe euch in den Orden. Sollen doch die anderen Weiber mit euch fertig werden.«

Nevis nickt mir grinsend zu und nimmt seinen Rucksack. Auch ich ordne meine Kleidung ein wenig und nehme schließlich seine Hand.

»Kommt«, ruft der Jäger erneut und als er sich zur Seite dreht, sehe ich sein Gewehr. Nur Grenzer dürfen eins zur Jagd tragen. Allen anderen ist es strengstens untersagt und ich habe noch nie ein echtes gesehen. Um ehrlich zu sein, machen mir diese Dinger Angst. Vielleicht habe ich in Filmen zu viele Menschen dadurch sterben sehen.

»Ihr seid verdammt weit rausgelaufen«, ruft uns der Grenzer zu und marschiert los. Mit einem Blick zur Seite überprüft er, ob wir ihm noch folgen. »Habt ihr euch verlaufen?«

»Nein«, antworte ich. »Wir sind aus Gaias Welt geflüchtet und auf dem Weg in den Orden.«

»Mädchen, Mädchen«, höre ich den Grenzer brummen. »Du solltest wirklich nicht so viel lügen.«

»Sie lügt nicht«, kommt mir Nevis zu Hilfe. »Sie ist Maya Jasmine Morgentau und ich der jüngste Sohn von Gaia.«

Der Grenzer lacht und winkt ab. Nevis drückt meine Hand und lacht ebenfalls leise in sich hinein.

»Ihr habt Glück«, redet der Mann vor uns weiter. »Ein paar Kilometer weiter und ihr wärt in der verbotenen Zone gelandet. Nicht gut. Man erzählt sich von eigenartigen Wesen, die dort leben sollen. Der alte Thorren hat behauptet nachts mal eins schreien gehört zu haben. Ich meine ja, das ist alles Unfug, aber gruselig ist es schon.«

Nevis und ich sehen uns kurz an.

»Ich bin übrigens Pesco. Hab eine Tochter im Orden. Leider hat man mir nie ihren Namen verraten.« Er dreht sich beim Laufen um und gluckst amüsiert. »Vielleicht bist du es ja, Mädel.« Pesco zwinkert mir zu und dreht sich wieder um. »Wäre stolz auf dich. Eine kleine Rebellin … das würde passen.«

»Wie heißt denn die Mutter?«, frage ich. »Vielleicht kenne ich Ihre Tochter.«

»Ach, Mädchen«, seufzt Pesco. »Wenn ich das wüsste. Es war eine geweihte Vereinigung. Ich habe ihren Namen nie erfahren. Dafür aber unseren Sohn bekommen. Die Tochter hat natürlich der Orden behalten.«

Ich fühle mich, als hätte man mir einen Eimer mit kaltem Wasser über den Kopf gekippt. Ich habe mir noch nie so viele Gedanken über die Söhne der Hüterinnen gemacht. Sie kommen also zurück zu den Vätern? Könnte ich einen älteren Bruder haben? Oder einen Zwilling?

»Hatte die Mutter rote Haare wie ich?«, frage ich zögerlich und erwarte die Antwort mit wild pochendem Herzen.

»Nein.«

Ich atme aus. »Dann bin ich nicht Ihre Tochter.«

»Schade.« Erneut dreht sich Pesco um, bleibt aber dann doch stehen. Wir holen auf und als wir näher kommen, erstarrt er. Sein Blick liegt mit aufgerissenen Augen auf Nevis' Gesicht. »Geliebte Göttin!«, ruft er aus und fällt vor Nevis auf die Knie. Auch als Mensch scheint der Winter noch die Ausstrahlung eines Halbgotts zu haben.

Als es dunkel wird, macht Pesco ein Feuer und wir setzen uns um die wärmenden Flammen, während der Grenzer etwas Fleisch für uns aus seiner Tasche über dem Feuer grillt. Mir läuft das Wasser im Mund zusammen.

»Ich kann es immer noch nicht glauben«, raunt er nachdenklich. In seinen dunklen Augen tanzen die Spiegelbilder der Flammen vor ihm. »Das war wirklich mutig und gleichzeitig sehr leichtsinnig von euch.«

»Wir hatten keine andere Wahl«, sagt Nevis, der genauso hungrig wie ich auf das Fleisch im Feuer starrt.

»Trotzdem mutig, euch gegen Gaia zu stellen.« Pesco reibt sich mit seiner freien Hand über das Gesicht. »Göttin, ich kann immer noch nicht glauben, dass ich mit einem ihrer Söhne am Feuer sitze.«

»So wie ich es immer noch nicht glauben kann auf der Erde zu sein. Auch wenn ich sie mir aus der Ferne schon oft angesehen habe.«

»Hier«, sagt Pesco und legt das Fleisch in eine Holzschale aus seiner Tasche. »Mehr habe ich leider nicht.«

»Schon gut, wir stehen in deiner Schuld«, antwortet Nevis und reicht die Schale an mich weiter. Hungrig wie ich bin, beginne ich sofort zu essen und verbrenne mir fast die Finger und den Mund dabei. Die beiden Männer unterhalten sich eine ganze Weile über das Grenzgebiet, doch meine Gedanken sind bei dem köstlichen Fleisch, das es zunächst abzukühlen gilt. Als ich ungefähr bei der Hälfte angekommen bin, reiche ich die Schale an Nevis weiter.

»Satt?«, fragt er und ich nicke, obwohl ich immer noch Hunger habe. Er reicht mir die Schale zurück. »Iss ruhig noch etwas.«

»Nein, bitte, du musst auch essen.«

Nevis mustert mich noch eine Weile und als er die Entschlossenheit in meinen Augen erkennt, nimmt er die Schale und beginnt zu essen. Ich weiß, dass er lieber Süßes isst, aber das scheint ihm im Moment egal zu sein.

Nach dem Essen rollt Nevis einen Schlafsack aus. Ich will gerade nach meinem greifen, da hält der Winter mich an meinem Arm fest.

»Maya, würdest du?« Er deutet auf den ausgerollten Schlafsack. »Es ist nicht mehr so eisig und wir könnten uns gegenseitig wärmen.«

Ich sehe Nevis unsicher an.

»Bitte, ich würde dich so gerne im Arm halten.«

Bevor ich weiter nachdenken kann, nicke ich und Nevis legt sich zuerst in den Schlafsack. Er öffnet seine Arme und ich schlüpfe, unter einem belustigten Schnauben des Grenzers, in Nevis' Arme, welcher daraufhin den Schlafsack schließt. Mein ganzer Körper beginnt auf Grund der Nähe zu prickeln und meine Hände brennen förmlich vor Verlangen, den Winter überall zu berühren. Nevis rückt mit seinem Kopf näher und unsere Nasenspitzen berühren sich. Es wird ganz still um uns, nur das leise Knistern des Feuers, das Rascheln weniger Blätter und das leise Schnarchen des Grenzers sind zu hören. Unsere Körperwärme vermischt sich und lässt meine zittrigen Glieder nach den letzten Tagen endlich zur Ruhe kommen. Nevis und ich sind beide unsicher, das spüre ich ganz genau. Langsam tastend und mit fragendem Gesichtsausdruck rückt er näher, während ich ihn gespannt anschaue. Sein Atem geht etwas schneller als normal, aber meiner rast förmlich. Zuerst fassen unsere Arme den Mut, einander zu umschlingen, dann … zaghafter und zögerlicher unsere Beine. Vorsichtig schiebe ich ein Bein etwas vor und er empfängt es, indem er dafür zwischen seinen Platz macht. Kurz zuckt er, dann pressen sich seine Lippen gierig auf meine. Eine seiner Hände sucht ihren Weg in mein Haar und verkrallt sich einen Moment lang darin. Ich mache das Gleiche an seinem Rücken. Etwas Unbändiges wallt in mir auf, doch Nevis' Mund verlässt leise keuchend meinen.

»Wir sollten wirklich schlafen«, flüstert er.

»Ja, das sollten wir wohl.«

»Was machst du nur mit mir?« Seine eisig blauen Augen starren mich fiebrig an.

»Das könnte ich dich auch fragen.«

Ein kleines Lächeln umspielt seinen Mund. Ist mir schon einmal aufgefallen, wie überaus hübsch seine Lippen sind? Selbst wenn sie von der Kälte und meinen Küssen etwas lädiert sind, bleiben sie unwiderstehlich. Doch sein Blick wird plötzlich ganz ernst ... und traurig.

»Ich vermisse Iria«, gesteht er unverhofft.

»Das verstehe ich.« Ich seufze hilflos. »Wenn wir in Sicherheit sind, solltest du dir die Zeit nehmen, um sie zu trauern, Nevis. Ich weiß, dass es im Moment nur der Überlebensinstinkt ist, der dich weitergehen lässt.«

»Und du, Maya.«

Ich erröte ein wenig.

»Während wir gelaufen sind, hatte ich viel Zeit zum Nachdenken.« Er unterbricht sich durch ein Husten, nimmt danach aber den Faden wieder auf. »Ich konnte nicht verstehen, warum mein Herz so gebrochen war. Warum ich dich zurückgewiesen habe. Ich wusste nur, dass ich deine Nähe brauche. Doch jetzt weiß ich, warum, Maya.«

»Warum?«, rede ich dazwischen und beiße mir dafür fast in die Wange.

»Weil ich dich liebe, Maya. Ich hätte es vom ersten Moment an wissen müssen.«

Liebe ich Nevis? Was sonst, außer Liebe, hat mich dazu gebracht monatelang an einer Stelle zu sitzen und meine Hand gegen eine magische Barriere zu halten? Was, außer Liebe, hat mich blind durch einen Schneesturm wandern lassen?

»Ich liebe dich auch, Nevis«, sage ich und fühle es in meinem ganzen Herzen.

Am nächsten Morgen weckt mich Nevis' Husten. Ich presse seine Stirn an meine, zum Glück ist sie nicht heiß. Auch ich spüre bereits das verräterische Kratzen in meinem Hals und mein Körper fordert seinen Tribut für die letzten Tage. Mir tut nicht nur alles weh, ich fühle mich auch total schlapp. Nevis hingegen scheint, trotz des Hustens, in der Nacht Kraft geschöpft zu haben. Es fällt mir schwer aufzustehen, doch Pesco reicht mir eine Flasche mit Wasser und nach ein paar Schlucken geht es schon etwas besser. Nevis rollt den Schlafsack zusammen und schultert seinen Rucksack. Pesco bietet an meinen zu nehmen und ich stimme dankbar zu.

»Heute Mittag sind wir am Orden«, verspricht er, was, neben Nevis' Hand in meiner, mein Herz vor Freude flattern lässt.

Wir gehen vielleicht zwei Stunden, als ich plötzlich ein Rufen vernehme. Pesco bleibt stehen und antwortet.

»Thais?«, ruft er.

»Ja!«

»Hier drüben!« Pesco winkt und ich sehe eine Person auf uns zurennen. Ein offensichtlich junger Mann mit blonden Haaren. Als er näher kommt, trifft mich fast der Schlag.

»Wen hast du denn da, Papa?«, fragt der Mann mit den so vertrauten Augen.

»Das wirst du mir nicht glauben, Thais. Ich bringe sie zum Orden.«

Thais nickt und starrt eine Weile lang in Nevis' unmenschliche Augen, bevor er mein verdattertes Gesicht mustert. Er hält mir seine Hand hin und neigt kurz sein Haupt.

»Hüterin«, grüßt er mich und ich ergreife seine Hand. Mein Zopf, so zerrupft er auch mittlerweile ist, scheint noch seine Wirkung zu haben. Thais hält Nevis seine Hand hin, welcher sie ebenfalls kurz ergreift. Die Augen des jungen Grenzers bleiben wieder an Nevis' außergewöhnlicher Erscheinung hängen. Einen jungen Mann mit weißen Haaren hat hier wohl noch nie zuvor jemand gesehen.

»Das ist mein Sohn Thais«, sagt Pesco und legt Thais eine Hand auf die Schulter. »Thais, darf ich vorstellen? Maya Jasmine Morgentau und Gaias Sohn Nevis, der Winter.«

Thais' Mund klappt auf. Unfähig etwas zu sagen, starrt er uns an. Da kenne ich noch jemanden, der das gut kann – seine Schwester Iria.

»Ich glaube, ich kenne Ihre Tochter, Pesco«, platze ich heraus. »Thais hat unfassbare Ähnlichkeit mit meiner besten Freundin Iria.«

Pesco legt den Kopf schief und Thais schließt seinen Mund, nur um ihn dann erneut aufzureißen. Der alte Grenzer nickt stumm und klopft dann seinem Sohn auf die Schulter.

»Komm, Thais, bringen wir diese wichtige Fracht in den Orden.«

Ich frage mich, warum Pesco mich nicht über seine Tochter befragt, beschließe jedoch mich da herauszuhalten. Zumindest was ihn und seinen Sohn angeht, denn Iria werde ich ganz sicher davon erzählen. Wir nehmen unseren Weg wieder auf und die beiden Grenzer gehen vor. Sie flüstern miteinander und Thais dreht sich mehrfach zu uns um. Doch Nevis und ich gehen schweigend nebeneinanderher, zwei Hände fest ineinander verschlungen. Innerlich wappne ich mich bereits Elaria zu begegnen und ihr die Situation zu erklären. Ich hoffe stark, dass meine Mutter auf meiner Seite sein wird, denn sie müsste durch meine Auswahl im Rang aufgestiegen sein und somit Gehör bei Elaria finden können. Aber am meisten freue ich mich darauf sie und Iria endlich wiederzusehen ... und ich kann es kaum erwarten Iria zu erzählen, dass sie einen Bruder hat. Doch noch liegen einige Kilometer vor uns und es scheint mir, dass jetzt mit dem Ziel vor Augen mein Körper immer mehr nachgibt. Die Angst vor der todbringenden Landschaft und den Wächtern ist verschwunden und damit das Adrenalin, das mich angetrieben hat. Meine Füße schmerzen und meine Beine sind wie Pudding, während meine Arme vollkommen verkrampft sind. Nevis wirkt sehr nachdenklich und auch ein wenig unruhig. Sicherlich überlegt er schon, was er sagen wird, wenn er auf Elaria trifft. Nach vielen Kilometern wird es Mittag und wärmer. In der Ferne erkenne ich die ersten Häuser an der Grenze, wo in der Regel Leute wie Pesco und Thais wohnen.

»Fast da«, ruft Pesco von vorne und deutet auf ein Haus am Horizont, welches sich gemütlich zwischen die Bäume schmiegt. »Da wohnen wir.«

»Wollt Ihr Euch erst stärken, bevor wir weitergehen?«, fragt Thais.

»Nein«, rufe ich, nachdem Nevis mir zu verstehen gegeben hat, dass er sich meiner Entscheidung anschließt. »Bringt uns zum Orden, bitte.«

»Wir nehmen das Pferd«, raunt Pesco seinem Sohn zu. »Lauf vor und sattele es für Maya.«

Ich atme erleichtert auf, als ich auf dem braunen Pferd mit wunderschöner Blesse Platz genommen habe. Pesco führt das Tier, während Nevis neben mir herläuft. Wir verabschieden uns von Thais und setzen dann unseren Weg fort. Ich erkenne die Gegend und nun beginnt auch mich ein Gefühl von Unruhe heimzusuchen. Als dann der Orden in Sichtweite kommt, möchte ich am liebsten vom Pferd springen und loslaufen. Mein Herz schlägt mir bis zum Hals und ich suche verzweifelt nach Nevis' Hand. Er hebt mir seinen Arm unter Stöhnen entgegen. Sicherlich ist auch er am Ende seiner Kräfte. Wir kommen vor dem großen, so vertrauten Tor zum Stehen. Nevis hilft mir vom Pferd herunter und Pesco drückt mir meinen Rucksack in die Hand. Er dreht das Pferd und setzt sich selbst drauf.

»Viel Glück, ihr zwei«, sagt er und ehe wir uns bedanken können, ist er davon geritten. Offensichtlich hat Pesco kein Interesse daran dem Orden näher als nötig zu kommen.

»Wollen wir?«, holt mich Nevis' erschöpfte Stimme aus meinen Gedanken.

»Ja.« Ich sehe hoch zur Sonne. »Sie müssten jetzt im Gebet sein.«

»Dann warten wir. Aber bitte drinnen.«

Nachdem wir das Tor passiert haben, seufzt Nevis erleichtert auf. Hier sind wir in Sicherheit, dennoch beginne ich mich zu fragen, ob dieser mir so vertraute und geliebte Ort zu meinem Gefängnis werden könnte, wenn Gaia uns unser gemeinsames Leben nicht gönnt. Wir stehen in dem kleinen Innenhof, den die Hüterinnen in der Mitte als kleinen Kräutergarten nutzen. Es ist ganz leise und niemand ist zu sehen.

»Komm, wir gehen in die große Halle«, schlage ich vor. Wenn die Hüterinnen aus dem Gebet kommen, laufen sie uns direkt in die Arme. Zittrig ergreife ich Nevis' Hand und führe ihn durch einen kleinen Seitengang in den Raum, aus dem mich Gaia mit in ihr Reich genommen hat. Alles wirkt unverändert ... als wäre ich nie weg gewesen. Irgendwie ist das befremdend, aber tröstlich zugleich. Nevis lässt sich hustend auf eine Bank fallen und beginnt damit seinen Rucksack herunterzuzerren. Mit schmerzverzerrtem Gesicht reibt er sich den Nacken und stöhnt leise.

»Alles okay?«, frage ich ihn und lasse mich neben ihm nieder.

»Ja, ich denke schon.« Er lächelt mich müde aus matten Augen an. »Ich hätte das alles hier nur schon gerne hinter mir.«

»Ich auch«, seufze ich und stecke meine zitternden Hände zwischen meine Beine, um sie mit meiner eigenen Körperwärme zu beruhigen. Die Tür zum Gebetsraum geht auf und ich springe hoch. Die Erste, die hinaustritt, ist meine Ordensschwester Prilla. Sie bleibt stehen, stutzt und schreit dann überrascht auf.

»Maya?«, ruft sie. »Was tust du hier?«

Ein Stimmengewirr ertönt hinter ihr und sie wird förmlich in den Raum gedrückt, damit die anderen ebenfalls hinauskönnen. Ich betrachte die Gesichter der Frauen, mit denen ich aufgewachsen bin, und Tränen steigen in meine Augen. Dann erscheint eines der Gesichter, auf die ich gewartet habe.

»Iria«, schluchze ich und stürze in die Arme meiner vor lauter Freude schreienden Freundin.

»Maya ... Maya, bist du das wirklich?«, will sie wissen und drückt mich von sich, um mich zu untersuchen. »Oh Göttin, was tust du hier?«

»Das wüsste ich auch gerne«, sagt eine erstaunte Stimme hinter ihr. Ich sehe über ihre Schultern und in die Augen meiner Mutter. Sie trägt die Robe der Oberin.

»Mama«, bringe ich erstaunt hervor. Meine Mutter ist das neue Oberhaupt?

»Maya, was machst du hier?« Ihre Augen sind panisch aufgerissen, doch sie nimmt mich in die Arme und drückt mich fest an sich. »Hat Gaia dich geschickt?«

»Nein«, schluchze ich und befreie mich aus ihrer Umarmung. »Wir sind geflüchtet.«

»Wir?«

Mama und ich drehen uns um. Kurz zucke ich zusammen, weil Nevis unverhofft hinter mir steht und meiner Mutter in die Augen sieht. Augenblicklich fällt sie wie bereits einige der anderen Hüterinnen auf die Knie.

»Heilige Mutter aller Dinge«, raunt sie und sieht dann zu mir auf. »Maya, ist das … Jesien?«

»Nein«, antwortet Nevis, bevor ich etwas sagen kann. Er schlingt seinen Arm schützend um meine Körpermitte und ich lehne mich ihm leicht entgegen. »Ich bin Nevis. Der Winter.«

»Ihr … ihr habt mir eine Nachricht geschrieben«, stammelt Iria und ich nicke ihr zu.

»Ich habe mich falsch entschieden, Mama«, erkläre ich. »Ich gehöre zu Nevis und Jesien sieht das genauso. Er hat mich gehen lassen.«

»Aber was zur Göttin macht ihr jetzt hier?« Noch nie habe ich meine Mutter so verwirrt gesehen.

»Meine Mutter wird es nicht erlauben«, kommt Nevis mir zu Hilfe. »An diesem geweihten Ort kann sie uns nichts anhaben.«

»Moment mal«, versucht Mama ihre Gedanken zu sortieren und fuchtelt dabei mit ihren Händen in der Luft herum. »Ihr seid vor Gaia davongelaufen?«

Nevis und ich nicken.

»Muss ich also damit rechnen, dass hier jeden Moment die wütende Göttin auftaucht?«

»Vielleicht«, antwortet Nevis, was meine Mutter dazu bringt nervös ein paar Schritte auf und ab zu laufen.

»Das könnt ihr nicht machen«, sagt sie mit eigenartiger Stimme. »Gaia hat uns allen das Leben gerettet. Sie heilt diesen Planeten. Ihr dürft sie nicht verärgern.«

»Aber wir lieben uns«, murmele ich dazwischen und blinzele eine Träne weg.

»Oberin, ich verstehe Ihre Bedenken«, sagt Nevis und klingt vollkommen erschöpft. »Aber wir sind tagelang durch die verbotene Zone gewandert. Wir sind unterkühlt, hungrig und müde.«

Mama bleibt stehen und mustert Nevis. Sie geht auf ihn zu, kniet vor ihm nieder und küsst seine Hand. »Vergebt mir, Winter«, sagt sie schließlich und erhebt sich wieder. Sie dreht uns den Rücken zu. »Richtet ihm ein Zimmer ein und macht meiner Tochter und Nevis etwas zu essen und zu trinken.«

»Aber er kann doch bei uns schlafen!«, protestiere ich.

»Niemals«, zischt Mama. »Erst wenn Gaia ihren Segen dafür gegeben hat. Du bist Jesiens Frau!«

»Nicht in meinem Herzen.«

»Schon gut«, versucht Nevis zu schlichten. »Lass uns reden, wenn wir wieder bei Kräften sind.« Seine hellblauen Augen flehen mich an mich zu beruhigen, aber ich kann nicht anders. Ich beuge mich zu ihm und lege meine Lippen an sein linkes Ohr.

»Lass mich nicht alleine«, flüstere ich.

»Du bist nicht alleine«, antwortet er und deutet mit dem Kinn auf meine beste Freundin Iria, die uns mit großen, wässrigen Augen beobachtet. »Geh zu ihr, wir sehen uns morgen früh.«

Ergeben nicke ich und beuge mich dann erneut vor. Nevis' warme Hände umfangen mein Gesicht und halten mich für einen sanften Kuss gefangen. Dass uns die Augen der Hüterinnen und meiner Mutter beobachten, ist uns egal. Als sich seine Lippen von meinen lösen, lehnt er noch einen Moment seine Stirn gegen meine.

»Ich werde dich jede Sekunde vermissen«, sagt er und tritt dann einen Schritt zurück, um meine Mutter abwartend anzusehen. Vollkommen perplex deutet sie ihm die Richtung der Schlafgemächer und Wohnungen an. Nevis folgt ihr, während ich Iria erneut in die Arme falle. Über ihre Schulter hinweg sehe ich, wie ausgerechnet Mishandra dem Winter und Mutter folgt.

Obwohl ich todmüde bin, liege ich wach. Nachdem Iria und Mama mich in meinem Zimmer alleingelassen haben, ist mir gar nicht mehr nach schlafen. Zweifel keimen in mir auf, ob meine Mutter zu mir stehen wird. Sie hat mir mehrmals klargemacht, dass sie Gaia verpflichtet ist und ich nun Jesien. Wenn sie den Herbst doch nur kennen würde. Jesien wünscht sich eine Zukunft für mich und Nevis, aber ich befürchte, dass das für Außenstehende unverständlich ist. Seufzend setze ich mich auf und überlege, was Nevis wohl macht. Ob er Schlaf gefunden hat? Ob Mishandra bei ihm ist? Etwas flammt in meinem Bauch auf. Eifersucht. Leise und langsam öffnet sich meine Zimmertür und in Erwartung, Iria zu sehen lehne ich mich vor. Doch es ist nicht Iria.

»Nevis?«, flüstere ich. »Was machst du hier?« Erleichterung breitet sich in mir aus. Seine hellblauen Augen kann ich selbst in der Dunkelheit erkennen. Er kommt zu mir ans Bett und sieht mich fragend an. Ich hebe meine Decke an und kuschele mich mit ihm gemeinsam ins Kissen.

»Du bist der Sohn einer Göttin und kommst zu mir ins Zimmer geschlichen wie ein gewöhnlicher Dieb«, gluckse ich amüsiert.

»Ich kann nicht schlafen.«

»Dann bleib bei mir«, flüstere ich und lehne meine Stirn gegen seine. Trauer steht in seinen Augen, doch ich kann sehen, wie er sie einfriert. Am liebsten würde ich eine Hand über sein Herz legen, um damit die Traurigkeit in ihm zu heilen, aber da dies nicht möglich ist, lasse ich meine Hände, wo sie sind – in seinem Gesicht. Zärtlich streichele ich seine Wangen und fahre mit einem Finger seine Augenbrauen und danach die Nase entlang.

»Geht es dir hier besser?«, frage ich.

»Ja«, antwortet er nickend und scheint meine Streicheleinheiten zu genießen. Er ist so wunderschön und kostbar und er gehört mir. Mein Puls beschleunigt sich bei diesem Gedanken und mich überzieht eine Gänsehaut. Ich kann Unsicherheit in Nevis' Augen lesen, doch er überwindet sie und drückt sanft seine Lippen auf meine. Ich schlinge meine Arme um ihn und er fasst den Mut, sich auf mich zu legen. Liebevoll streicht sein Mund über meinen ... jede Berührung, jeder Atemzug kitzelt und prickelt in meinem ganzen Körper. Der unbändige Wunsch, ihm noch näher zu kommen breitet sich wie ein Lauffeuer in mir aus. Nevis scheint es ähnlich zu gehen, denn er presst sich immer fester an mich heran und sein Atem rast mit meinem um die Wette. Ich schlinge meine Beine um seine Taille, doch Nevis bricht unseren Kuss abrupt ab und zieht sich zum Fußende des Bettes zurück. Ein Rauschen in meinen Ohren und die Dunkelheit verhindern, dass ich sofort merke, was los ist, und Panik, dass er sich wieder von mir entfernt, macht sich in mir breit. Zu oft hat Nevis mich schon in der Luft hängenlassen. Doch dieses Mal verzeihe ich es ihm sofort. Ich rutsche über das Bett zu ihm und drücke seinen von Schluchzern geschüttelten Körper an mich. Still tröste ich ihn und streiche über sein weißes Haar.

»MAYA!«, kreischt meine Mutter mich wach. Es dauert einen Moment, dann bemerke ich den Grund. Ich liege auf Nevis' Brust. Er hat einen Arm um mich gelegt und zieht mich damit näher an sich heran.

»Maya, was soll das? Willst du die Göttin noch mehr erzürnen?«

Müde reibe ich meine Augen und als ich zu Mama hinsehe, trifft mich fast der Schlag. Gaia steht neben ihr. Die Göttin trägt ein geblümtes Sommerkleid und kommt barfuß ein paar Schritte auf das Bett zu. Ich rücke näher an Nevis heran, welcher augenblicklich eine beschützende Position einnimmt.

»Mutter, bitte«, beginnt er.

»Ich weiß nicht, was ich davon halten soll«, sagt Gaia und legt den Kopf schief. »Ich habe Maya erwählt, weil ich wusste, dass sie zu dir gehört. Das war ungerecht deinen Brüdern gegenüber, ich weiß. Dann entschied sie sich für Jesien, was mich ganz ehrlich überrascht hat, aber es war nun mal ihre Entscheidung.« Die Regenbogenaugen der Göttin schimmern im Licht der aufgehenden Sonne, die sanft durch das Fenster neben meinem Bett hereinscheint. Gaia sieht so zerbrechlich und gleichzeitig so ehrfurchtgebietend aus, dass es mir die Sprache verschlägt. »Und jetzt verschwindet ihr, lasst eure Aufgaben unerledigt?«

Gaia hatte mich für Nevis ausgesucht? Dann muss sie uns zusammenlassen, wenn sie doch von Anfang an wusste, dass ich zu ihm gehöre.

»Bekomme einfach einen neuen Sohn, der den Winter übernimmt«, sagt Nevis und seine Stimme klingt fest und entschieden.

»Das ist nicht so einfach, wie du denkst, Nevis. Du weißt, dass selbst ich mich an einige Regeln halten muss.«

»Ich kann das nicht mehr, Mutter.« Ein Flehen liegt in seiner Stimme.

»Du musst. Das Eis taut.«

»Dann musst du dich darum kümmern.«

»Nevis, ich habe andere Aufgaben«, rügt die Göttin ihren Sohn, wie es wahrscheinlich jede andere Mutter auch täte.

»Ich bleibe hier bei Maya.«

Gaia sieht mich an und ich würde am liebsten im Erdboden versinken.

»Bitte, Mutter«, flehe jetzt auch ich. »Ich habe einen dummen Fehler gemacht. Mein Herz gehörte schon von Anfang an Nevis.«

Die Göttin mustert mich still.

»Und wenn wir vielleicht gemeinsam in den Winter zurückkehren? Ich weiß, dass Jesien …«

»Nein!«, unterbricht mich Nevis und seine Eisaugen durchbohren mich förmlich. »Ich will nicht wieder unsterblich sein … wenn du es nicht bist.«

»Ihr habt keine andere Wahl«, zischt Gaia. »Der Planet wird sich selbst zerstören, wenn die Gifte nicht gefroren bleiben.« Die

Göttin sieht mich an. »Und du hast Jesien hundert Jahre Gesellschaft versprochen.«

Der Vorwurf hallt hart in mir. Dem Herbst gehört auch mein Herz, aber auf eine ganz andere Art.

»Jesien wünscht sich, dass ich bei Nevis bleibe«, gebe ich zurück, halte dabei jedoch den Blick gesenkt. Ich bin nicht mutig genug der Göttin in die Augen zu sehen, welche daraufhin erzürnt seufzt. Meine Mutter gibt einen erschrockenen Laut von sich und als ich aufsehe, ist Gaia verschwunden.

»Sie kommt wieder«, sagt Nevis.

»Was habt ihr nur getan?«, wimmert meine Mutter. Panik steht ihr ins Gesicht geschrieben. »Wollt ihr, dass alles Leben auf dem Planeten ausgelöscht wird?« Damit dreht sie uns den Rücken zu und flüchtet aus dem Zimmer. Zitternd presse ich mich an Nevis, der ebenfalls sofort meine Nähe sucht.

»Scht«, macht er, um mich zu beruhigen. »Wir finden einen Weg, hörst du?«

»Und welchen?«, frage ich ungläubig.

»Sie wird meine Aufgaben selbst übernehmen oder einen neuen Winter erschaffen.«

»Und wir sind dann hier gefangen?«

Nevis sieht mich mit gemischten Gefühlen an. »Das oder wir gehen zurück.«

»Dann das hier«, sage ich schnell, um ihn nicht zu verunsichern. Ich gebe ihm einen Kuss, den er sofort erwidert, aber kurz darauf auch wieder unterbricht.

»Willst du mit deiner Mutter sprechen?«, fragt er und sieht mich besorgt an, während er mit einer Hand über mein Haar fährt. Wenn er das tut, komme ich mir so wertvoll vor.

»Ich habe sie noch nie so wütend erlebt«, grübele ich laut.

»Aber sie wird uns nicht aus dem Orden verbannen, oder?«

»Ich glaube, noch ist sie hin- und hergerissen.«

»Dann solltest du unbedingt mit ihr sprechen, Maya. Wenn sie uns aus dem Orden verweist, sind wir meiner Mutter ausgeliefert. Draußen kann sie uns jederzeit wieder binnen Sekunden in Herbst und Winter verbannen.«

Ich schlucke und überlege.

»Machst du es?«, drängt Nevis. Er scheint wirklich große Angst vor meiner Mutter zu haben.

Ich nicke. »Ja, aber gib ihr einen Moment. Lass sie sich beruhigen. Ich glaube, dass sie das weder mir antun möchte noch will sie einen Sohn der Göttin verärgern. Wenn du wütend in den Winter zurückkehrst, könntest du alles Mögliche anstellen. Ernten einfrieren ...«

»Die Menschen verhungern lassen?«, hakt Nevis nach. »Hält man mich für so verbittert?«

»Ein wenig, ja«, gestehe ich. Da kommt mir eine Idee. Ich muss unbedingt zu den Chroniken der Hüterinnen gelangen und zukünftigen Auserwählten eine Nachricht hinterlassen. Sie auf Aviv, Sol und Jesien vorbereiten. Vielleicht auch auf meinen Nevis. Der Gedanke schnürt mir die Kehle zu und ich versuche den Kloß im Hals herunterzuschlucken, doch es gelingt mir nicht.

»Würdest du ... würdest du eigentlich einen neuen ... Tiergeist bekommen?«, frage ich, obwohl ich weiß, dass diese Frage nicht angebracht ist. Aber ich muss wissen, ob er ganz einsam wäre, wenn das hier alles scheitert. Nevis weicht meinem Blick aus und sieht zum Fenster in die aufgehende Sonne. Die Eiskristalle in seinen Augen glitzern wie tausend Diamanten.

»Ich weiß es nicht. Tiergeister sollten ewig leben.«

Ich beiße mir auf die Unterlippe und ziehe ihn in meine Arme.

»Verzeih meine dumme Frage«, flüstere ich in seinen Nacken und küsse sanft die warme Haut über dem Kragen seines Oberteils. Er duftet unheimlich gut nach Wärme und Geborgenheit.

»Es gibt keine dummen Fragen, Maya. Nur dumme Antworten.«

»Das sagt meine Mama auch immer gerne«, gluckse ich und Nevis lacht leise.

»Meine auch.«

Die Stimmung im Orden ist merkwürdig. Einige Schwestern scheinen Mitleid mit Nevis und mir zu haben, andere wiederum sehen uns an, als wären wir das pure Böse. Aber weder das eine noch das andere würde uns jemand ins Gesicht sagen. Mit Ausnahme meiner Mutter.

»Ich verstehe dich, Maya und kann auch nachvollziehen, wie es dazu gekommen ist«, sagt sie und massiert sich die Schläfen. Wir sitzen in meinem Zimmer auf dem Bett, während Nevis am Fenster steht und hinaussieht.

»Dann hilf uns!«, fordere ich sie auf.

»Schatz, ich bin Gaia verpflichtet. Wie soll ich das ihr und den anderen Hüterinnen beibringen?«

»Ich bin Gaias Sohn«, mischt sich Nevis ein. »Sagen Sie einfach, dass Sie sich uns beiden verpflichtet fühlen. Gaia und mir, ihrem Sohn. Aus diesem Grund gewähren Sie uns Schutz und lassen meine Mutter das mit mir alleine klären.«

»Ja, das ist gut«, stimme ich aufgeregt nickend zu. Mama überlegt und nickt schließlich.

»Aber ihr müsst das wirklich mit der Göttin klären. Ihr bringt mich nämlich in eine sehr unbequeme Lage.«

Nevis und ich seufzen erleichtert auf.

»Danke, Mama.«

»Vielen Dank.« Nevis neigt kurz den Kopf vor meiner Mutter, was ihr sichtlich unangenehm ist. Ich frage mich, ob es der richtige Zeitpunkt ist sie zu fragen, ob Nevis entweder hier bei mir oder ich bei ihm im Gästezimmer schlafen darf, aber ich entscheide ihre Geduld nicht überzustrapazieren. Mama erhebt sich und sieht uns unglücklich an.

»Ich werde es den anderen mitteilen, damit sie endlich wissen, was los ist«, sagt sie und versucht sich an einem Lächeln für mich.

»Noch einmal vielen Dank, Oberin«, sagt Nevis und Mutter geht auf ihn zu. Sie geht vor ihm auf die Knie und küsst erneut seine Hand.

»Ich gebe zu, es ist uns auf eine Weise natürlich eine große Ehre, Euch hier zu haben, Winter.« Sie erhebt sich wieder und lässt Nevis und mich alleine.

»Hast du auch so einen guten Plan für deine Mutter?«, frage ich.

»Nein, leider nicht.« Er sieht mich entschuldigend an. »Mutter kann man nicht *planen*.«

Ich stehe auf und gehe zu ihm ans Fenster. Von hinten schlinge ich meine Arme um seine Taille und das fühlt sich unglaublich gut an. Ich mag die Art, wie sein Körper auf meine Berührungen reagiert. Wie wir beide Gänsehaut bekommen und uns gegenseitig fast magisch anziehen.

»Du gehörst mir«, nuschele ich vor mich hin. »Ich habe so lange um dich gekämpft, jetzt soll dich mir niemand mehr wegnehmen.«

»Oh Maya«, seufzt Nevis. »Du glaubst gar nicht, was diese Worte alles in mir auslösen.« Er dreht sich in meiner Umarmung und nimmt mein Gesicht in seine warmen Hände. »Meine Wunderschöne.« Damit küsst er mich, bis ein Klopfen an der Tür uns unterbricht.

»Herein«, bitte ich und ordne meine Kleidung ein wenig. Irias blonder Schopf schiebt sich zur Tür hinein.

»Hallo«, grüßt sie schüchtern und macht dann einen Knicks mit Blick zum Winter.

»Ich glaube, da möchte dich jemand brennend gerne kennenlernen«, sage ich und stupse Nevis sanft an.

»Es ... es ist einfach unglaublich«, stammelt Iria nervös und ich vernehme ein leises Lachen neben mir.

»Komm her«, sage ich und strecke meinen Arm aus. »Er beißt nicht.«

Langsam und mit aufgeregtem Blick kommt Iria zu uns.

»Wow«, staunt sie und starrt den Mann neben mir an.

»Schön dich wiederzusehen, Iria«, sagt Nevis und hält ihr die Hand hin. Sie ergreift sie auch, quietscht dabei aber leise vor sich hin.

»So warm«, plappert sie. »Ich ... ich hätte gedacht, du seist kalt.«

»Nein, weder hier auf der Erde noch in meinem Zuhause.«

»Aber er konnte als Halbgott mit seinen Händen kühlen. Hier unten ist er ein normaler Mensch«, erzähle ich.

»Von *normal* kann keine Rede sein«, widerspricht mir Iria und sieht in Nevis' Augen. »Man sieht es ihm an.«

»Das stimmt wohl.« Ich schmiege mich an ihn und Nevis legt einen Arm um meine Schultern. Zärtlich drückt er mich an sich und küsst meinen Scheitel.

»Wahnsinn«, raunt Iria und ich muss lächeln. »Wusstet ihr, dass Mishandra im Flur herumstreicht?«

»Sie wartet darauf, auf Nevis zu treffen«, seufze ich, woraufhin er mich amüsiert anstupst. »Hast du vor Pesco und Thais zu besuchen?«, wechsle ich das Thema. Ich habe ihr gleich nach meiner Rückkehr von meinem Treffen mit den Grenzern und meiner Vermutung berichtet. Sie hat darüber nachdenken wollen. Iria atmet tief durch.

»Ich weiß nicht, ob ich dafür den Mut finde«, gesteht sie. »Ich würde beide gerne kennenlernen, aber ... was ist, wenn sie mich nicht mögen? Und du weißt, dass der Kontakt zu männlichen Familienmitgliedern nicht gerne gesehen wird. Meine Mutter würde mir den Hals umdrehen.«

»Du musst sie mal besuchen, Iria. Thais ist dir wie aus dem Gesicht geschnitten. Ich wünschte, ich könnte dich begleiten, aber du weißt ja ... Gaia ...«

»Sie hat Recht«, kommt mir Nevis zu Hilfe. »Er sieht dir sehr ähnlich und dein Vater ist wirklich eine gute Seele.«

Iria sieht den Winter unsicher an.

»Beide würden sich sehr darüber freuen dich kennenzulernen«, versichert er ihr und Iria nickt.

»Ja ... dann ... werde ich wohl ... beim nächsten Ausritt.«

Ich ziehe sie in meine Arme und sie erwidert die Umarmung sofort.

»Ich habe dich so vermisst«, sagt sie mir zum gefühlt hundertsten Mal, seit ich zurück bin. »Ohne dich ist es hier so ... einsam.«

Eine Stimme in mir flüstert: *Dann such deinen Vater und Bruder, denn ich weiß nicht, wie lange ich noch hier sein werde.* Doch ich traue mich nicht das laut auszusprechen.

Wir sitzen vor einer Schüssel Hirsebrei. Im Speisesaal ist es seit unserer Ankunft totenstill. Keine meiner Schwestern möchte auch nur ein Wort oder eine Regung von Nevis verpassen. Gemeinsam essen sie schweigend und sehen zu uns herüber. Doch ein Blick stört mich besonders. Mishandras.

»Schmeckt es Euch?«, fragt sie mit kokettem Wimpernaufschlag und lächelt Nevis dabei unverfroren an. Der Winter schaut kurz auf und nickt. Sein Mund ist voll, trotzdem lächelt er, bevor er sich wieder seiner Schüssel widmet. Es scheint, als bemerke er meinen Blick, denn er zwinkert mir aus dem Augenwinkel zu.

»Ich wäre zu gerne Eure Auserwählte geworden«, plappert Mishandra weiter. »Aber die Göttin scheint etwas in Maya gesehen zu haben.« Sie seufzt ungläubig.

»Mutter weiß, was uns gefällt«, antwortet Nevis und ich könnte ihn dafür küssen. Mishandra runzelt die Stirn und widmet sich ihrem Essen. Sie scheint zu überlegen, ob sie noch etwas sagen soll, und schließlich fällt ihr etwas ein.

»Ich finde das nicht gut«, sagt sie schließlich. »Maya hat Jesien gewählt und nun ist sie mit Euch hier. So sollte das nicht sein.«

Nevis schaut ruckartig auf, seinen eisigen Blick auf Mishandra gerichtet. Die Hüterinnen um uns herum scheinen die Luft anzuhalten.

»Es war meine Idee hierherzukommen«, sagt er mit klirrend kalter Stimme. »Wenn du dich also beschweren möchtest, nur zu.«

Niemand, nicht einmal Mishandra, würde es wagen einen Sohn der Göttin öffentlich in Frage zu stellen. Meine Ordensschwester senkt den Kopf und weicht Nevis' Blick aus.

»Entschuldigung«, murmelt sie. Ich versuche nicht allzu sehr in der Genugtuung zu baden, aber ich kann mich nicht davon freisprechen, dass es mir gefällt. Nevis wendet sich mir zu und führt mit einer Hand an meinem Kinn mein Gesicht näher an seins.

»Ich liebe Maya Jasmine Morgentau«, verkündet er vor dem ganzen Orden. Dann senkt er seine Stimme und spricht nur zu mir: »Weißt du, wie Morgentau entsteht, Maya?«

Ich schüttele meinen Kopf.

»Luft enthält Feuchtigkeit. Je wärmer es ist, desto mehr Wasser kann die Luft speichern.« Seine Stimme ist so sanft, sein Atem so warm und nah, dass ich mich wirklich konzentrieren muss, um ihm zu folgen. »Wenn es also in den Abendstunden und über Nacht kälter wird, kann die Luft nicht mehr so viel Feuchtigkeit halten. Am Morgen, kurz bevor die Sonne aufgeht, ist es am kältesten und die Luft gibt ihr Wasser an den Boden ab. Kleine wässrige Perlen setzen sich auf Wiesen und Feldern ab. Dieses aus der Kälte gewonnene Wasser ist das Lebenselixier für viele Pflanzen und Tiere.« Nevis streicht mir über den Kopf und seine Lippen nähern sich meinen. »Doch der Morgentau ist nicht nur atemberaubend schön anzusehen, man könnte auch sagen, dass die Kälte in diesem Fall Leben schenkt.«

»So wie deine mir«, hauche ich, schließe meine Augen und vergesse die Welt um uns herum. Es gibt nur noch den warmen, sanften Druck unseres Kusses. Es ist wahr: Ich habe mein stilles Leben im Orden geliebt, aber zu leben habe ich erst mit Nevis angefangen.

# 4. DIE EWIGKEIT IST LANG

Nevis schläft. Oder vielleicht auch nicht, denn ich höre ihn husten, während ich mit meiner Mutter im Wohnzimmer am Tisch sitze und warmen Tee trinke.

»Mama?«

»Hm«, brummt sie gedankenverloren und starrt mich mit nachdenklichen Augen an. Sie hebt die Tasse an ihre Lippen.

»Wer ist mein Vater?« Seit ich Pesco und Thais getroffen habe, werde ich den Gedanken nicht mehr los. »Habe ich vielleicht sogar Geschwister?«

Mama schluckt langsam und schüttelt dann den Kopf. Behutsam stellt sie die Tasse ab und ich tue es ihr gleich.

»Nein, keine Geschwister«, antwortet sie nach kurzem Schweigen. Ihr Blick verlässt mich für einen Moment, bevor sie mich mit einem fremden Gesichtsausdruck wieder ansieht. »Ich denke, du bist jetzt alt genug, um die Geschichte zu hören.« Sie lacht leise in sich hinein. »Immerhin bist du jetzt eine Ehefrau.« Mama überlegt und streicht immer wieder mit ihren Händen um die Tasse. »Dein Vater Leonden und ich … wir haben uns geliebt, Maya.«

In mir kribbelt es, als ich zum ersten Mal den Namen meines Vaters höre. Der Wunsch, ihn kennenzulernen, drängt sich mir förmlich auf. Plötzlich ist dieser Geist meiner Fantasie real geworden. Er hat einen Namen. Leonden.

»Leider kam jedoch alles anders als geplant. Ich wollte den Orden verlassen, zögerte jedoch. Maya, ich war so jung und unsicher … mich für Leonden zu entscheiden ist mir nicht leichtgefallen, denn es hieß, die Sicherheit dieses Gemäuers zu verlassen. Doch die Göttin Gaia hatte einen anderen Plan für mich. Ich wurde schwanger und es war Elaria, die die Zeichen an mir zuerst erkannte. Als sich Elarias Verdacht bestätigte, konnte ich nicht mehr austreten. Zumindest nicht bis zur Geburt, denn sollte das Kind ein Mädchen werden, gehörte es dem Orden. Bei einem Jungen hätte ich mit Leonden nach Hemera ziehen können.«

»Dann ist es meine Schuld«, flüstere ich betroffen und mustere meine Hände.

»Nein.« Mama legt sanft ihre Hände auf meine Schultern. »Dein Vater und ich waren unvorsichtig. Ich wurde schwanger, bevor ich den Austritt aus dem Orden über das Herz gebracht habe. Leonden und mir war von Anfang an klar, dass, solltest du ein Mädchen werden, ich bei dir im Orden bleibe. So kam es dann auch.«

»Wegen mir hast du die Liebe deines Lebens aufgegeben.«

Mutter streichelt mir über den Kopf und ihre Augen funkeln mich mit einem schimmernden Glanz an. »Nein, die habe ich an dem Tag erst zur Welt gebracht.«

Ich falle in ihre Arme und lasse mich fest von ihr drücken.

»Ich habe es niemals bereut dich bekommen zu haben, Maya. Niemals.«

Wir lösen uns voneinander und ich sehe meine Mutter abwartend an.

»Nachdem du weg warst, bin ich in die Stadt gegangen. Ich hatte schon lange nichts mehr von Leonden gehört.« Sie wird still und sieht mich entschuldigend an. »Er starb vor zwei Jahren bei einem Unfall. Dein Vater hat auf den Dächern der Stadt gearbeitet und sie repariert. Es begann zu regnen und es wurde glatt. Er verlor den Halt und fiel. Einem alten Freund von uns beiden zufolge war er sofort tot.«

»Wärst du sonst zu ihm gegangen?«, frage ich und versuche den stechenden Schmerz in meiner Brust zu betäuben.

»Ich denke … ja.« Mutter seufzt. »Aber dann starb Elaria und ich wurde zur neuen obersten Hüterin.« Mit dem Ärmel ihres Oberteils wischt sie sich über die Augen.

»Mama, ich liebe Nevis.«

»Ich weiß, Maya. Ich weiß.« Sie sieht mich ernst an. »Ich wünschte nur, du hättest auch nach deinem Herzen gewählt.«

»Ich weiß nicht, wie lange wir noch hier sein werden, Mutter. Bitte lass uns die Nähe, solange wir sie haben können.« Ich sehe zu meinem Zimmer, aus dem immer wieder ein Husten dringt. Mama erhebt sich und streicht ihre Kleidung glatt.

»Ich lasse nach einem Arzt schicken«, sagt sie nur, »ich befürchte, Nevis' göttlicher Körper ist nicht für die Erde gemacht.«

»Wie meinst du das?«, frage ich wie erstarrt.

»Nun, er kommt aus einer Welt, in der es keine Viren und Bakterien gibt. Er hat sich nie dagegen immunisieren können. Dazu die lange Kälte, der ihr ausgesetzt wart.« Sie beißt sich auf die Unterlippe und irgendwas daran macht mir Angst. »Ich hole einen Arzt.« Eilig hastet sie zur Tür und bleibt dann im Rahmen stehen. »Und ja, Maya. Ich lasse euch die Zeit, die ihr habt.«

»Danke«, kann ich nur noch leise vor mich hin flüstern, da sie die Wohnung bereits verlassen hat. Ich drehe mich zu meiner Tür und entscheide dann, dass ich Nevis wohl stören kann.

»Hey«, sage ich, als ich ihn im Bett sitzen sehe. Seine weißen Haare stehen ihm wirr vom Kopf ab, als wäre ein Orkan durch mein Schlafzimmer gefegt. »Wolltest du nicht schlafen?«

»Es ist merkwürdig ... ich kann es nicht mehr ohne dich an meiner Seite.«

Ich lächele und schlüpfe zu ihm unter die Bettdecke. Nur zu gerne lasse ich mich von ihm in seine Wärme ziehen und lehne mich mit ihm gemeinsam zurück. Mein Kopf ruht auf seiner Schulter, während er beginnt meinen Scheitel zu küssen.

»Beim Schnee, ich habe dich vermisst.«

»Ich war nebenan, du hättest mich jederzeit rufen können«, sage ich amüsiert und beginne über seine Brust zu streicheln. Das Oberteil, welches er trägt, ist nur aus dünnem Stoff und überlässt beinahe nichts der Fantasie. Ganz genau kann ich jeden Muskel ertasten.

»Maya?«, dringt seine Stimme voller Sehnsucht an mein Ohr. Er dreht sich mir zu und drückt mich sanft an sich. Seine eisblauen Augen sehen mich mit einer Intensität an, dass es mir den Atem verschlägt. »Ich begehre dich so sehr«, haucht er und seine Lippen treffen auf meine, bevor ich etwas entgegnen kann. Mein Pulsschlag beschleunigt sich, liefert sich ein Wettrennen mit meinem Atem. Ich spüre Nevis' Körper mit jeder Faser. Spüre sein Verlangen, wie es aus ihm in mich hineinprickelt und wieder zurück. Seine Hände fahren über meine Taille, meinen Rücken und meinen Po ... sie suchen einen Halt, um mich noch näher an ihn heranzupressen. In meinem Körper breitet sich kitzelnd und brodelnd eine ungewohnte Hitze aus, die von seinen Berührungen und seinen Küssen nur immer weiter entfacht wird. Ich spüre seine Erregung und es verschlägt mir fast den Atem.

Nevis straft den Arzt mit einem Blick, der tödlich sein könnte, wenn er ihn sehen würde. Der Doktor ist jedoch damit beschäftigt den Rücken des Winters abzuhören.

»Antibiotika, viel trinken und Ruhe«, schließt er seine Untersuchung. »Ihr habt eine Lungenentzündung.« Der Arzt geht um Nevis herum und verbeugt sich mit entschuldigendem Blick, bevor er in seiner schwarzen Tasche kramt und eine Dose mit Pillen hervorzaubert. Während er Nevis erklärt, wie und wann er diese zu nehmen hat, tausche ich einen Blick mit meiner Mutter. Ihrer sagt ganz eindeutig: *Er ist nicht für die Erde geschaffen.* Meiner sagt: *Doch!*

»Danke, Doktor Mühlenstein«, sagt Mutter und gibt dem Doktor die Hand. Auch ich schüttele sie und verabschiede den Arzt an der Schlafzimmertür. Mama geleitet ihn hinaus, während ich mich zu Nevis ans Bett setze. Der Besuch des Arztes hat uns unterbrochen, weshalb er immer noch sauer zu sein scheint.

»Das wird wieder«, tröste ich ihn und streiche über seine Hände, die ziemlich warm wirken. Ein Klopfen an der Tür lässt mich herumfahren. Iria steht im Türrahmen und schaut betreten zu Boden.

»Komm rein«, sage ich und sie hebt ihren Kopf, um mich anzulächeln.

»Ich habe gehört, dass ein Arzt gerufen wurde.«

»Nevis hat sich auf unserer Flucht eine Lungenentzündung zugezogen. Sein Körper wird die plötzliche Kälte nicht vertragen haben.«

»Plötzliche Kälte? Er ... er ist doch der Winter«, stammelt sie.

»Zu Hause war mir nie kalt«, erklärt Nevis und hustet. »Als Halbgott des Winters brauchte ich nie zu frieren.«

Eilige Schritte nähern sich uns, bis schließlich Mama wieder im Zimmer steht. Sie sieht in unsere Runde und seufzt.

»Lasst Nevis sich ausruhen«, fordert sie mich und Iria auf. »Ihr könnt auch im Wohnzimmer tratschen.« Mama sieht nervös zu Nevis. Dass er krank ist, macht sie unruhig. »Gaia wird nicht begeistert sein«, nuschelt sie vor sich hin. Ich sehe zu Nevis und er nickt. Mit seinen Augen bedeutet er mir mit meiner Mutter zu sprechen, während er sich zurücklehnt und sich von mir zudecken lässt. Ich kann nicht anders und berühre erneut sanft seine Lippen mit meinen. Er schließt die Augen und ich gehe mit Iria und Mutter ins Wohnzimmer. Leise ziehe ich die Türe hinter mir zu.

»Hoffentlich erholt er sich«, beginnt Mama zu faseln und reibt ihre Hände nervös ineinander. »Mit einer Lungenentzündung ist nicht zu scherzen.« Sie geht zum Fenster und starrt hinaus. »Dieser Nebel ist so untypisch für diese Jahreszeit«, redet sie wirr weiter. Ich gehe zu ihr und sehe ebenfalls hinaus. Ein grauer Schleier hat sich über die sichere Zone gelegt und lässt einen kaum weiter als zehn Meter sehen.

»Er bekommt Medizin«, flüstere ich ihr beruhigend zu. »Es wird ihm bald besser gehen.«

»Und wenn nicht?«, fragt Mutter und sieht mich ernst an. »Maya, wenn er hohes Fieber bekommt, werde ich zur Göttin beten, damit sie ihn holen kommt.«

»Bitte nicht«, flehe ich vergebens, denn Mama weicht von mir zurück.

»Ich lasse keinen Sohn der Göttin unter meiner Aufsicht sterben«, zischt sie und verlässt hastig das Zimmer.

»Aber«, kann ich nur noch sagen und sinke an Ort und Stelle zusammen. Ich fühle Irias Nähe schon, bevor sie mich berührt und sich zur mir hockt.

»Fieber gehört zu einer Lungenentzündung dazu«, sage ich. »Er ist jetzt bereits warm.«

»Ich würde ja sagen, dass du auf die Göttin vertrauen sollst«, sagt Iria, »doch ich befürchte, dass sie ihren Sohn wiederhaben möchte.«

Ich nicke und lehne mich an ihre Schulter. Gemeinsam sitzen wir so eine ganze Weile.

»Ich darf ihn nicht noch einmal verlieren, Iria«, flüstere ich und sie streichelt mir übers Haar.

»Du wirst ihn nicht verlieren.«

Ein ungutes Bauchgefühl behauptet aber das Gegenteil.

Der Nebel hält seit Tagen an und es ist kalt geworden. Mitten im Sommer. Die Frauen im Orden sind in Aufruhr, weil sie das Nevis' Anwesenheit zuschreiben und ich befürchte, sie haben Recht. Nevis hat Fieber und schläft die meiste Zeit, was auch gut ist, denn ich habe alle Hände voll damit zu tun die Frauen meines Ordens von ihm fernzuhalten. Es geht ihm von Tag zu Tag ein wenig schlechter und es ist für mich nur noch eine Frage von Stunden, bis Gaia erneut hier auftaucht. Die Unruhe ist förmlich greifbar und ich wundere mich, dass die Göttin nicht schon längst hier gewesen ist. Ich weiß, dass meine Mutter schon öfter um ihr Erscheinen gebeten hat. Wahrscheinlich hat sie gerade alle Hände voll mit dem zu tun, was gerade draußen passiert. Die Menschen sind verunsichert und fordern eine Erklärung vom Orden und von Gaia. Die wildesten Gerüchte haben sich gebildet und eins davon lautet, dass die Göttin nun doch den ganzen Planeten reinigen will.

Ich gehe zu Nevis und lege mich neben seinen fiebernden Körper. Seine Augen sind ruhig und er schläft tief und fest. Ich kann nicht. Ich kann ihn nicht wieder hergeben. Für niemanden ... oder? Der Knoten, der sich vor ein paar Tagen in meinem Bauch gebildet hat, schnürt sich immer fester zusammen. Ich wünschte so sehr beten zu können. Das hat mir immer Kraft und Hoffnung gegeben, doch nun würde das nur alles viel schlimmer machen.

»Ich weiß«, sagt plötzlich eine sanfte vertraute Stimme hinter mir. Gaias Regenbogenaugen sehen mich an, als ich mich zu ihr umdrehe. »Ich kenne deinen Zwiespalt.«

»Ich habe dich bereits seit Tagen erwartet, Mutter«, gestehe ich.

»Auch das weiß ich, Maya Jasmine.« Gaia kommt näher. Sie ist wieder nackt und nur von Blumen bedeckt. »Glaubst du nicht, wenn ich die Zeit dafür hätte, wäre ich öfter hier? Maya, meine ganze Zeit und Kraft steckt im Heilprozess dieses Planeten. Ich kann weder sofort erscheinen, wenn man nach mir ruft, noch die Aufgaben meines Sohnes übernehmen.« Sie deutet zum Fenster. »Das Eis schmilzt und hüllt alles dabei in eisigen Nebel. Nicht mehr lange und das, was es verdecken sollte, kommt frei.« Die Göttin wirft einen Blick auf den schlafenden Nevis und ihre Augen werden wässrig. »Ich kann ihm nicht helfen.«

Erst jetzt wird mir bewusst, was ich der Göttin genommen habe. Zum ersten Mal sehe ich in ihr nicht nur eine Gottheit, sondern auch die Mutter von vier Söhnen, deren Jüngster ihr schon die ganze Zeit besonders am Herzen zu liegen schien. In ihren Augen lese ich Schmerz und Vermissen. Sie geht zu ihm herüber und setzt sich an seine freie Seite. Liebevoll streicht sie ihm eine verschwitzte Strähne aus dem Gesicht.

»Maya, bitte glaube mir.« Sie sieht mich an. »Ich kann weder schnell einen neuen Winter erschaffen noch die Welt alleine heilen.«

Ich schlucke und auch meine Augen füllen sich mit Tränen.

»Ich liebe ihn.« Damit küsst sie sanft Nevis' Stirn. »Und ich liebe dich, Maya. Ich verstehe eure Situation und doch sind mir die Hände gebunden. Es gibt Regeln im Kosmos, an die auch ich mich halten muss.«

»Ich will nicht ohne ihn sein. Lass mich zu ihm und wir kehren zu dir zurück. Jesien will das auch.«

Die Göttin sieht mich entschuldigend an. »Nein, Maya. Du und Nevis wollt es aus ganzem Herzen und der größte Teil von Jesien auch, das stimmt. Aber es gibt da diesen kleinen Riss in dem Teil seines Herzens, der dir gehört. Dieser Riss will dich behalten, weil er dich sehr gernhat. Aus diesem Grund kann ich dem nicht zustimmen.«

»Was?«, kann ich nur leise stammeln.

»Du darfst Jesien nicht böse sein. Sein Verstand sagt ihm ganz klar, dass du zu Nevis gehörst und auch sein Herz. Aber eben dort ist auch dieser kleine Teil, der dich furchtbar gern hat und behalten möchte. Er kann nichts dafür, Maya. Bitte halte ihm das nicht vor.«

Ich schüttele meinen Kopf, während ich leise schluchze.

»Du hast Jesien hundert Jahre versprochen, Maya«, erinnert mich die Göttin und ich muss erneut schlucken. »Wenn ihr hierbleibt, sterbt ihr beide und der Planet mit euch. Sieh zum Fenster hinaus, Maya.«

Mein Herz rumpelt ungestüm gegen meinen Brustkorb, als ich zum Fenster gehe. Ich will das alles nicht wahrhaben, aber es schlägt mir beim Blick nach draußen dennoch entgegen.

»Mir war klar, dass ihr beide das mit eigenen Augen sehen müsst.«

Ich höre leise Schritte und unverhofft steht Nevis neben mir und sieht zum Fenster hinaus. Als ich zur Göttin sehen will, ist diese jedoch verschwunden. Nevis zittert und hustet, doch sein Blick geht stur nach draußen. Er weiß sofort, was dieser Nebel zu bedeuten hat, und sein Gesicht wird ernst.

»Wieso hast du mir nichts davon erzählt?«, fragt er.

»Ich habe gedacht, du hättest ihn selbst gesehen.«

Er schüttelt langsam den Kopf.

»Wieso unternimmt Mutter nichts?«, grübelt er und ich lehne mich in seine Arme, die er sofort um mich schließt.

»Weil sie es nicht kann.« Ich überlege. »Oder denkst du, sie blufft?«

»Nein«, seufzt Nevis und klingt dabei, als hätte man ihm ein Schwert durch die Brust gestoßen. »Das da draußen wäre nichts, was Mutter freien Willens zulassen würde. Niemals würde sie dem Planeten absichtlich schaden.« Er verkrampft und als ich zu ihm hochsehe, weint er. »Es kann nicht sein«, wispert er. »Es muss einen anderen Weg geben.«

»Nevis …«, beginne ich, doch er unterbricht mich, indem er mich so fest an sich drückt, dass mir fast die Luft wegbleibt.

»Ich kann nicht … nein, ich will nicht …« Ein Husten hindert ihn am Weiterreden. Ich manövriere ihn sanft zurück zum Bett und setze mich zu ihm. Flüssige Eisaugen sehen mich voller Schmerz an und auch mir laufen wieder Tränen die Wangen hinunter.

»Das alles darf nicht umsonst gewesen sein«, bringe ich nur schwer hervor.

»Ich verliere alles«, flüstert Nevis und seine Augen weiten sich in Panik. Er steht auf und beginnt im Zimmer umherzulaufen. »Iria, dich … mein Leben.«

»Sprich nicht so«, flehe ich unter Tränen.

»Mein Körper mag nicht für die Erde gemacht sein, Maya.« Er schweigt einen unerträglichen Moment. »Aber meine Seele ist es auch nicht für die Ewigkeit.«

»Sag so etwas nicht«, schluchze ich. »Nevis, tu mir das nicht an!« Meine Stimme ist lauter geworden, als ich es beabsichtigt hatte. »Wir finden einen Weg.«

»Und welchen?« Das Eis friert seine Augen ein und Nevis' Gesicht wird zu einer emotionslosen Maske.

»Ich weiß es nicht. Gib nur bitte nicht auf. Vielleicht kann ich mit deiner Mutter verhandeln?« Ich gehe auf ihn zu und will seine Hände ergreifen, doch er weicht mir aus.

»Sieh es ein, Maya.« Sein eisiger Tonfall bringt mich fast um. »Wir haben verloren.«

»Es ist nicht vorbei, Nevis. Ich werde nicht stillhalten. Ich habe Monate damit verbracht zu dir zurückzukehren. Ich habe ungeahnte Kräfte in mir geweckt. Ich werde jetzt nicht aufgeben!«, schreie ich ihn förmlich an.

»Ich muss zurück oder dieser Planet stirbt«, sagt er so leise, dass es kaum mehr als ein Flüstern ist, und dreht sich von mir weg. »Es tut mir leid, Maya. Ich war der festen Überzeugung, dass Mutter schon einen Weg finden würde, um das Eis zu erhalten.«

»Dann gehe ich auch zurück zu Jesien«, sage ich mit fester Stimme. »Dann können wir uns wenigstens sehen.«

»Du würdest deine Mutter und Freundin hier zurücklassen, nur um mich ab und zu durch eine durchsichtige Mauer ansehen zu können?« Er dreht sich mir wieder zu. »Maya, das ist Schwachsinn.«

Die Tränen beginnen mir die Stimme abzuschnüren.

»Ich liebe dich, Nevis«, krächze ich. »Und ja, ich bin lieber bei Jesien und kann dich manchmal sehen, als hier im Orden gefangen mit meiner Mutter, die mir die Entscheidung gegen Gaia nicht verzeihen wird. Iria schafft das schon.« Ja, das würde sie. Sie hat jetzt immerhin noch einen Vater und einen Bruder. Nevis hingegen … ich mag mir gar nicht ausmalen, wie es ihm ohne seine Wölfin in seiner Heimat gehen wird. Er hustet und als er die Hand sinken lässt, kann ich Blut daran erkennen. Ehe ich Panik bekommen kann, geht die Tür auf und meine Mutter tritt hinter Gaia ins Zimmer. Die kleine Göttin schleicht auf ihren nackten Füßen förmlich herein. Als sie ihren Sohn im Zimmer stehen sieht, bekommt ihr Gesicht einen leidenden Ausdruck.

»Nevis«, haucht sie und öffnet ihre Arme, doch ihr jüngster Sohn bleibt stehen und starrt auf das Blut an seinen Händen. »Du musst nach Hause, wo du unsterblich bist.«

»Bekommt er wenigstens einen neuen Tiergeist?«, rufe ich einfach dazwischen und ignoriere den strafenden Blick meiner Mutter. Gaias Regenbogenaugen wirken unendlich traurig, als sie den Kopf schüttelt. Ich schlucke.

»Okay, er *muss* gehen, das verstehe ich.« Mir ist bewusst, dass ich nun alles auf eine Karte setze. »Ich jedoch nicht.«

Die Augen der Göttin weiten sich leicht.

»Ich komme mit, wenn die Brüder sich zwei Mal die Woche zum Abendessen treffen dürfen.«

»Maya«, kräht meine Mutter entsetzt. »Du kannst doch nicht …«

»Einmal im Monat«, unterbricht Gaia sie mit ernstem Ton.

»Einmal die Woche«, fordere ich und ich glaube, meine Mutter wird fast ohnmächtig. Die Göttin hingegen nickt und ich atme erleichtert durch. Jesien muss Nevis beruhigen, bis mir etwas eingefallen ist. Gaia kommt näher an mich heran und legt eine Hand auf meine Wange.

»Du bist mir eine wahre Tochter«, sagt sie. »Ich danke dir für die Liebe, die du meinen Söhnen entgegenbringst.«

Dieses Mal nicke ich und versuche die Tränen in meinen Augen wegzublinzeln.

»Verabschiedet euch«, fordert Gaia sanft und Nevis' und mein Blick treffen sich. Jede Luft weicht aus meinen Lungen, als er den Kopf schüttelt und kurz darauf verschwindet.

»NEIN!«, schreie ich entsetzt und renne zu der Stelle, wo er gestanden hatte. »Nein ... nein ... nein.«

»Es tut mir leid, er wollte gehen, Maya«, höre ich Gaia wie durch Watte sagen. In meinen Ohren rauscht es, mein Kopf dröhnt und meine Rippen klemmen meinem Herzen den Platz ab.

Ich wollte ihn noch einmal küssen.

Einmal berühren.

Weg. Nevis ist weg.

»Was zum ...«, ruft Jesien aus, der auf einem Fass gesessen und an einem Apfel geknabbert hat, als Gaia und ich auf einmal vor ihm stehen. Er springt sofort auf und kommt auf uns zu. Der Apfel fliegt ins Gras und er schlingt die Arme um mich.

»Was ist passiert, mein Mädchen?«

Ich bekomme kein Wort heraus. Zu sehr schmerzen Nevis' plötzliches Verschwinden und der erneute Abschied von Iria und meiner Mutter.

»Heiliges Herbstlaub«, stöhnt Jesien und hebt mich in seine Arme. Ich kann vor lauter Tränen nichts sehen, doch ich werde auf etwas Weiches gelegt und in eine warme Decke gehüllt. Es dauert eine Weile und seine roten Haare bekommen wieder Konturen und sind nicht mehr nur ein Fleck in meiner verschwommenen Sicht. Schluchzend und zitternd beginne ich dem Herbst zu erzählen, was mir seit unserem Abschied widerfahren ist. Seine braunen Augen ruhen dabei voller Sorge auf mir und seine gekräuselte Stirn verrät, wie sehr er mit mir leidet. Als ich meine Geschichte beende und vor lauter Tränen wieder zu krächzen beginne, zieht er mich in seine Arme.

»Du musst dich um ihn kümmern«, flehe ich.

»Das werde ich«, verspricht er mir mit rauer Stimme. »Ich hoffe nur, er kommt zu diesen Abendessen.« Er weicht ein Stück von mir zurück und sieht mich an. Seine Rehaugen sind geflutet mit kristallklarem Wasser. Als er sie für einen Moment schließt, löst es sich und fließt still über seine Wangen.

»Sagst du mir, wenn er an der Grenze ist?«

Jesien nickt.

»Wir müssen einen Weg finden, Jesien. Wir müssen.«

Er schließt die Augen und weint eine weitere Träne. Ich sehe ihm an, dass er sich nicht traut zu sagen, was er denkt: Es gibt keinen.

Wir haben verloren.

*Lieber Nevis,*

*ich hoffe Jesien darf dir diesen Brief geben.*
*Bitte verliere nicht den Mut. Ich bin hier, ganz in deiner Nähe.*
*Du bist mein Leben … meine Liebe gehört nur dir.*
*Bitte komm zur Grenze. Ich bin für dich da und warte auf dich.*
*Egal wie weh unser Wiedersehen tun wird, wir stehen das durch.*

*Ich liebe dich,*
*Maya*

## Ein Jahr später

»Und?«, frage ich wie jeden Freitagabend und reibe mir nervös die Hände. Und wie immer schüttelt Jesien voller Bedauern den Kopf.

»Wieder nicht.«

Nevis erscheint nie zum Essen mit seinen Brüdern.

Auch nicht an der Grenze.

Mein Brief an Nevis wird von Jesien wieder an seinen Platz auf der Ablage neben der Tür gelegt. Der Herbst kommt auf mich zu und zieht mich in seine warmen Arme.

»Durchhalten, mein Mädchen«, flüstert er mir zu.

**Acht Jahre später**

Zehn Jahre in Gaias Welt.

Egal wie oft mich Jesien in den Arm nimmt. Meine fühlen sich leer an.

Ich wünschte, ich hätte irgendetwas von Nevis.

Ich weiß nicht mehr, wie er gerochen hat.

Mein Kopf ist leer.

## Fünfzig Jahre später

Noch vierzig Jahre.

Ich lache mit Jesien. Wir haben Spaß. Sowa und ich reden oft die Nächte durch, Jesien und ich trinken Wein und tanzen.

Doch mein Herz bleibt leer.

Kein Zeichen von Nevis. Die Winterwelt ist von einem Schneesturm verschleiert. Ich gehe oft mit Jesien an der Grenze spazieren, doch ... nichts.

Egal was du tust, Nevis. Du bist mein Leben und ich warte auf dich, egal wie weh es tut.

## Vierzig Jahre später

Die Ewigkeit muss verdammt lang sein, wenn mir schon hundert Jahre unendlich vorkommen. Morgen muss ich gehen ... meine Seele kommt in Gaias Garten ohne Aussicht darauf, mit der von Nevis oder Jesien wiedervereint zu werden. Jesien tröstet mich damit, dass ich meine Mutter und meine Freundin Iria spüren werde. Ich habe Angst.

»Hey«, raunt Jesien leise und setzt sich zu mir auf das Sofa. In meinen Händen halte ich den Brief, den ich vor unglaublich vielen Jahren an Nevis geschrieben habe. Die Tinte darauf ist fast nicht mehr zu lesen.

»Ich weiß, was du denkst«, sagt der Herbst sanft und streicht mir über den Kopf. »Du glaubst dein Leben verwirkt zu haben, aber das hast du nicht.«

Ich sehe in seine braunen Augen.

»Du hast mich hundert Jahre lang glücklich gemacht, Maya ... und ich ...« Er stockt. »Ich ertrage den Gedanken nicht, dass du morgen nicht mehr da sein wirst.«

Ich atme tief durch und versuche nicht zu weinen. Es gelingt mir nicht, also ziehe ich schnell Jesien in meine Arme und drücke ihn an mein Herz, um mein Gesicht an seiner Schulter zu vergraben.

»Du wirst mir auch fehlen.«

»Nein«, gluckst Jesien traurig. »Es wird dir gut gehen. Im Tod gibt es keine Trauer, keinen Verlust, ... kein Vermissen.«

»Ich habe Angst.«

»Brauchst du nicht. Mutter nimmt dich an die Hand. Sie wird dich nach draußen in ein helles Licht führen. Alle Sorgen, jede Last auf deinem Herzen, werden von dir abfallen. Die Seelen deiner Lieben werden dich erwarten. Irgendwann wirst du vergessen und zu etwas Neuem werden. Von Maya ist dann nichts mehr übrig.«

»Und dann?«, frage ich aufgeregt durch den Gedanken, dass ich mich selbst verlieren werde.

»Deine Seele wird nach vielen Jahren der Ruhe und Erholung wiedergeboren, wenn die Zeit dafür gekommen ist.«

Meine Augen werden riesig.

»Kein Wort mehr«, warnt mich Jesien. »Ich dürfte dir das alles nicht erzählen.«

»Ich will nicht vergessen«, wimmere ich leise.

»Wir werden dich nicht vergessen, Maya. Niemals. Und damit lebt deine Erinnerung in uns ewig weiter.«

Ich gebe Jesien einen Kuss auf die Wange und stehe auf. Der Brief an Nevis gleitet aus meinen Händen zu Boden. Mit gesenktem Kopf will ich das Zimmer verlassen, doch Jesien lässt mich innehalten, als er erstaunt zischt. Ich drehe mich um und sehe ihn fragend an.

»Nevis ist an der Grenze«, sagt er.

»Was?«, schreie ich fast und beginne zu zittern. Neunundneunzig lange Jahre habe ich auf diesen einen Satz von Jesien gewartet. Unzählige Nächte habe ich davon geträumt, darüber nachgedacht, bis es schließlich nur noch eine blasse, schwache Hoffnung in mir war, ihn jemals zu hören. Jesien läuft auf mich zu.

»Komm, mein Mädchen. Schnell!« Er ergreift meine Hände und ich spüre, wie der Boden unter mir verschwindet und ausgetauscht wird. Rasenden Herzens lasse ich Jesien los und sehe mich um. Ich muss nicht lange suchen, meine Augen finden Nevis sofort. Er steht in schwarzer Kleidung an der Barriere, hinter ihm tobt der Schneesturm. Es waren fast hundert Jahre … und noch immer … noch immer bohren sich diese stechend blauen Augen sofort in mein Herz. Meine rechte Hand wandert vor meinen Mund, damit ich nicht laut aufschluchze. Tränen rollen bereits darüber, während sich ein heftiger Schmerz durch mich gräbt. Ich zittere am ganzen Körper, als ich auf ihn zugehe.

»Nevis«, schluchze ich seinen Namen, als ob er mich hören könnte. Ich kann sehen, dass er etwas sagt, aber was, werde ich wohl nie erfahren. Seine blassen Hände legen sich auf die Barriere und ich lege meine auf der anderen Seite über sie. Nevis beginnt zu weinen und wirft einen Moment lang den Kopf zurück, als müsste er Wut niederkämpfen. Ich möchte ihm sagen, dass alles gut wird. Will ihn trösten, im Arm halten … küssen. Ihm scheint es genauso zu gehen, denn wir pressen uns beide an die Trennwand zwischen uns. Sein Gesicht ist jetzt ganz nah an meinem. Das Schimmern der Barriere verzerrt es ein wenig, aber ich kann genau sehen, wie blass und ausgemergelt er aussieht. Seine Lippen bewegen sich langsam, flüstern etwas, was nur für mich bestimmt ist. Ich erkenne die Worte und sie durchfahren mich wie ein Blitz, der mich vor Verzweiflung vergehen lässt.

*Ich liebe dich.*

Ich stoße mich von der Wand ab und beginne wütend dagegenzutrommeln.

»LASS MICH ZU IHM, GAIA!«, brülle ich zum Himmel. Meine Fäuste beginnen zu schmerzen und als ich laut aufschreie, packen mich feste Arme.

»Ruhig«, höre ich die Stimme, die mir die letzten neunundneunzig Jahre das Liebste war. Ich schluchze und kralle mich an Jesien fest.

»Nevis«, wimmere ich erneut den Namen des Winters. Ich sehe zu ihm hinüber. Er steht mit etwas Abstand vor der Barriere und hat immer noch eine Hand auf ihr liegen. Durch die schwarze Kleidung sieht er noch blasser aus als sonst. Seine ganze Körperhaltung wirkt geschlagen. Ich löse mich von Jesien und gehe erneut zu ihm. Nevis schließt die Augen und schluckt, bevor er sich hinkniet und etwas in den Schnee zu schreiben beginnt.

*Leb wohl, Maya. Ich*

Nevis hält inne, steht auf und sieht in meine Augen. Er beendet den Satz nicht und ist im nächsten Augenblick verschwunden. Als mir klar wird, dass ich ihn nie wiedersehen werde, bleibt mir die Luft weg und ich sinke wie leblos zusammen.

Das gleiche Gefühl habe ich am nächsten Tag, als Gaia erscheint. Panisch klammere ich mich an Jesien fest. Ich habe die Nacht nicht geschlafen. Wie auch? Wie soll man schlafen, wenn man weiß, dass man am nächsten Tag stirbt? Schlaf kommt einem dann belanglos vor. Jesien ist die Nacht über mit mir wach geblieben. Wir sind ein letztes Mal durch seine Apfelplantage gewandert und haben geredet.

»Ich will nicht sterben«, presse ich hervor. »Ich will nicht gehen.«

Die Göttin lächelt mich liebevoll an und meine Angst schwindet. Jesien nickt mir wissend zu und entlässt mich aus der Umklammerung. Gaias Macht durchströmt mich und beruhigt meine Muskeln und Knochen. Jesien beugt sich zu mir hinunter und führt sanft seine Lippen an meine. Hundert Jahre und dies ist unser erster und letzter Kuss. Seine braunen Augen werden feucht, als er mich danach ansieht.

»Danke für dein Leben, Maya. Ich weiß, du hast es dir anders vorgestellt.«

»Ich wünschte, ich hätte es mit euch vieren teilen können«, sage ich und drücke ein letztes Mal die warmen Hände des Herbstes. »Grüße alle beim nächsten Abendessen von mir.«

»Das werde ich.«

Jesiens Eule fliegt auf seine Schultern. Sowa weiß, dass er sie jetzt braucht.

»Leb wohl, Maya«, sagt sie. »Ich werde dich und unsere gemeinsamen Abende vermissen.«

Ich nicke, unfähig zu sprechen. Gaias Hand legt sich in meine und als die Herbstwelt vor meinen Augen verschwindet und Jesiens Antlitz verblasst, kann keine göttliche Macht der Welt mich mehr beruhigen. Helles Licht umgibt mich, doch nichts von dem, was Jesien mir erzählt hat, tritt ein. Im Gegenteil. Ich schreie vor Schmerzen. Meine Haut zerreißt und meine Knochen brechen. Panisch sehe ich mich nach Gaia um, doch ich sehe sie nicht mehr. Kommt nun meine Strafe für meine Flucht mit Nevis? Wird sie meine Seele nicht in ihren Garten bringen, sondern mich für immer verdammen? Doch es bleibt kaum Zeit, darüber nachzudenken, denn die Schmerzen rauben mir den letzten Nerv, bis ich schließlich auf meine Füße falle. Der Untergrund ist weich … und ich habe … vier Füße? Pfoten!

»Tut mir leid«, höre ich die Göttin sagen und ich sehe … hoch. Wieso ist Gaia plötzlich so groß? Ich musste immer zur Göttin hinuntersehen.

»Es war eine Mutter, die hatte vier Kinder«, beginnt sie zu singen und läuft durch den Schnee an mir vorbei. Schnee? »Den Frühling, den Sommer, den Herbst und ... den Winter.«

Wir stehen vor Nevis' Hütte! Ich will loslaufen, doch ich falle hin.

»An die vier Beine wirst du dich gewöhnen«, sagt die Göttin mit einem glockenhellen Lachen. Die Kälte des Schnees dringt durch mein Fell und ich beginne zu verstehen, dass ich in einem anderen Körper stecke. Ich sehe an mir herunter. Ich ... ich bin ein Wolf.

»Nevis braucht einen neuen Tiergeist«, sagt die Mutter aller Dinge, als sie meinen Blick auffängt. Das ohnehin schon rasante Tempo meines Herzens erhöht sich noch einmal um das Doppelte.

»Wirklich?«, frage ich und es ist merkwürdig die Worte durch diesen fremden Mund herauszubringen. Es dauert, bis ich begriffen habe, dass ich sie mehr mit meinem Geist geformt habe als mit Gaumen, Zunge und Kiefer.

»Halte mich nicht für herzlos, Maya«, sagt die Göttin. »Ich habe damals so sehr mit Jesien gelitten und es zutiefst bereut, seine Liebe in meinen Seelengarten geführt zu haben. Sie wird in dreihundert Jahren die Auserwählte. Bis dahin hat sich ihre kostbare Seele regeneriert.« Gaia grinst und ihre Regenbogenaugen blitzen auf. »Ich bin schon gespannt, ob er sie erkennt.«

Ich bin vollkommen sprachlos.

»Du warst von Anfang an für Nevis gedacht, aber nicht mal ich kann das Schicksal lenken. Weißt du, Maya, ich kann nicht bestimmen, welche Menschen geboren werden. Eine Partnerin für einen meiner Söhne zu finden ist schwer und jede Seele ist einzigartig.

Dass zwei so gut zueinanderpassen, ist sehr rar und als ich dich ansah, war ich von Freude erfüllt, denn ich konnte meinen Wintersohn in dir lesen.« Gaia wirkt traurig und besorgt. »Nevis' unsterbliche Seele liegt in einem tiefen Koma. Erst wollte ich auch deine Seele regenerieren, aber ich befürchte, dass er nicht mehrere Hundert Jahre ohne dich sein kann. Er ist mein Jüngster und auf ewig mein Nesthäkchen.« Sie lächelt wieder. »Sei gut zu ihm, Maya.«

»Das verspreche ich«, antworte ich hastig und betrachte das weiße Fell an meinen Beinen.

»Komm«, sagt die Göttin unverhofft. »Ich will sein Gesicht sehen.«

Wir finden ihn im Haus. Er sitzt auf der Fensterbank und starrt hinaus.

»Was willst du, Mutter?«, haucht er so leise und krächzend, dass mein Herz sich zusammenzieht. Wie sehr habe ich mich die letzten Jahrzehnte danach gesehnt seine Stimme zu hören.

»Ich habe dir jemanden mitgebracht.«

Nevis' Kopf fährt herum und seine Eisaugen blicken mir sofort bis tief in die Seele. Er erkennt mich. Ungläubig rutscht er von der Fensterbank und seine Augen weiten sich.

»Maya?«, fragt er und seine Stimme bricht dabei.

»Ja«, höre ich die Göttin gerade noch sagen, bevor ich in Nevis' Arme gezogen werde. Er zerdrückt mich fast und ich finde es frustrierend, ihn nicht ebenfalls umarmen zu können, aber ich konzentriere mich auf seinen Herzschlag, den ich an meiner Flanke pochen spüre. Ich schließe meine Augen, als sein Duft mich wie ein Tritt in den Magen trifft. Göttin, ich hatte vergessen, wie gut er riecht. Nevis löst sich von mir, um seine Hände um meinen Kopf zu legen. Wässrige Augen suchen mein Gesicht ab.

»Du hast ihr ihre Augen gelassen«, stellt er fest und ich frage mich, wie ich wohl als Wölfin aussehe.

»Ich habe dich so sehr vermisst«, sage ich, was Nevis dazu bringt auf seine Unterlippe zu beißen und mich wieder an sich zu drücken.

»Danke, Mutter«, flüstert er in mein Fell. Sein Atem durchfährt meine Haare wie ein heißer Wind und ich bekomme Gänsehaut. »Danke.«

Ich spüre, dass Gaia sich neben uns kniet. Ihre Nähe ist prickelnd wie Elektrizität.

»Ich weiß«, beginnt sie zu sprechen und Nevis und ich sehen sie an, »die Gestalt des Wolfes ist ... unbefriedigend.« Sie legt ein schelmisches Grinsen auf, während sie ihren Sohn mustert. »Aber nur als Teil dieser Welt, als Tiergeist, kann ich sie hier dulden.«

»Das ist in Ordnung«, fällt ihr Nevis hastig ins Wort. »Es ist so viel mehr, als ich mir erhoffen konnte.«

»Bald haben wir eine neue Auserwählte hier. Zwei würde ich nur kurzfristig ertragen.« Die Regenbogenaugen der Göttin funkeln verspielt. »Ihr bekommt die Vollmondnächte«, sagt sie schließlich und Nevis' Hände verkrampfen sich an meinem Kopf. Sein Atem beginnt zu rasen.

»Wirklich?«, presst er hervor, als wäre er gerade einen Marathon gelaufen. Die Göttin nickt.

»Ja, drei Tage um den Vollmond gehört sie dir als Frau. Mehr kann ich euch nicht geben.«

Nevis lässt mich los und fällt seiner Mutter in die Arme, während mir Tränen über das fremde Gesicht laufen. Ich kann hören, wie er ihr etwas in den Nacken murmelt, verstehe aber nicht, was. Mit Sicherheit ist es ein Dank aus tiefster Seele.

»Aber«, sagt die Göttin und schiebt ihren Sohn sanft von sich weg, »du musst weiterhin an der Wahl teilnehmen und kommst ab sofort regelmäßig zum Abendessen. Du wirst deinen Brüdern verschweigen, was ich für euch getan habe, und du, Maya ...« Sie sieht mich ernst an. »Du darfst an den drei Tagen um den Vollmond auf keinen Fall zur Grenze des Winterreichs. Niemand, auch nicht Jesien, darf dich als Frau sehen.«

Es fällt mir schwer. Ich würde Jesien gerne berichten, dass alles gut ausgegangen ist, aber ich verstehe die Gründe der Göttin. Sie will nicht, dass sich ein Sohn benachteiligt fühlt, also nicke ich. Nach diesem Geschenk will ich sie unter keinen Umständen noch einmal verärgern oder enttäuschen. Nevis nimmt die Hände seiner Mutter.

»Das verspreche ich dir«, sagt er und wendet sich dann wieder mir zu. Liebevoll streicht er über mein Fell, bevor er seine Stirn auf meine legt.

Wir brauchen nichts zu sagen.

Die Berührung seiner Hände bedeutet mehr als alle Worte der Welt.

Als Nevis am Abend Jesiens Nähe an der Grenze spürt, eilen wir zu ihm. Ich habe ihm vor einer gefühlten Unendlichkeit versprochen zu kommen, wenn Nevis ihn dort spürt. Das habe ich nicht vergessen.

Der Herbst sieht mir mit geweiteten Augen ins Gesicht. Als er fragend zu seinem kleinen Bruder aufschaut, trägt dieser ein Lächeln auf den Lippen und nickt. Jesien erwidert es mit einem Grinsen. Eine Hand auf sein Herz gelegt und eine gegen die Barriere, kniet er sich zu mir herunter. Ich lege eine Pfote über seine Hand und lese in seinen Augen nichts als Freude.

# EPILOG – VOLLMOND

Als Nevis nach zwei Tagen am Morgen von der Wahl zurückkommt, erwarte ich ihn bereits aufgeregt. Der Vollmond hat mich wieder zur Frau gemacht. Der erste von drei Tagen ist bereits in seiner Abwesenheit verstrichen, doch nun höre ich ihn rufen.

»Maya?«

»Ich bin in der Küche«, antworte ich. »Ich habe Schokoladenkuchen für uns gebacken.«

Als Nevis die Küche betritt, starrt er mich erstaunt an. Ich lache und deute auf mein Werk, doch er hat nur Augen für mich.

»Und? Wie ist die Neue?«, frage ich und versuche zu ignorieren, dass er meine nun ganz weißen Haare betrachtet.

»Keine Ahnung«, bringt Nevis aus trockenem Mund hervor und schluckt.

»Wie kannst du keine Ahnung haben?«, gluckse ich amüsiert, während er näher kommt. »Wo warst du denn die ganze Zeit?«

»In Gedanken bei dir.« Zärtlich presst er sich gegen mich und sieht auf meine Wange. »Du hast da ... Schokolade.«

»Die habe ich für dich aufgehoben.«

Nevis hebt mich in seine Arme und ich schlinge meine um seinen Hals. Ohne den Blick von mir zu lösen, trägt er mich plötzlich nicht durch die Küche, sondern über den Schnee zwischen zwei Tannen zu einer Decke. Seit meiner Verwandlung habe ich keine Probleme mehr mit der Kälte. Ich spüre sie, aber sie berührt mich nicht. Ganz anders als Nevis.

Das Rascheln der Tannen über uns und Nevis' Atem auf meiner Haut ist alles, was ich höre und spüre. Als er uns schließlich vereinigt, habe ich das Gefühl, als würde sich plötzlich das Licht der Sonne sichtbar auf dem Weiß des Schnees um uns herum brechen und es in allen Farben explodieren lassen.

Das Eis in Nevis' Augen zerbricht.

Für immer.

Ihr Himmelblau spiegelt nun mein Gesicht, wenn ich in sie hineinsehe.

**ENDE**

Tauch ein in romantische Geschichten.
Hol Dir
Bittersüsse Stimmung
auf Deinen e-Reader!
E-Books von impress hier:
Carlsen.de/impress
impress ist das digitale Label des Carlsen Verlags für gefühlvolle und mitreissende Geschichten aus der geheimnisvollen Welt der Fantasy.
im. pre ss

# Die schönsten Impress-Titel endlich als Taschenbuch!

Sandra Regnier
**Die Pan-Trilogie, Band 1: Das geheime Vermächtnis des Pan**
416 Seiten
ISBN 978-3-551-31493-2

Jennifer Wolf
**Morgentau. Die Auserwählte der Jahreszeiten**
272 Seiten
ISBN 978-3-551-31496-3

Teresa Sporrer
**Die Rockstar-Reihe, Band 1: Verliebe dich nie in einen Rockstar**
304 Seiten
ISBN 978-3-551-31494-9

Laura Kneidl
**Light & Darkness**
400 Seiten
ISBN 978-3-551-31495-6

CARLSEN

www.carlsen.de